Né à Bricquebec, **Jean Mouchel** *est responsable de la Jeunesse Agricole Chrétienne quand il s'installe sur une exploitation de quinze hectares à Folligny, dans la Manche, en 1950. Père de quatre enfants, le voici huit ans plus tard propriétaire avec son frère d'une ferme de soixante hectares à Noyers-Bocage dans le Calvados. Depuis cette époque, il n'a cessé d'assumer des responsabilités syndicales qui le mèneront de la présidence du C.D.J.A. au poste de député européen, en passant par la présidence du conseil économique et social et la vice-présidence du conseil régional de Basse-Normandie.*

La Robe bleue d'Hélène

Terre de poche
45, rue du Clos-Four – 63056 Clermont-Ferrand cedex 2

JEAN MOUCHEL

LA ROBE BLEUE D'HÉLÈNE

UNE NORMANDE DANS LA TOURMENTE

de Borée
TERRE DE POCHE

À nos mères, grands-mères, qui,
elles aussi, comme Hélène,
ont subi la solitude
imposée par la guerre.

I

La demande en mariage

Ce matin, j'ai commencé la traite sous une pluie fine et serrée. Le crachin sécrétait la mélancolie tout alentour. Le corps de ferme, les bêtes dans le pré, les grands ormes baignaient dans l'irréel. Avec mon vieux capuchon noir, j'avais l'impression d'être un fantôme parmi d'autres fantômes. La voix de ma mère, en direction de je ne sais quelle cantonade, m'a sortie de ma torpeur. « Quel sale temps ! criait-elle. À ne pas mettre un chien dehors ! Vivement que les vaches couchent à l'étable ! » Au bruit saccadé du lait dans son seau, je devinai sa mauvaise humeur et sa nervosité. Elle était pressée de partir au marché de Valognes et la grisaille la contrariait.

Nous sommes revenues à la maison, glacées jusqu'aux os, l'onglée aux doigts. Le vent rabattait la pluie contre les fenêtres. Dieu ! Qu'il faisait bon près de la cheminée ! Pendant que maman se changeait, papa cherchait son briquet. Il voulait allumer la lanterne de la carriole. Dans le brouillard, mieux vaut signaler sa présence. Je les ai laissés à leurs préparatifs et suis partie écrémer le lait. J'avais à peine terminé de laver bols et gobelets de l'écrémeuse, seaux et bidons, qu'ils n'étaient plus là.

Voilà qui me donnait le temps d'écrire à ma sœur la nouvelle du jour.

Saint-Firmin, 25 novembre 1938

Ma chère Paulette,

Nos parents sont partis au marché. Une chance pour moi ! Je peux te mettre un mot en toute liberté. Quand maman est là, son regard inquisiteur m'indispose, le bruit de fond de son bavardage m'agace. J'ai toujours l'impression qu'elle lit par-dessus mon épaule.

J'ai une vraie nouvelle à t'apprendre : les Dupas, une famille de Brix, nous rendent visite demain après-midi. Devine pourquoi ? Je te le donne en cent, je te le donne en mille : me demander en mariage pour leur fils Nicolas. Je suis sidérée. Comment ce garçon peut-il s'intéresser à moi ? Je ne le connais ni d'Ève ni d'Adam, il n'a jamais entendu le son de ma voix. Sa démarche, si j'en crois papa et maman, serait le signe de ma bonne réputation. Drôle d'idée que d'être amoureux d'une réputation. Je m'en moque comme d'une guigne. Tu sais comment j'imagine mon prince charmant : boute-en-train, charmeur, bon danseur ; enfin quelqu'un que j'épouserais même si sa réputation n'est pas parfaite. Ne souris pas ! Je suis sentimentale.

J'aimerais l'apercevoir de loin, l'oiseau rare, l'apprivoiser, l'attirer. Un jeu qui ressemblerait à celui du chat et de la souris. Au lieu de cela, débarque un jeune gars dont je ne sais rien.

Ce matin, pendant la traite, le côté inattendu de l'événement m'obsédait. La tête ailleurs, j'ai renversé un seau de lait. J'abreuve les veaux, et je donne deux rations de lait au même. Tourneboulée ta sœur !

Pour toi, les choses étaient plus simples. À l'école, vous étiez déjà amoureux l'un de l'autre. Tout vous rapprochait : la passion des nids d'oiseaux, la cueillette des champignons et la manie des jeux de cartes. Vous étiez faits l'un pour l'autre.

Cette nuit, j'ai fait un cauchemar. Je me retrouvais, le soir de mes noces, auprès d'un personnage à qui j'avais dit oui dans une totale inconscience. Sur une chaise, s'étalait ma robe de mariée, tout en dentelle et déjà fripée. J'aurais voulu m'enfuir. Je me disais : « Il est trop tard, tu ne peux pas revenir en arrière. C'est pour toujours, c'est irrémédiable ». Et j'étais hantée par la chanson :

« Mon père m'a donné un mari,
Mon Dieu quel homme, quel petit homme !
Je le perdis dans mon grand lit,
Mon Dieu quel homme, qu'il est petit ! »

Oui, j'allais le perdre, l'égarer. Comment partager la couche d'un homme sans ressentir aucun attrait pour lui ? C'était l'horreur. Je me suis réveillée bouleversée, comme si ça m'était arrivé pour de bon. Crois-tu aux prémonitions ?

Te souviens-tu des histoires que tu me racontais, pour m'endormir, quand j'étais petite ?

Eh bien, tes histoires loufoques, de fantômes et de méchants « goublins » m'effrayaient moins que le cauchemar du petit mari. Le chemin de Peau d'âne croisait celui de Cendrillon ou de la Belle au bois dormant. L'amour du prince pour sa princesse était la clef du bonheur. Me faut-il renoncer à ce rêve ? Je devrais être heureuse et je suis malheureuse. Un oncle des Dupas s'est empressé de renseigner papa : « Ce garçon est brave et travailleur. » Le seul mot de « brave » me donne des boutons. Son âge aussi me chiffonne : vingt-sept ans. Huit ans de différence avec moi ! C'est beaucoup. J'ai hâte de voir à quoi il ressemble. Dès que je peux, je file chez toi pour t'en parler plus longuement.

Pour l'instant, je te laisse. L'eau bouillante déborde de la lessiveuse, il faut y aller ; je t'embrasse.

Ta petite sœur, Hélène

Samedi 26 novembre 1938

La visite des Dupas me trouble. Dans moins d'une demi-heure, ils seront là. Pour me calmer, je m'assieds et surveille l'entrée de la cour.

« Dis-moi, maman, tu les as vus souvent ces gens-là ?

— Non. J'ai dû rencontrer quelquefois le père et la mère sur le marché et à des enterrements, c'est tout.

— Et le garçon ?

— Aucun souvenir.

— Papa les a-t-il fréquentés ?

— Il connaît, et toi aussi, l'oncle de madame Dupas, l'ami de ton grand-père. C'est peut-être lui qui a tout mijoté. En tous cas, il en a parlé à ton père.

— Qu'a-t-il dit exactement ?

— "Mon neveu a un fils. Ce serait un bon parti pour votre fille. Accepteriez-vous qu'ils aillent en famille vous demander sa main ?" Ton père lui a répondu : "Je ne sais rien de ce jeune homme. Mais si c'est vous qui le recommandez, il doit être sérieux !" »

Je m'insurge :

« Papa aurait pu me demander mon avis avant de le laisser venir à la maison !

— Oui ! Si tu l'avais connu. Ce n'est pas le cas. Tiens, ils arrivent. »

Les joues en feu, je jette un bref coup d'œil dans la glace pour m'assurer que rien ne pèche dans ma tenue. Papa fait entrer les visiteurs. Je reconnais l'oncle. Toujours vêtu comme au temps de ses visites à mon grand-père : « blaude » en droguet, mouchoir de cou noué sous la gorge. Ôtant son « capet de Brix », qu'il garde à la main, il laisse voir un crâne blanc et dégarni.

Madame Dupas, vêtue en dame de la ville, tient à se montrer sous son meilleur jour. Son verbe affecté et sa voix aiguë me déplaisent. Elle gagnerait à plus de simplicité. Je préfère l'aisance discrète de son mari.

Quant au fils, il se tient sur la réserve, l'air quelque peu emprunté. Pour l'heure, l'oncle lui attribue beaucoup de qualités.

Je me sens observée. Incapable de rester en place, je change la disposition des tasses qui attendent le café. Je marche sur la queue du chat qui « étchourfe », comme dirait papa. Plutôt que de m'agiter, je ferais mieux de m'asseoir et ne plus bouger.

Les parents Métadier et les miens se congratulent. Toute modestie mise à part, il en ressort que nous sommes des gens bien, des propriétaires de la couche des bonnes familles.

Voilà des bases pour une alliance solide. Et mon avenir se joue à la saveur d'une liqueur de prunelles, fabrication maison.

Je suis soulagée quand nos visiteurs se lèvent pour mettre fin à l'entrevue.

« Qu'en penses-tu ? demande maman.

— Pour l'instant, rien.

— Tu n'as pas l'air emballée ?

— C'est le moins qu'on puisse dire.

— Ils annoncent bien.

— Si tu veux.

— D'après leur oncle, l'ami de ton grand-père, ce sont d'honnêtes gens.

— Possible.

— C'est essentiel.

— Pour toi peut-être.

— Et le garçon ?

— Je ne sais pas. Il est resté coi.

— En tous cas, il tient à toi. Tu as entendu sa mère : "Il est tellement exigeant sur le choix de sa future femme qu'il est encore célibataire à vingt-sept ans. Maintenant, plus d'hésitation ; c'est votre fille Hélène qu'il veut épouser."

— Et qu'en as-tu conclu ?

— Ses parents l'approuvent.

— Pourquoi se mêlent-ils de ses amours ? Si auparavant j'avais pu parler, danser avec lui, je pourrais savoir si on s'accorde. Mais là, rien. Comment veux-tu que je porte un jugement ?

— De mon temps, c'était déjà comme ça.

— C'est pas une raison. Admets que ça manque de romantisme.

— Romantisme ! Tu rêves ma fille !

— Peut-être.

— Ce garçon a l'air bien élevé.

— La mère parle pour toute la famille, avec du goût pour les banalités.

— Tu ne les as pas fatigués par ta conversation.

— Je m'étais juré d'écouter. J'ai failli contredire papa quand il s'est mis à faire mon éloge. D'habitude, j'ai droit à moins de compliments.

— Tu aurais voulu qu'il dise du mal de sa fille ?

— On aurait cru qu'il vantait une marchandise. Gênant, non ?

— Au fond, il est assez fier de toi. Tu sais comme il est ; il rouspète pour la forme, mais il t'aime bien.

— Oui ! Oui ! Je sais.

— Pour en revenir à ce jeune homme, il est avenant. Je le crois solide, en bonne santé. Ses mains montrent qu'il est courageux. Si sa famille a un peu de fortune, c'est un bon parti. »

Les raisons de ma mère ne sont pas les miennes. Je n'éprouve aucun penchant pour ce galant. Rien à voir avec d'autres garçons pour lesquels mon cœur a battu. Le plus séduisant s'est marié la semaine dernière et l'autre, plus drôle, fréquente la fille de l'épicier. Deux de perdus. Reste Blaise, un garçon de Cherbourg, sous-officier de marine. Peu de chance qu'il choisisse une fille de la campagne !

La vie est compliquée.

Je rêvasse et j'en oublie ma mère.

« Ne fais pas la fière. Un prétendant sérieux se déclare, évite de le traiter avec dédain. Quand les parents de ton père l'ont accompagné pour demander ma main… »

Elle s'arrête là. Quelque chose a failli lui échapper, qu'elle veut me cacher. Un silence. Va-t-elle m'avouer qu'elle a dû faire contre mauvaise fortune bon cœur ? Épouserait-elle encore mon père ? Mystère !

Mes parents m'ont souvent paru mal accordés. Les moments de gaieté de mon père sont rares. Il traîne un air malheureux. Un soir, je l'ai surpris dans l'étable, assis sur une botte de paille, il pleurait. J'ai fait semblant de ne rien voir. Que pouvais-je pour lui ? Enfant, je lui demandais quelquefois : « Pourquoi t'es triste papa ? » Il se forçait à sourire et me disait : « Tout va bien, tout va bien. » J'aurais voulu le consoler.

À la maison et sur la ferme, maman dirige. Il en souffre parce que tout le monde le sait. Ses quatre ans d'absence pendant la Grande Guerre n'ont rien arrangé ; elle a conservé l'habitude de commander comme s'il n'était jamais revenu.

Les voisins vantent ses capacités de maîtresse femme qui ne s'en laisse pas conter. « Elle serait capable de faire marcher un régiment », disent-ils. Elle aime tant être reconnue, admirée, adulée. Nul ne l'impressionne. La responsabilité la magnétise ;

c'est devenu sa manière d'exister. Personnellement, je refuse de m'exprimer comme elle. Elle a forcément raison, puisqu'elle se considère comme « La » référence. Elle crie après mon père et gueule à tout bout de champ.

Pour éviter les conflits, il se tait et se laisse dominer, écraser. Je le crois pourtant intelligent, mais il a perdu confiance en lui. Pour avoir la paix, il accepte les décisions de sa femme.

Avec moi, ça ne marche pas, je me rebelle ! Ma mère bride ma liberté, mais j'aurai raison de son autorité.

Le mariage me délivrerait de sa tutelle. Pour autant je n'épouserai pas n'importe qui. On se marie pour rendre heureux l'être aimé. Pour qu'il vous le rende aussi.

Pas question de répéter dans mon ménage les frictions de mes parents. La vie les a brisés. Qu'en sera-t-il pour moi si je joue ma vie sur un coup de dés ? Je vais temporiser. Un autre jeune homme se présentera peut-être.

Quel malheur que ce soient les garçons qui demandent les filles en mariage ! Lourde tradition ! Ah ! Si nous autres les femmes pouvions en faire autant !

Après le repas du soir, j'annonce :

« Maman, je prends ton vélo pour aller voir Paulette. »

Paulette est née avant la Grande Guerre, dix années avant moi. Je dois ma naissance au retour de mon père : un réchappé du massacre. Ma sœur m'a choyée comme sa poupée vivante. Qui peut m'aider mieux qu'elle ? Elle sait m'écouter, me conseiller, calmer mes impatiences. J'ai confiance en elle, son jugement est sûr.

Je pédale fort. Les pneus crissent sur l'empierrement du chemin ; les cahots secouent mon vélo. De chaque côté, les rangées d'ormes me renvoient un écho, de tonalité variable selon l'endroit. Je ne l'entends plus quand je passe devant la barrière du clos des Pointeau. À mon retour, dans la nuit noire, il me guidera. Je saurai à quelle hauteur du petit bois je dois obliquer légèrement. Sur la grande route ça roule mieux. Trois kilomètres sans rencontrer autre chose qu'une carriole. Mon désir de raconter à Paulette la visite des Dupas l'emporte sur ma peur. J'ai hâte de connaître ses réactions.

Une chance, à mon arrivée les enfants sont couchés. Quant à Norbert, il répare sa brouette à fumier dans l'étable. En sa présence, j'aurais été moins libre. Avec Paulette, pas besoin d'entrée en matière. Elle a reçu ma lettre. Je lui dresse un portrait rapide du fils Dupas. Râblé, un début d'embonpoint, cheveux bruns, les yeux noirs, pas loquace, plutôt timide.

« Et pour toi, ça c'était passé comment avec Norbert ?

— Pour nous, c'était différent, tu le sais. Norbert et moi, on se fréquentait depuis l'âge de douze ans. Tout était prétexte à rendez-vous. Notre sympathie allait en grandissant. Aux fêtes, on dansait ensemble toute la soirée. Sans grands mots, on s'est compris. On a préparé le terrain auprès de nos familles. Elles avaient tout deviné. Le reste n'était plus qu'une formalité. Papa et maman ont invité les parents de Norbert pour une collation et voilà.

— Une vraie chance pour toi. Pour moi, c'est l'incertitude, le brouillard !

— Prends ton temps, essaie d'en savoir plus. De mon côté, je vais me renseigner. Ne le juge pas trop vite. Sa timidité peut le gêner.

— Tout de même, il aurait pu m'approcher sans sa smala.

— Maman n'exagère pas quand elle te dit que les demandes en mariage, il n'y a pas si longtemps, revenaient toujours aux parents accompagnés ou non de leur fils. Tiens, sais-tu comment s'est fait le mariage de Louis Roublin, il y a une dizaine d'années ? Son père et sa mère sont allés voir les parents Heurtemer pour demander la main de leur fille Amandine pour leur fils. Le père a répondu : “J'veux bien vous donner une de mes filles, mais ce sera l'aînée, Marie-Josèphe. Si vous voulez Amandine, faudra attendre votre tour, quand sa sœur sera mariée.”

— Il a épousé l'aînée ?

— Oui.

— Drôle de passe-passe.

— La fille avait du bien.

— Elle aussi a accepté ?

— Elle se savait laide et craignait de rester vieille fille. Frisant la trentaine, elle a saisi l'occasion.

— Épouser la sœur aînée plutôt que la cadette ! Étrange cadeau ! Et la jeune sœur, qu'a-t-elle dit ?

— Le père avait parlé, elle s'inclinait. Ce qu'elle en a pensé ? Va savoir si ça ne l'arrangeait pas.

— Dommage que toi, mon aînée, tu sois mariée. Célibataire tu pourrais t'accommoder de mon prétendant. Tu me retirerais une belle épine du pied.

— Oui, mais je suis déjà mariée.

— Ça ne me console pas. De nos jours, un garçon intelligent devrait être assez astucieux pour rencontrer une fille en dehors de sa famille, sans se plier à la tradition.

— Que veux-tu, c'est comme ça.

— Sans me consulter, il débarque avec les siens, y compris le vieux tonton.

— Évite de les prendre en grippe ; ils sont sans doute plus sympathiques que tu ne les imagines. Laisse passer la nuit ; après tu verras. Demain après-midi, je vais porter les galoches de Gustave chez le cordonnier. Si tu veux, on se retrouve sur la place, près de la mairie de Saint-Firmin. On en recausera.

— D'accord ! »

Paulette dédramatise l'événement. Son calme me rassure. Sur la route du retour, la douceur de la nuit m'apaise. C'est vrai, la vie à la maison n'est pas folichonne, mais je ne suis pas en perdition. Si ce garçon me séduisait, si j'en étais amoureuse, mon cœur me le dirait. Pour l'instant, ma conscience est muette : ni répulsion, ni attrait ! Rien ! Dire non, pourquoi pas ? Plutôt le célibat qu'un mariage arrangé.

J'ouvre sans faire de bruit la porte de la maison. Papa et maman sont là, silencieux, assis de chaque côté de la cheminée. Le rougeoiement des tisons pacifie leur visage. Ils m'attendent, mi-inquiets, mi-vexés que je réserve mes confidences à Paulette. Détendue, soucieuse de ne pas les contrarier, je prends place autour du feu.

« Brrr, il ne fait pas chaud dehors.

— Ta sœur va bien ? demande ma mère.

— Oui, elle est en forme. Les enfants dormaient, je ne les ai pas vus. »

L'air indifférent, mon père tire sur sa pipe.

Je me décide à parler, sans révéler le fond de ma pensée :

« Paulette se refuse à un avis avant de connaître le jeune homme. Elle me conseille la patience. »

Je les tranquillise de mon mieux ; ils pourront dormir.

Qui a dit : « la nuit porte conseil » ? Ce matin, je n'y vois plus clair du tout. Je chante pour donner le change. Pour ne pas pleurer. Nicolas brouille les cartes. Si un autre franchissait le seuil de la maison, le même embarras m'accablerait-il ?

Une question me lancine : est-il vrai qu'un mari falot puisse vous consoler par les beaux enfants qu'il vous donne ? La ronde infernale de mes supputations recommence dans ma tête. Vers qui me tourner pour en finir avec mes hésitations ? Laquelle de mes amies pourrait me comprendre ? Et surtout me faire rencontrer l'homme de ma vie ?

Dimanche 25 décembre 1938

Pour ce Noël, comme chaque année, Paulette et Norbert nous ont invités. Le grand-oncle Fulgence est des nôtres. Son état habituellement dépressif le prive de compagnie. Il ne s'est jamais remis de la mort de sa femme et de ses fils. Cette fête de famille peut-elle lui réchauffer le cœur ? Dernier survivant de sa génération, il est né quinze ans avant ma mère, sa première nièce. Paulette les installe l'un près de l'autre à table. Elle se met à sa gauche, pour prendre soin de lui. Personnellement, je me tiens à proximité de la cheminée pour surveiller la cuisson de la dinde dans la rôtissoire.

Gustave, le fils de Paulette, est allé chercher le cidre au tonneau. Tout au long du repas, fier comme Artaban, il met un point d'honneur à ne laisser aucun verre vide, sans renverser une seule goutte. À dix ans, on est un grand. La petite Marie-Lou a voulu manger à côté de moi.

Personne ne souffle mot de ma « demande en mariage ». Les choses sont si peu avancées que la discrétion est de rigueur. En temps ordinaire, j'aime partager les bonnes nouvelles. Aujourd'hui, une allusion à Nicolas et je sombrerais dans le cafard. Alors, je me dope de paroles. Je ris de tout et de rien, je suis à cran, sans rien en montrer. À l'idée de rencontrer à nouveau les Dupas, je freine des quatre fers.

Lundi 23 janvier 1939

Un mois a passé. Mes réticences irritent mes parents. Comment répondre à la seconde lettre des Dupas ? Ultimatum de ma mère :

« Je leur écris moi-même. Tu me dis si c'est oui ou si c'est non. »

J'ai grande envie de lui dire « zut ». Mais qui me dira si elle est mieux placée que moi pour savoir l'homme qu'il me faut ? Après le repas du soir, avant d'aller au lit, elle reprend la litanie des qualités de Nicolas :

« Les renseignements obtenus par l'intermédiaire de monsieur le curé confirment ceux de son oncle.

Ce garçon fréquente l'église, fait ses Pâques chaque année. Ses parents ne refusent jamais un service à la paroisse. Leur honnêteté est indiscutable. Ils exploitent une bonne terre en propriété. Que veux-tu de plus ? »

Je me fige. Elle reprend :

« À mon avis, il est très bien.

— Moi, je le trouve plutôt “empaillé”. Et il a huit ans de plus que moi. On pourrait croire à dix ou douze ans d'écart entre nous. Tu me vois au bras d'un jeune vieux ? Un jour, on me prendra pour sa fille.

— Ne te fie pas aux apparences ; ce qui compte, c'est le fond. »

Si elle me force la main, ce sera carrément non et je n'y reviendrai pas. Je lui assène :

« Il n'est pas nécessaire d'être vieux pour avoir du fond.

— Mieux vaut épouser quelqu'un de stable qu'un freluquet écervelé.

— Peut-être, mais moi, je préfère un jeune déluré.

— Si tu sais y faire, avec du doigté, tu le feras changer. »

Je bous intérieurement. Changer quoi ? L'étouffer pour le mettre à ma botte, comme elle l'a fait avec papa ? Jamais de la vie ! Aider quelqu'un à changer, oui. Progresser avec lui, c'est parfait. Le dresser, non, jamais !

Pourquoi veut-elle me marier à tout prix ? Que craint-elle ? Me trouve-t-elle… comment dire ? Trop gaie, trop vive, trop osée avec tout le monde et surtout avec les garçons de mon âge ? A-t-elle la frousse qu'il m'arrive la même mésaventure qu'à Jacqueline

Rondet ? « Une fille qui avait l'air si sérieuse, ne cesse-t-elle de répéter. On lui aurait donné le Bon Dieu sans confession. Elle s'est retrouvée enceinte à vingt ans d'un garçon qui refuse maintenant de l'épouser. Inimaginable. Quelle honte pour la famille ! Quelle charge aussi ! »

Dix fois, j'aurais dû lui dire : « Ça ne risque pas de m'arriver. » Mais à quoi bon ! Je tourne en rond. Comment en sortir ? Insensible à mes hésitations, elle décide à ma place. Elle invite donc les Dupas à manger dimanche prochain. « Après le repas, les deux jeunes feront un tour au jardin pour faire plus ample connaissance », leur écrit-elle.

Maintenant, c'est le branle-bas de combat. Et que je t'astique la salle à manger ; c'est la pièce des grandes occasions. Ça y va l'encaustique. Et que brillent les carreaux frottés à l'alcool à brûler. Pas une tache, pas un grain de poussière ne résiste. Nos invités pourront-ils croire que c'est aussi propre tous les jours ?

Les magnifiques rideaux hérités de ma grand-mère sont installés à la fenêtre ; chaises et buffet sont cirés. Maman s'assure de la bonne marche du dessous-de-plat musical. Les cuivres sont décapés au Miror. À la cuisine, je frotte la plaque du fourneau à la toile émeri. J'ai les bras en marmelade ! Pas le temps de repasser le tas de linge. On le repousse sous l'escalier, avec les vieux journaux, la poêle à bouillie, les chaussures et la gamelle du chien.

La mission de papa : réparer le verrou des cabinets du jardin, balayer la cour. Avec un impératif de maman :

« Demain matin, au dernier moment, tu laveras le trottoir. »

Elle oublie qu'avec la gelée, l'eau le transformerait en patinoire.

On tue le dernier « picot » de la saison. Naturellement, devant les invités, on dira le « dindon ». Maman m'attribue d'office la confection du gâteau : un saint-honoré. La vaisselle bleue en faïence de Jersey et la carafe de cristal sont sorties.

Quel tintouin ! J'y vois tout de même un avantage : la maison est remise en ordre. À raison de deux ou trois soupirants par an, tout redeviendrait impeccable.

Paulette et Norbert seront des nôtres. Moins sur le qui-vive que moi, leur avis sera plus impartial.

Maman m'inonde de recommandations :

« Tu mettras ta robe écossaise, elle t'avantage. Coiffe-toi sans mèches sur le front, ça fait mauvais genre. Pour tenir tes cheveux, tu as le choix entre ta barrette ou ta résille. Le plus important, c'est ton sourire. À condition de ne pas le gauchir par ton ironie et ton naturel moqueur. »

Sa remarque me chagrine. Elle rejoint celle d'une amie de collège. Adolescente, elle m'avait blessée : « Avec ton demi-sourire au bord des lèvres, on a toujours l'impression que tu te moques, prête à te payer notre tête, comme si tu te considérais au-dessus des autres. » Je n'ai jamais oublié l'apostrophe ; j'en souffre encore aujourd'hui. Mon apparence me trahit-elle ? Au point de n'être pas appréciée pour ce que je suis réellement ?

Je n'en dis rien à maman. Je me contente de lui demander :

« Pourquoi veux-tu que je me mette en frais pour conquérir quelqu'un qui l'est déjà ? Surtout si c'est pour le repousser par la suite. »

À part moi, je pense : « Tu me veux une jeune fille rangée. Eh bien ! Je vais t'exaucer au-delà de tes désirs. Je serai de marbre ! »

Dimanche 29 janvier 1939

La famille Dupas arrive dans sa Renault Vivaquatre noire. Une « conduite intérieure » toute fraîche lavée et passée à la peau de chamois pour la rendre plus reluisante.

L'enthousiasme n'est pas au programme, mais bon, il faut en passer par là.

Un renard argenté rehausse le manteau de madame mère. Nicolas porte à son bras gauche un panier de leurs meilleures pommes : des « Palmines », et dans sa main droite, un petit paquet aux rubans multicolores. Les pommes sont pour maman. À moi, la boîte de chocolats de la pâtisserie Bazire à Valognes. Nos convives, délestés de leurs vêtements, sont priés d'entrer dans la salle à manger. Que l'oncle de la première visite n'est-il là pour détendre l'atmosphère ! Le sauternes est servi en guise d'apéritif. Il délie les langues.

On passe à table assez vite. En entrée, les bouchées à la reine valent à maman force compliments. Nicolas, enfin en verve, parle des vol-au-vent de sa grand-mère maternelle.

« Elle allait cueillir des champignons au petit matin alors que tout le monde dormait encore, se souvient monsieur Dupas.

— Pas moi, dit Nicolas. Je l'accompagnais ! J'étais tout heureux quand je repérais un bon coin qu'elle ignorait. Le temps de notre équipée, elle me racontait des histoires de sorciers, de maléfices, d'empoisonnements, de rêves insensés, liés aux champignons. Pour fixer mon attention, elle inventait des devinettes : Qu'est-ce qui est court sur pattes avec un chapeau et un pied épais ? »

Du regard, Nicolas interroge toute la tablée. Distraite, je réponds : Les champignons !

« Plus précisément ? »

Norbert vient à mon secours :

« Les mousserons, bien sûr ! »

Cette fois, la glace est brisée. Nicolas me semble moins empoté qu'au premier abord. Je flaire une complicité entre mon beau-frère et lui. Ils parlent maintenant girolles, chanterelles, coulemelles, pleurotes.

J'en profite pour sortir le dindon de la rôtissoire. Je le dépose devant Nicolas. C'est toujours à l'invité d'honneur que revient la découpe de la volaille. Dans la famille, c'est le moment où l'on évoque la mésaventure du cousin Joseph. C'est un garçon plutôt « m'as-tu-vu ». Le jour de ses fiançailles, on lui apporte le canard à découper. De sa main droite, il saisit le couteau et de sa main gauche, la patte rôtie du volatile. Avec assurance, il met toute son énergie à séparer les abattis. Stupéfaction ! Le pilon lui reste dans la main tandis que le canard, en un vol plané spectaculaire, traverse la salle à manger et se niche sous le buffet. Les invités s'esclaffent. Air consterné du cousin, avec le couteau et la patte du canard dans les mains. Aujourd'hui encore, si mon regard croise celui de papa, ce sera la crise de fou rire. Mais Nicolas s'en tire avec aisance. Je ne le prendrai pas en défaut.

La conversation s'anime. On évoque la menace de guerre. Madame Dupas est aussi pessimiste que l'oncle Fulgence. Ce qu'elle lit dans le Journal de Valognes ne la rassure pas. Son mari la tance :

« Ce n'est pas le moment de penser au pire. »

Je l'approuve discrètement.

Au dessert, par les hasards de la conversation, nous nous découvrons des cousins par alliance du côté de Bricqueboscq et des Pieux. Notre grand-tante Angèle a épousé autrefois un lointain cousin des Dupas. Autrement dit, on est presque en famille. Ce soir, maman me dira : « Tu vois, ce sont des gens de notre milieu ! »

Est-ce si important d'épouser quelqu'un de son milieu ? J'en doute. Mais, après tout, je n'en sais rien. J'entends encore les conseils de la cousine Azélie : « Pour choisir ton mari, réponds à trois questions. La première : suis-je attirée par ce jeune homme ? » Elle pensait à un nécessaire attrait physique. « La seconde : pourrais-je parler avec lui tout au long de l'existence ? Trop de couples en vieillissant n'ont plus rien à se dire. » Enfin, elle insistait sur les bases d'une même éducation reçue dans le milieu familial. Elle ne prétendait pas qu'une paysanne devait épouser un paysan. Elle était seulement persuadée que chacun, dans son enfance, vit selon des habitudes, des règles, des convictions qui continuent de l'influencer au cours du temps. Pour elle, trop de différences dans les premiers apprentissages de la vie génèrent incompréhensions, et incompatibilités.

Dans sa jeunesse, elle avait refusé un garçon qu'elle estimait, faute d'être séduite par lui.

Comme si elle revivait son coup de foudre pour son mari, elle ajoutait : « Quand Hector m'a fait les yeux doux, j'étais prête à partir en Amérique avec lui s'il me l'avait proposé. Quand l'amour commande, au diable les atermoiements ».

Je n'en suis pas là, et pour le moment j'en oublie de sortir les tasses à café.

« Laisse-moi faire, me dit maman. Va plutôt faire un tour au jardin avec Nicolas. »

Difficile d'être plus directe et plus maladroite. Nicolas partage ma gêne. J'ai une bonne raison de refuser :

« Par un froid pareil ? Tu n'y penses pas… »

Après quelques secondes de flottement, la conversation reprend. Vers cinq heures, on se lève de table. Les Dupas tiennent à nous rendre la politesse. Nous sommes invités chez eux dans quinze jours.

À peine sont-ils partis que maman se précipite pour me questionner. Décidée à lui échapper, j'embarque Paulette dans ma chambre, sous prétexte de lui montrer un tricot de ma confection.

« Alors, que penses-tu de Nicolas ?

— Plutôt sympathique. Il parle de sa grand-mère avec affection ; côté cœur, c'est un bon indice. Quant à la différence d'âge ? Selon moi, ça ne saute pas aux yeux. Ce qui compte, c'est son ouverture d'esprit. Encore un peu de temps et tu sauras à quoi t'en tenir. Quand tu iras chez lui, observe son attitude vis-à-vis de sa mère. Après quelques années de mariage, il aura la même avec toi. Une éducation correcte s'inculque dès le plus jeune âge ; après, ça se rattrape difficilement. »

Autre point capital : est-il bon agriculteur ? Le père l'est, mais ça ne garantit rien pour le fils. On a parfois des surprises.

Paulette décuple ma perplexité.

Dans les environs, la rumeur naît et prend de l'ampleur.

« Il paraît que la belle Hélène Métadier cause à un gars, un appelé Arthur Dupas ; à ce qu'on dit, il est bien plus vieux qu'elle, mais ses parents ont du bien.

— Pas possible !

— Oui ma chère ; c'est tel que j'te le dis. »

De bavardage en bavardage, les commères, l'œil et l'oreille aux aguets, assurent que le mariage aura lieu à la Saint-Michel.

« Je le tiens de source sûre », affirme une lavandière.

Ces potins m'agacent. Il n'y a que maman pour en tirer parti :

« Tout le monde est au courant, tu ne peux pas reculer. »

Refusant son piège, je réplique :

« Les gens ne vont pas décider à ma place. S'ils veulent causer, qu'ils causent ! Moi, je ferai ce que je voudrai. »

Sa façon de me manœuvrer est insupportable. J'aimerais un dialogue en cœur à cœur avec elle. Mais comment ? Elle a toujours raison par avance. Je brûle de le lui dire, mais je n'ose pas. Je redoute le conflit. Alors je me tais.

Mariée, j'échapperai à son emprise. À condition de ne pas habiter trop près d'elle. En attendant, je dois tailler dans le vif. Ou c'est la bague au doigt, ou je reste à la maison sous sa coupe.

Trop fatiguée pour aller voir Paulette ce soir. Remettons à demain.

Impossible de m'endormir, je suis révoltée. Au cours de la nuit, j'envisage de fuir vers Caen ou Paris. Mais à quoi puis-je prétendre avec mon certificat d'études ? Femme de ménage, dame de compagnie, serveuse dans un café ?

J'entends déjà la plainte de ma mère après ma fugue : « Elle veut nous faire mourir. »

Si je déserte, je n'ai qu'une solution : partir avec ma valise et le vélo de ma mère en laissant juste un mot sur la table de la cuisine. Je m'arrêterai chez l'oncle Fulgence. Lui seul me sera de bon conseil.

Dans mon sommeil léger, l'idée de fuite me tourmente. Pourquoi, tout à coup, le souvenir de Lucie, une amie d'enfance, me vient-il à l'esprit ? Dès mon réveil je cherche sa lettre, qui date bien de six mois. Je la retrouve au fond du tiroir où sont rangées les choses que je cache à ma mère.

À deux reprises, je relis ce passage :

« J'ai quitté la maison sur un coup de tête. Après avoir coupé les ponts avec mes parents, je n'avais plus qu'une solution : venir à Paris. Tout de suite j'ai été engagée dans une maison bourgeoise comme femme de chambre. Les quatre premiers jours, tout allait bien. Le matin, j'étais chargée du ménage de cinq chambres, des soins à la grand-mère et du service à table. L'après-midi, je cousais. Puis la cuisinière est partie. On m'a demandé de la remplacer au pied levé ; à titre provisoire. Là, le cafard m'a pris. J'ai réalisé qu'il n'est pas rose d'être seule chez des inconnus. J'ai su ce qu'il en coûte d'être domestique. »

La suite de la lettre est tout aussi morose. Assise sur le bord de mon lit, je pense à Lucie. Aucune nouvelle depuis.

La sagesse l'emporterait-elle ? Le lendemain, je suis toujours là. Je ne mettrai pas à exécution mon projet d'évasion. Les gestes mécaniques et machinaux de la traite me laissent l'esprit libre. Il n'empêche, mes pensées vagabondent et m'échappent.

Ma mère a peut-être raison. Je suis butée. J'ai tort de pester contre elle.

La journée finie, je ne sais toujours pas où j'en suis. Pourquoi suis-je susceptible à ce point ?

II

Un oui de raison

Vendredi 24 février 1939

Parce que l'incertitude me ronge, je décide de dire « oui » à Nicolas et de couper les ailes aux canards. Aujourd'hui, jour de marché à Valognes, je me promène à son bras. J'officialise mes amours. Je brûle de dire aux curieux : « Oui, je fréquente un jeune homme de bonne famille, un garçon plus âgé que moi. Ça me regarde. »

Par hasard, devant un étal de fleurs, je frôle la mère Graminot, celle qui jase derrière mon dos. Je l'arrête :

« Je vous le présente. Permettez-moi de vous dire qu'il ne s'appelle pas Arthur, mais Nicolas. À la sortie de la messe, vous pourrez annoncer : "S'il avait eu vingt-cinq ans de plus, elle l'aurait choisi quand même !" L'amour, c'est tellement mieux que la méchanceté, n'est-ce pas ? »

Elle ne demande pas son reste. En un clin d'œil elle disparaît.

Paulette et Norbert m'ont invitée avec « mon fiancé », pour faire plus ample connaissance. La bonne cuisine de ma sœur et l'affabilité de Nicolas créent une ambiance sereine et détendue. La conversation va bon train ; nous parlons de nos familles, de notre métier, de la situation des paysans.

Puis nous évoquons l'avenir. Norbert craint une nouvelle guerre.

« Les risques me semblent limités, annonce Nicolas. Nous ne sommes ni en Autriche, ni chez les Sudètes de Tchécoslovaquie. Pourquoi la France se trouverait-elle mêlée à ces affaires ?

— Je voudrais partager ton optimisme, répond Norbert, tutoyant déjà son futur beau-frère. Mais si Hitler attaque à l'Est, pourrons-nous rester les bras croisés en attendant notre tour d'être envahis ? »

Sans opinion sur la question, j'écoute. Pas rassurée pour autant. Paulette cherche ailleurs des indices susceptibles d'éclairer l'avenir :

« Croyez-vous aux signes venus du ciel ? »

Sa remarque intrigue et stoppe la discussion. Les regards se tournent vers elle, en quête d'une explication.

« Vous vous souvenez de l'aurore boréale ? C'était l'année dernière. Tout le monde pensait à un signe de guerre.

— Oui, dis-je. Je me souviendrai toujours de ce 11 mai 1938.

— Désolé de te contredire, ma chère belle-sœur, mais il me semble que tu fais erreur, je crois que c'était le 23 mai au soir.

— Peu importe le jour. Souviens-toi, Norbert, le repas à peine terminé, les enfants sont sortis pour jouer dans la cour. »

Silencieux jusque-là, le petit Gustave s'écrie :

« Oh oui ! Quand j'ai vu le ciel tout rouge, j'ai crié : “Papa, papa, viens vite”.

— J'ai cru à un accident, dit Norbert. Je me suis précipité dehors, suivi de toute la famille. C'était un spectacle extraordinaire !

— Marie-Lou, blottie dans mes bras, demandait : “Dis, maman, c'est dangereux ?” »

La conversation devient confuse, tous parlent en même temps.

Le calme revenu, Nicolas se souvient lui aussi :

« Ce soir-là, papa m'a dit : “Un ciel pareil, j'ai déjà vu cela une fois, c'était en 1913, un an avant la Grande Guerre. Je m'en souviens comme si c'était hier”. Puis il a ajouté : “Mon père m'avait déjà signalé qu'une rougie comme celle-là s'était produite en 1869, quelques mois avant la guerre de 1870”.

— Mauvais présage ! ajoute Paulette.

— Oui, reprend Nicolas, mais c'est sûrement une simple coïncidence. Aujourd'hui ne parlons pas de malheur. Le pire n'est jamais sûr. »

Plus personne en cette fin de soirée n'ose exprimer ses craintes… ou sa superstition.

Sans prendre parti, je suggère :

« S'il ne s'agit pas d'un message de l'au-delà, annonciateur de catastrophe, alors ce serait simplement un phénomène astral ? »

Au-delà de cette ambiance surchauffée, plane une question : Faut-il précipiter la date de notre mariage ? Nicolas plaide pour accélérer les choses. Personnellement, j'hésite. Nicolas ne sait toujours pas qui je suis vraiment et je ne sais pas grand-chose de lui. Jusqu'à maintenant, il m'a surtout parlé de son métier.

L'autre jour, il m'a proposé la tournée des clos. Il les aime ses vaches ! Il leur parle, à chacune en particulier.

« Regardez Comtesse, me disait-il. Une sacrée bonne laitière. Mon père me la laissera volontiers, mais ma mère sera plus réticente car elle la trouve facile à traire. »

Il m'a entraînée ensuite vers Reine des Prés. Avec son œil vif et son allure fière, on aurait cru que cette superbe bête voulait faire honneur à son nom. Tout à son affaire, Nicolas poursuivait son soliloque :

« Vous ne la trouvez pas belle, celle-là ? Au dernier Comice agricole, elle a obtenu le premier prix des vaches amouillantes et le prix du championnat toutes catégories. Mon père y tient beaucoup ; il la gardera sûrement. J'aurai le plaisir de la revoir quand je viendrai chez mes parents. »

Pendant deux heures, j'ai joué la compréhension, mais à la fin de la promenade, je brûlais de lui dire :

« Bravo pour la qualité de votre troupeau et pour l'intérêt que vous y portez, mais dans la vie il n'y a pas que ça ! »

Pour lui, pour sa famille et pour beaucoup de jeunes de la région, le seul sujet de conversation, leur unique passion, c'est leur métier. Avec quelques-uns de ses copains, il s'intéresse tout de même à la chasse. Ensemble, pendant des heures, ils racontent leurs exploits, mais ne se vantent pas de leurs « bredouilles ». Tous ces plaisirs, je les comprends, mais ça ne remplit pas une existence.

Je suis maladroite pour en discuter avec Nicolas. Je le questionne : « La famille, les enfants, les amis, les livres, est-ce important pour vous ? »

Il me répond :

« On aura le temps d'en parler plus tard. Je vous aime, c'est le principal. »

Il me prend dans ses bras et je m'y sens bien. Jamais un garçon ne m'a serrée ainsi contre lui. Petit à petit, je m'habitue à ses gestes de tendresse. Il gagne ma confiance. Il sait m'écouter. Il ne sera pas homme à décider seul. Je m'attache à lui. Toute la semaine, je vis dans l'attente du dimanche qui me le ramènera. La raison est dépassée ; j'éprouve pour lui de l'affection. Tant et si bien que je me prononce pour une date rapprochée de notre mariage.

Inquiétés par les bruits de guerre, nous parions pour un règlement pacifique des conflits entre les grandes puissances. De toute façon, si la guerre éclate, la France et ses alliés mettront rapidement Hitler au pas. N'avons-nous pas la ligne Maginot pour réduire à néant toute tentative d'invasion ? Avec nos troupes et notre armement, nous sommes les plus forts, le problème sera vite réglé. En conséquence, mieux vaut ne pas attendre une éventuelle mobilisation générale qui nous priverait de la présence du marié. Il est préférable de fixer le mariage avant la Saint-Michel. Pourquoi pas le samedi 15 juillet 1939 ?

III

La ferme des Radebec

IL NOUS FAUT UNE FERME. Celle des Radebec se libère le 29 septembre. Elle est située ni trop près, ni trop loin de celle de mes parents : quatre kilomètres, à un kilomètre de chez Paulette et Norbert et à six cents mètres de l'oncle Fulgence.

Dans l'après-midi, nous allons à la découverte des lieux. Le tas de fumier au milieu de la cour me choque. La porte de la cuisine grince quand madame Radebec, d'une main vigoureuse, la tire vers elle pour nous accueillir. On s'installe autour de la table. Je me réfugierais volontiers dans un coin de la cheminée, près du feu, pour échapper aux courants d'air. J'examine les deux battants de la porte d'entrée. De toute évidence, celui du haut reste ouvert toute la journée. La partie basse est fermée. Au moins, les volailles sont-elles tenues à l'écart. Deux chats viennent de l'escalader. Les fenêtres sont en mauvais état. Aux trois quarts pourries. Un reste de peinture s'écaille tout en boursouflures. Sur les murs, la trace de légions de mouches. Une odeur de graisse brûlée se mêle à l'odeur de fumier qui arrive par bouffées. Avant même que ne s'engage la conversation, je ressens des picotements dans la gorge. Combien de temps nous faudra-t-il pour redonner du confort à cette maison ?

Madame Radebec, étrangère à ma panique, se lance dans une parlote interminable, sans jamais reprendre son souffle :

« On a décidé de se retirer, car mon mari est bien fatigué à soixante-dix-sept ans qu'il a, avec ses rhumatismes qui le reprennent surtout l'hiver – *heulamondieu !* – et l'été, il n'a plus la force de botteler son foin, c'est pour ça qu'on n'attend pas la Saint-Michel pour arrêter et qu'on voudrait laisser le foin à faire à notre successeur, vu que nos enfants sont partis en ville et que le propriétaire ne veut pas faire de réparations alors qu'il y en aurait pourtant besoin, surtout depuis que la tempête a soulevé le toit du "buret" à cochons, même qu'il pleut dedans quand les vents sont du sud, mais c'est guère mieux quand ils viennent de l'ouest, sans compter qu'il n'y fait pas chaud en temps de gelée, même que notre cochon y a attrapé la crève au mois de janvier et qu'il en est mort de congestion, juste au moment qu'il allait être bon à manger, si bien qu'on a dû en racheter un autre qui sera bientôt bon à tuer et à saler, seulement faudra pas trop tarder quand la chaleur va arriver, parce que vous savez, si le temps tourne à l'orage, la viande a vite fait de se gâter et ça ferait un deuxième cochon de foutu et un tas d'argent de perdu – "*heulamondieu !*" – et puis on ne peut tout de même pas manger des patates et du lapin tous les jours, sauf le dimanche parce qu'un dimanche sur deux, on mange une poule au blanc et l'autre c'est du poulet rôti, et le vendredi on mange du poisson ou des moules, des coques s'il y en a parce que nous on aime ça, et c'est facile vu que le marchand de poissons passe à la barrière de la cour le vendredi matin, mais une fois qu'il y avait de la neige – *heulamondieu !* –, il n'est pas venu alors on a mangé une omelette et si on n'avait pas eu d'œufs en conserve, vu que ces foutues poules ne pondent guère l'hiver quand il fait froid, on n'aurait pas pu faire maigre, mais sûrement que monsieur le curé n'aurait rien trouvé à y redire vu qu'on ne l'aurait pas fait exprès, hein Jules ! Et toi non plus parce que t'es pas trop regardant là-dessus tandis que moi j'y fais toujours attention et puis le poisson ça nous change un peu du cochon et de la volaille parce que la viande de boucherie c'est trop cher – *heulamondieu !* – et pourtant quand on vend une vache au boucher, mon pauvre bonhomme il a bien du mal à lui faire ouvrir son portefeuille, alors je suis obligée de m'en mêler pour qu'il ne se fasse pas rouler, oh ! je ne parle pas beaucoup, c'est pas dans mes habitudes et puis le commerce c'est pas l'affaire des femmes, seulement mon bonhomme, il est trop bon, hein Jules que c'est vrai ce que je dis ? même qu'une fois je me suis fâchée après le boucher et il est reparti sans la vache, non ce jour-là c'était un veau gras qu'on avait eu bien du mal à élever et qui nous avait coûté bien cher en frais de vétérinaire, sans compter les médicaments qu'on a dû lui faire avaler, même qu'il y en avait trop, il était guéri avant que la boîte soit finie alors on lui a donné tout le reste, des fois que ça ne le reprenne. »

Impossible d'endiguer la diarrhée verbale de madame Radebec. On arrêterait plutôt la mer à marée montante.

« Je… »

Mon « Je » se perd sous l'avalanche des mots. La voix de Nicolas se heurte au même bruitage.

Jules, le mari, est dépassé. Il lève les bras en signe d'impuissance. Il réussit à me glisser à l'oreille :

« Ça fait quarante-cinq ans que ça dure… »

Recommence un récit alambiqué sur une vie où le malheur semble le lot quotidien. La tombée du jour va nous tirer d'affaire. Notre bavarde s'arrête un instant pour allumer la lampe à pétrole. Bonne occasion pour prendre congé.

Sur le chemin du retour, saoulés de paroles, nous nous taisons. Avant de rentrer, Nicolas me demande :

« Ne croyez-vous pas qu'il faudra installer l'électricité ?

— J'avais la même idée au même moment. Si le propriétaire refuse, nous le ferons à nos frais. Je ne reviendrai pas à la lampe à pétrole, même si j'aime sa lumière tamisée. »

Avec mon père, nous rendons visite aux Outrebois, les propriétaires de la ferme. Ils coulent des jours paisibles dans un manoir hérité des parents de madame. Retraité de la marine, le maître de céans n'a jamais porté beaucoup d'intérêt à l'agriculture. Sa femme non plus. Ils se contentent d'encaisser les fermages par le canal du notaire. Nous apprenons, au cours de la conversation, que d'autres candidats se sont manifestés. Ils ont renoncé devant leur refus de restaurer le logement.

« Vous comprenez, nous explique M. Outrebois, la main sur le cœur, la maison et les bâtiments d'exploitation ne nous rapportent rien. Nous n'avons pas les moyens de les entretenir. »

Papa :

« Pour exploiter la terre, le fermier a besoin d'un toit. »

Monsieur Outrebois :

« Notre souhait serait de louer la terre sans les bâtiments.

— Qui pourrait prendre une terre sans bâtiments ?

— Un voisin, par exemple, ou un herbager.

— Avec la menace de guerre et les risques de mobilisation, je ne pense pas que vous trouviez facilement l'homme que vous cherchez. »

Après une longue discussion, il me vient une idée que je glisse à l'oreille de Nicolas :

« Si on se chargeait des travaux. On avancerait l'argent. Ils n'auraient rien à débourser. Et on ne paierait pas de fermage jusqu'à récupération des sommes avancées. »

Je le vois pensif ; il me chuchote :

« Parlez-en à votre père. »

Je transmets aussitôt.

Moment de silence. Papa se gratte la tête. Puis, devant le regard interrogateur de M. Outrebois, il commence une phrase, ne la finit pas, et reprend :

« J'aurais une proposition à vous faire.

— Dites toujours.

— Si nous en avions les moyens, on pourrait prendre en charge les travaux de la maison en avance sur le fermage.

— Vous voulez dire que je vous exempterais du fermage jusqu'à récupération des sommes investies dans la maison ? »

Tous les trois, nous opinons du bonnet. De peur qu'il ne refuse d'entrée, j'avance un pion.

« Ça donnerait beaucoup de valeur à la ferme.

— Surtout si vous en faites un château. Mais de quoi vivrions-nous en attendant ? »

Sans lui laisser le temps de poursuivre, papa l'interrompt :

« Vous ne risquez rien de ce côté-là ! Nous n'aurons pas assez d'argent pour payer des travaux importants. Par contre, vous n'auriez rien à débourser.

— Ça demande réflexion. Je dois en parler avec ma femme, surtout que c'est un bien qu'elle a hérité de ses parents.

— C'est normal.

— Je veux aussi l'avis de mon notaire. »

Après avoir pris rendez-vous pour la semaine suivante, nous prenons congé.

De retour à la maison, nous racontons à maman nos tractations. Soyons conscients : notre idée d'assumer les frais d'aménagement, en substitution au paiement du fermage, est devenue proposition. Question brûlante : où trouver l'argent ? Et si un événement imprévu nous oblige à quitter la ferme avant d'avoir récupéré notre mise de fonds, le propriétaire honorera-t-il sa dette ?

Mon père hoche la tête. Je le soupçonne d'une pensée funeste :

« Si la guerre éclate et qu'un accident arrive à Nicolas, que devient notre échafaudage ? »

Je coupe court à ses idées noires :

« Réfléchissons aux travaux les plus urgents.

— Oui, reprend Nicolas. Remplaçons la porte extérieure et les fenêtres. Rénovons l'intérieur de la cuisine. »

Ma mère s'enquiert :

« Y a-t-il une salle à manger ? Dans quel état sont les chambres ?

— La fermière nous a maintenus dans la cuisine. Si le même désordre régnait dans les autres pièces, je comprends sa répugnance à nous les faire voir. »

Mon père veut aboutir dans les meilleurs délais.

« Avant de retrouver les propriétaires, allons sur place avec Albert Tournel. Il est maçon et plombier, il saura estimer le coût de nos projets. »

Se tournant vers Nicolas :

« Dites à vos parents de venir avec nous. Leur avis est indispensable. »

Une façon à lui de laisser entendre : « Votre famille payera sa quote-part. » En affaires, mon père n'est pas tombé de la dernière averse.

La nécessité impérative de retourner sur les lieux nous rebute. Je refuse de subir une nouvelle fois les jérémiades de madame Radebec. Courageux, Nicolas s'engage à freiner ses envolées.

Deux jours plus tard, habillés en dimanche, les familles Dupas et Métadier au grand complet, nous débarquons dans la cour de la ferme. Albert Tournel nous accompagne. Ma future belle-mère bougonne déjà avant de poser le pied à terre.

La visite des lieux ne fait qu'aggraver sa première impression :

« Ce n'est pas ce qu'il leur faut : le tas de fumier devant la porte, des volets démantibulés, une porte d'entrée qui brinquebale sur ses gonds, des fenêtres qui n'ont jamais vu de peinture, complètement pourries. »

Nicolas redoute un éclat qui vexerait les Radebec :

« Maman, je t'en prie, sois plus discrète. »

Rien n'y fait. Elle explose après la visite des chambres :

« T'as vu les trous du plancher. Ils laisseraient passer une rate prête à accoucher d'une douzaine de ratons. »

Elle ne supporte pas l'idée que son fils habite une pareille ruine. Elle imagine son humiliation quand les invités de la noce la visiteront. Le tape-à-l'œil et le qu'en-dira-t-on, pour elle, ça compte.

Son mari la reprend avec calme :

« Mais voyons, si nous sommes venus, c'est justement pour envisager des améliorations.

— Eh bien ! Il y a du pain sur la planche ! Tout est à refaire ! »

Nous revenons à la cuisine. Nos mines sont aussi sombres que les murs. Les odeurs de graisse m'importunent plus qu'à notre première visite. L'attrape-mouche dégouline du plafond sans piéger l'essaim bourdonnant qui nous taquine.

Nous jetons un œil sur le cagibi. Il est envahi par les araignées.

« C'était la chambre de bonne, dit madame Radebec.

— Vous n'avez plus de bonne ? demande mon père.

— Oh ! non ! La dernière fricotait avec le commis, alors on l'a rendue à ses parents.

— Vous avez toujours un commis ?

— Ah pour sûr ! C'est pas qu'il soit très courageux, mais il ne boit pas. Tandis que celui d'avant… »

Mon père élève la voix pour l'interrompre :

« Vous avez une autre chambre pour lui ?

— Non. Il couche à l'écurie. L'hiver, l'âne et la jument lui tiennent chaud. »

Décontenancés, nous repartons vers « la Bravie », chez mes parents.

Attablés autour d'un verre de cidre bouché, mon père sollicite l'avis d'Albert Tournel.

« Tout est faisable, mais il y a du travail. Ça dépend de ce que vous voulez y mettre. »

En guise de réponse, les parents soupirent. Je reprends l'initiative :

« Que coûterait la remise en état complète ? Dites-nous un chiffre. Si cela dépasse nos moyens, on commencera par le plus urgent.

— Je ne peux pas vous évaluer ça au pied levé. Donnez-moi quelques heures. Avec un papier et un crayon je calculerai au mieux.

— D'accord, dit mon père. Voulez-vous qu'on se retrouve ici, demain, à la même heure ? »

Le lendemain, en présence des Dupas, Albert Tournel annonce la couleur. La somme annoncée fige les visages. On devine les sueurs froides de belle-maman. La visite de la maison par la famille et les amis le jour des noces continue de l'obséder.

« Ne pourrait-on pas louer une autre ferme avec une maison en bon état et de la bonne terre autour ? demande-t-elle.

— Voyons les choses en face, réplique son mari. À dix lieues à la ronde, je n'en vois aucune pour l'instant. »

Pour calmer le jeu, ma mère ajoute :

« Ça peut se trouver du jour au lendemain. Sait-on jamais ? »

Nous voilà revenus à la case départ. Mon père s'énerve :

« Avec des raisonnements comme ça, on risque d'attendre longtemps. »

Monsieur Dupas l'appuie :

« Ce n'est pas la veille du mariage qu'il faudra se décider.

— Pour sûr, dit ma mère.

— Reportons le mariage à l'année prochaine », suggère madame Dupas.

Voilà bien ma crainte. Mon fiancé esquisse une moue de protestation. Pourquoi n'ose-t-il rien dire ? Peur de ses parents ? Manque de caractère, de personnalité ? Je le houspille du pied sous la table. Va-t-il enfin s'affirmer ? Il se trémousse sur sa chaise. La moutarde me monte au nez.

La repartie vient de maman :

« Ce n'est peut-être pas la meilleure solution. »

Ouf ! Elle est venue à ma rescousse. Une fois n'est pas coutume. Mon grand dadais de Nicolas n'ouvre toujours pas la bouche. Belle-maman se cabre. Son regard courroucé en dit long.

Albert Tournel, mal à l'aise, tente l'apaisement :

« Le chiffre annoncé comprend la totalité des travaux pour une remise en état complète de la maison. Mais des économies sont possibles. Ainsi, on peut remettre à plus tard la transformation de la buanderie en salle à manger. »

Qu'a-t-il dit là ?

« Autant dire qu'ils doivent se contenter d'une maison d'ouvrier agricole, raille madame Dupas.

— Je disais ça pour diminuer la facture, explique notre artisan. Les fenêtres derrière la maison peuvent attendre. Avec une bonne couche de peinture, les vieilles tiendront encore quelque temps. Et les volets aussi. Quelques planches colmateront les marches les plus pourries de l'escalier. »

Nicolas continue de garder le silence. Au bord des larmes, j'ai envie de quitter la table et d'aller prendre l'air. Le regard attendri de mon père me retient. Personne ne pose la seule question qui vaille : quelle somme les Dupas et les Métadier sont-ils prêts à sortir de leur poche ? À question non exprimée, pas de réponse.

À bout de patience, je lance, d'une voix tremblante :

« Que chacun annonce la somme qu'il est prêt à cracher au bassinet. Ça fera partie de notre dot. S'il faut emprunter, nous emprunterons. Et si rien n'est possible, tant pis. Sachez seulement que je n'habiterai pas dans un taudis. Et vous, Nicolas, si vous ne dites rien, j'annule tout, la maison, le bail et le mariage. »

Je crie plus que je ne parle. Et je m'effondre en pleurs.

Surprise générale ! Panique ! Papa compatissant pose sa main sur mon épaule :

« Ne te mets pas dans un pareil état. Tout va s'arranger. »

J'embrasserais papa ! Pas mon fiancé ! Lui, il est hors course. Il reste cloué sur sa chaise comme une buse sur son perchoir.

Un long silence exprime la gêne de tous. Si Albert Tournel le pouvait, il se glisserait dans un trou de taupe. Gardant sa main sur mon épaule, mon père interroge ma mère du regard et se prononce :

« Ces jeunes ont besoin d'un toit solide et d'une vraie maison. Alors, je mets cartes sur table. Je prends en charge le rez-de-chaussée, c'est-à-dire la cuisine, le cagibi et une salle à manger à la place de la buanderie. »

Merveilleux papa ! Lui qui d'ordinaire ne décide rien sans l'accord formel de sa femme, il a osé. Faut-il qu'il aime sa fille !

Nicolas se décide à dire son mot :

« Et toi, Papa, que proposes-tu ?

— Ben ! Voyons ! L'étage, ça coûterait combien ?

— Autant que le bas », répond Albert.

Retournée comme une crêpe, madame Dupas ne veut pas être en reste :

« Nous le prenons à notre charge, avec une nouvelle chambre au-dessus de la future salle à manger. Pas question de nous dérober. Les enfants, vous aurez un gîte agréable. »

Mon père regagne sa place. Nicolas effleure ma main et du regard quête mon indulgence. Mes yeux à peine séchés esquissent une lueur de pardon.

Albert Tournel, témoin gêné de l'algarade, retrouve la parole et le sourire. Soulagée par l'accord entre les Dupas et les Métadier, je n'évoque pas la réfection de l'escalier, ni celle de la toiture qui ne tient que par miracle. Il sera toujours temps d'emprunter, ou de réaliser les travaux nous-mêmes.

Mon père rafraîchit un instant l'atmosphère :

« Aux propriétaires maintenant de nous dire s'ils acceptent nos conditions. »

Je sursaute :

« Mais s'ils refusent, nous aurions discuté pour rien ?

— Mardi, nous serons fixés.

— Qui pourrait leur faire une offre plus alléchante que la nôtre ? dit monsieur Dupas. Voir retaper sa propriété sans bourse délier ! C'est la première fois que je vois une chose pareille ! »

Pour prolonger nos conversations, ma mère propose de garder tout le monde pour un souper improvisé. Heureux comme des marins rescapés du naufrage, tous acceptent. On décroche le jambon de la cheminée pour le faire cuire en tranches sur le gril. Je cours chercher un pot de rillettes dans le garde-manger de la laiterie. Nicolas me suit sans craindre notre tête-à-tête. Il me demande :

« Vous m'en voulez ?

— Mais non, mais non. »

En rentrant dans la cuisine, nous croisons mon père qui part à la cave choisir quelques bouteilles dignes de cette soirée. Le jambon réclame du bon cidre, et nous dégusterons le vin avec le fromage.

Albert attaque le repas avec appétit :

« J'espère que mon retard ne tracassera pas ma femme, elle sait qu'ici je suis en bonne compagnie. »

Le mardi suivant, le cœur battant, nous frappons à la porte des Outrebois. L'accueil est cordial.

À peine assis au salon, dans des fauteuils aux ressorts fatigués, monsieur nous demande :

« Avez-vous réfléchi ? »

C'est papa qui répond :

« Oui, bien sûr ! Avec les jeunes, nous avons examiné la situation. Mais avant d'aller plus loin, j'aimerais vous poser une question.

— Je vous écoute.

— Y a-t-il longtemps que vous êtes allés voir votre ferme ?

— Assez longtemps, oui. Pourquoi ?

— Je souhaite sincèrement que vous vous rendiez sur place. Elle est en piteux état. Si rien n'est fait, elle tombera rapidement en ruines !

— En ruines ! Comme vous y allez ! Quoi qu'il en soit, je la loue telle qu'elle est.

— Je vous propose de vous conduire là-bas. Il est important que vous connaissiez le délabrement de votre propriété.

— Oui, j'irai un jour. Je m'y rendrai par mes propres moyens ; elle n'est qu'à quelques encablures d'ici. Mais vous convient-elle ?

— La terre oui. Mais elle a été mal entretenue. Il va falloir retrousser ses manches.

— Vos jeunes me semblent pleins de vigueur, ça les occupera. »

Culotté quand même, le bonhomme. Mais je ne bronche pas, ne retenant que le côté prometteur de son propos. Il parle déjà comme si l'affaire était conclue.

Mon père reste tenace :

« Ils auront déjà beaucoup à faire avec la maison.

— Avec la maison ?

— Oui ! Elle n'est plus habitable. C'est pourquoi nous vous avons laissé entendre que nous étions prêts à faire quelque chose.

— Pourriez-vous préciser ?

— Nous avons envisagé des travaux dont le coût serait à valoir sur les fermages à venir. Nous confirmons la proposition.

— En avez-vous chiffré le montant ?

— Approximativement. Pour être habitable, il y a de gros frais à engager. On ne peut pas installer des jeunes mariés dans un taudis.

— Ma maison n'est pas un taudis.

— Ce n'était sans doute pas le cas il y a cinquante ans. Mais aujourd'hui… »

Après ces préliminaires, on en vient aux choses concrètes. Monsieur Outrebois tient à superviser le plan des transformations de la maison et les devis qui l'accompagneront :

« Si vous changez les portes, les fenêtres, le sol de la cuisine, je veux donner mon avis sur les matériaux. Et au fur et à mesure des travaux, il faudra me transmettre un double des factures pour que je sache où j'en suis au regard de votre fermage. »

De la discussion serrée, il ressort que les Outrebois se voient au bord de la misère en consentant à cet arrangement. De notre côté, nous insistons sur le travail de Romain qui nous attend, sans certitude de gagner notre vie correctement. Bref, chacun joue sa partition. D'un côté, les Outrebois qui estiment louer leur terre sans en tirer le profit espéré. De l'autre, les fermiers Dupas-Métadier, qui trimeront pour payer d'avance plusieurs années de fermage tout en faisant face aux risques du métier.

Un accord est quand même conclu. À la satisfaction, non avouée, des deux parties.

« Vous avez obtenu ce que vous vouliez, dit M. Outrebois. Nous allons quand même vous offrir une liqueur et trinquer avec vous. Parce que vous êtes des gens sympathiques. »

Ravis d'être autorisés à quitter les lieux, les Radebec déménagent en fin de semaine. Nous pouvons commencer les travaux immédiatement. Tout doit être aménagé, terminé et « visitable » pour le grand jour.

Albert Tournel embauche un compagnon pour tenir les délais prévus. Nicolas met la main à la pâte. Pendant des jours et des jours, il transporte terre et cailloux. L'oncle Fulgence nous aide. Nous avons hâte de combler la fosse à fumier, devant la maison, et de la recouvrir d'une bonne couche de gravier.

« Une belle cour, c'est l'orgueil du fermier », dit l'oncle.

Nos parents, ma sœur et mon beau-frère, des amis, nous rejoignent dès qu'ils sont libres, pour un coup de main bénévole.

Personnellement, je débarrasse des gravats dans les moments où je dois attendre que la maçonnerie sèche. Sans être experte, je tapisse la chambre au-dessus de la cuisine.

Jamais je n'ai imaginé qu'il faille autant d'huile de bras pour aménager sa demeure. Je suis vannée.

IV

La journée des noces

Au bout de quatre semaines, le chantier est en bonne voie et le moment est venu de songer à la noce. On dresse la liste des invités. Nous rendons visite à la plupart. C'est la coutume de présenter son futur conjoint aux proches, de rester à manger, le cas échéant, d'insister auprès de tel ou telle qui se fait prier. L'essentiel de notre tournée se fera dans les environs de Montebourg, Sainte-Mère-Église, Saint-Sauveur-le-Vicomte.

Une mésaventure nous attend. Nous arrivons très en retard chez des cousins de Nicolas. Ils sont installés là depuis trois ans. Nous tâtonnons pour trouver leur ferme perdue au fond d'un chemin mal empierré entre Quettehou et Le Vast. L'accueil est chaleureux, mais par notre faute, le canard est trop cuit. Et comble de drôlerie, c'est la troisième fois en deux jours qu'on nous sert du canard aux navets. Regard complice entre Nicolas et moi ; nous nous en amusons et mangeons de bon appétit.

Expédition plus lointaine chez les cousins Dupont. Ils habitent Folligny, à quatre-vingts kilomètres de chez nous. L'auto des Dupas est indisponible pour quelque temps : une bielle coulée. Impossible d'y aller en carriole. Pourtant, nous tenons à ce qu'ils soient des nôtres, en raison de nos liens d'amitié. Huitième enfant de la famille, Éléonor Dupont a dû quitter la ferme de ses parents ; pas de travail pour lui. Nanti de son certificat d'études, il a obtenu une bonne place aux chemins de fer. Son embauche fut enviée par ses frères restés dans l'agriculture. Pas fier pour autant, Éléonor nous a toujours rendu visite à chacun de ses passages dans la région. Congés payés et conditions de transport avantageuses facilitent ses déplacements. Nous lui adressons une lettre pour l'inviter à notre mariage. Il répond aussitôt : « L'invitation ne vaut que si vous la confirmez de vive voix. Venez quand il vous plaira. Je vous joins les horaires de trains. Rien de plus facile que d'atteindre Folligny. On compte sur vous. »

Mes parents ont un bon prétexte pour renoncer à ce déplacement. Qui trairait les vaches en leur absence ? Nicolas et moi ne pouvons nous récuser. Une bonne occasion de partir tous les deux, seul à seule.

Nicolas prend le train à Sottevast. Je le rejoins à la gare de Saint-Sauveur-le-Vicomte, où je laisse mon vélo à la consigne. Arrêt de l'omnibus dans toutes les gares, jusqu'à Coutances. Attente de plus d'une heure, puis départ par un autre train pour Folligny. C'est mon premier grand voyage.

Éléonor nous accueille à l'arrivée. Avec lui, nous empruntons la passerelle pour franchir les voies ferrées ; je n'en ai jamais vu autant. J'écarquille les yeux ! Nous descendons l'escalier vers « la petite vitesse », où sont triés et rangés les wagons de marchandises qui s'entrechoquent bruyamment à chaque manœuvre. À quai, un alignement de wagons dans lesquels sont entassées des centaines d'animaux.

« Aujourd'hui, dit Éléonor, le trafic est plus important. C'est la grande foire Saint-Barnabé ; on expédie des bêtes dans toutes les directions. Quand elles sont embarquées, les vendeurs se rendent en face, au café La Petite Vitesse où les acheteurs les attendent. On boit un premier “café-calva” en prenant son tour pour être payé. Les maquignons sortent de leur poche un portefeuille bourré de billets de banque et relié à la poche intérieure de leur grande blouse par une chaînette. Dans le brouhaha et la fumée de tabac, chacun reçoit son dû en buvant la rincette. »

Nos cousins habitent à proximité de la cité Dautry. Simone s'est mise en frais pour nous recevoir. Pourtant elle est fort occupée. Avec son fils Adrien, dont elle pousse le landau, elle part chaque matin pour faire des ménages. Elle porte le second… qui verra le jour dans quelques semaines.

« J'espère qu'il ne tardera pas à naître, pour que je puisse aller à votre mariage, nous dit-elle. Mes voisins garderont Adrien. Ici, les gens sont toujours prêts à rendre service. Je devrai emmener le petit pour l'allaiter. Vous me trouverez bien un endroit où il pourra dormir entre les tétées ?

— Oui, bien sûr. Dans la chambre de mes parents, par exemple. »

Enchantés par la chaleureuse hospitalité des cousins Dupont, nous rentrons dans la soirée, pleins d'optimisme.

La tournée des invitations achevée, il reste toute la préparation matérielle : la mise en ordre et la décoration de la grange, l'inventaire de la chambre d'ami où dormiront les cousins Dupont et leur bébé, le grand ménage de l'église. Nous terminons la veille au soir du mariage, espérant que le soleil du matin achèvera de sécher la peinture des portes de la maison. Nous sommes rompus de fatigue.

Samedi 15 juillet 1939

Et c'est la grande journée des noces. Nous croisons quelques retardataires en sortant de la mairie. En entrant dans l'église, au bras de mon père, je suis impressionnée par tous ces regards braqués sur moi. Est-ce ma robe en satin blanc qu'ils admirent ? À moins que ce ne soit le bouquet de fleurs d'oranger que je porte à la main, ou ma couronne tressée avec les mêmes fleurs ? Le cœur battant, je flotte plus que je ne marche.

Derrière moi, deux petites filles, aux robes de dentelle anglaise, soutiennent mon voile. Suivent huit couples de demoiselles et garçons d'honneur. Les jeunes filles sont habillées en mousseline bleu pastel et coiffées d'une capeline. Ni coupe ni couleur du costume ne sont imposées aux garçons d'honneur, mais tous tiennent à la main un chapeau de feutre gris. Suit le cortège des invités. La plupart des dames, vêtues de noir, portent des chapeaux rivalisant d'élégance et d'imagination. Une cousine du marié arbore un chapeau cloche agrémenté d'une nichée d'oiseaux aux plumes de toutes couleurs. De mémoire de paroissien, on n'a jamais vu un tel couvre-chef dans l'église de Saint-Firmin. Venue de la ville, la cousine est à l'affût de la dernière mode.

Certains hommes sont fidèles au chapeau melon. Ceux qui ont échappé à l'embonpoint ont revêtu leur costume de noce. Chacun a sa montre à gousset, en or ou en argent, attachée par une chaîne pour éviter de la perdre.

Puis commence la cérémonie :

À la question : « Voulez vous prendre pour époux... », je réponds oui avec conviction, consciente de m'engager pour la vie entière. Je tremble ; je me laisse passer l'anneau au doigt.

Monsieur le curé rappelle les devoirs des époux et prêche la sérénité, pour aborder cette période troublée. Les habitants de la commune sont venus nombreux. Redoutant une nouvelle guerre, ils doivent craindre qu'elle me sépare d'un mari que j'aurai à peine connu.

Après la messe, il faut se soumettre aux ordres du photographe. Prenant mon mari par la main, je l'entraîne vers les gradins.

« Viens ! »

Pour la première fois je le tutoie avec spontanéité.

À notre suite, les invités s'installent, à la recherche d'une attitude avantageuse. Moment important puisqu'il immortalisera cette journée.

Enfin, c'est l'heure de la rencontre entre les invités. Des groupes se forment : les enfants ; les cousins, heureux de se revoir ; les jeunes filles abandonnant pour un instant leurs cavaliers ; les anciens de la guerre 1914-1918. Je devine que ces derniers évoquent encore une fois leurs souvenirs du front.

L'oncle Fulgence reste à l'écart. En un éclair, je me revois enfant, allant sur ses genoux pour le consoler « des bobos à son cœur ». Je remplaçais la petite fille qu'il avait désirée. Tout à l'heure, il m'a dit : « Sois heureuse, ma petite. »

Mes parents sont tout sourire. Voilà leur dernière fille mariée. Devoir accompli. À Nicolas d'assurer mon bonheur. Maman veille à ce que mon voile ne soit pas chiffonné. Madame Dupas s'affaire, s'agite, minaude. Son grand chapeau à large rebord, chahuté par le vent, gêne ses embrassades.

Puis c'est le départ vers la grange aux murs garnis de draps et de guirlandes. Une grande table, en forme de fer à cheval, est dressée. Le repas nous attend. Madame Leviocel, de Valognes, célèbre pour ses talents de cuisinière, dirige les opérations. Aidée de deux femmes du village, elle a attrapé, tué, plumé et vidé une trentaine de volailles élevées tout exprès par maman. Elle nous a proposé un menu avec quelques plats typiques de la région normande. Le repas s'ouvre sur un plateau de fruits de mer où figurent en bonne place les huîtres de Saint-Vaast-la-Hougue et les grosses crevettes dites « Demoiselles de Cherbourg ». Il est suivi, en mémoire de la grand-mère de Nicolas, par un vol-au-vent. Quand nous attaquons le « Poulet Vallée d'Auge », accompagné de pommes reinettes, nous savons déjà que la gastronomie normande sera à la hauteur de sa réputation.

Nos invités estiment bienvenu « le trou normand », ce petit verre de calvados qui stimule les papilles. Mis en appétit, ils ont les yeux pleins de gourmandise quand arrive le gigot de pré-salé avec sa garniture de carottes de Réville, ses croquettes de pommes de terre et ses champignons.

Maintenant, ils peuvent se servir de salade, de fromage et savourer le saint-honoré.

Une fois le champagne sablé, nous quittons la table pour la visite rituelle au futur domicile des mariés. Maman montre avec fierté le trousseau brodé main par ma grand-mère maternelle, celle qui m'a initiée à la broderie. Apprentissage apparemment inutile aujourd'hui, et pourtant, il m'a donné le goût du beau. « Comme j'aimerais, Grand-mère, que tu sois des nôtres. Mais qui sait ? Peut-être t'est-il donné, par-delà les nuages, de partager nos réjouissances ».

Ma belle-mère tient à ce que nul n'ignore sa générosité : elle nous donne la grande et belle armoire normande qui date du mariage de ses parents.

Nicolas, indifférent à l'ampleur et à la qualité de mon trousseau, préférerait faire admirer ses vaches aux amis. Dommage pour lui, elles n'arriveront que la semaine prochaine.

Les nuages menaçants nous contraignent à abandonner la balade prévue au village de « Cul de fer ». Il est pourtant trop tôt pour rentrer : les serveurs n'ont pas eu le temps de remettre tout en ordre pour le repas du soir.

« Allons voir l'église de Colomby, suggère madame Dupas. Édouard Herriot en personne l'a visitée le 30 juillet 1932. C'est assez dire qu'elle vaut le déplacement. C'est sur la recommandation de monseigneur Louvard, évêque de Coutances et Avranches, que notre chef de gouvernement s'y est rendu. »

Son clocher est surmonté d'une longue flèche élancée, entourée de quatre clochetons octogonaux. Bien loin avant d'arriver à Colomby, sa silhouette élégante, qu'on croirait plantée au beau milieu de la route, frappe ceux qui s'en approchent. La partie la plus ancienne date des XIIe et XIIIe siècles. L'abbé Mariotte, curé de la paroisse, nous guide. Il vante la beauté du style gothique, attire notre attention sur le chœur rétréci par rapport à la nef et aussi sur la magnifique vierge à l'enfant « souriant aux anges », vêtue d'une robe ornée d'un bijou sur la poitrine. Il nous présente la statue en bois peint représentant saint Georges, patron de la paroisse, terrassant le dragon.

Il est tard quand nous revenons à table. Est-ce la fatigue ? Je n'ai pas faim. Nicolas, lui, se régale de la marmite dieppoise, mariant les soles, la barbue, et les carrelets avec des moules et des coquilles Saint-Jacques. Le tout est cuit dans le cidre et lié, bien entendu, avec de la crème. Dès le second plat, du saumon à la sauce hollandaise, on sollicite la tante Angèle pour une chanson. Elle se fait tirer l'oreille pour la forme et chante « le rêve bleu » sans abuser des trémolos.

Est-il vrai que :

Les heures sont brèves
Au pays merveilleux
Au doux pays des rêves…

Et que :

Le bonheur n'est qu'un songe.

Impossible de le croire le jour de mon mariage.

Dans le brouhaha des verres et des fourchettes, chacun y va de son couplet. J'aime ce moment où chacun distrait l'assemblée par ses chansons, ses blagues, ses histoires. Je le redoute aussi. Je déteste le graveleux ou le grivois. Quelques-uns de mes proches ont pris l'habitude de veiller au grain. Si un lourdaud dépasse les bornes, ils lancent un refrain à reprendre en chœur pour couvrir sa voix.

Sur le coup de deux heures du matin, l'accordéon de mon cousin Jean-Pierre réveille les assoupis. On entame la pièce montée, arrosée d'une coupe de champagne. Petit à petit, nos invités nous quittent, laissant la piste de danse aux plus endiablés.

À quatre heures du matin, éreintés, harassés, nous prenons possession de notre maison, de notre chambre, de notre lit. Enfin seuls, nous vivons nos premiers moments de réelle intimité. En toute confiance, je m'abandonne dans les bras de Nicolas, prévenant et délicat.

V

La déclaration de guerre

Il faut terminer la remise en état de la ferme. Et surtout, avancer le plus possible dans les travaux à cause des risques de mobilisation. Pas question de voyage de noces. Nicolas le regrette et me propose d'aller à Cherbourg, chez Margolis. Il veut m'offrir une jolie robe, « avant que tous nos sous ne passent dans les dépenses de la ferme », me dit-il. J'apprécie d'autant plus sa générosité que je le sais économe de tempérament.

Après plusieurs essayages, je m'arrête sur un modèle en soie sauvage bleu roi, éclairé par un col Claudine blanc. J'hésite : c'est la plus chère du magasin. Nicolas devine mon scrupule :

« C'est dans celle-là que je te préfère ; on dirait qu'elle rend tes yeux plus bleus. Elle te va à ravir ; on la prend ! » Son geste me remue. Je me jette à son cou et lui dis : « Je t'aime. »

Se sentant vieillir, l'oncle Fulgence met à notre disposition quelques vergées de terre. Imbriqués dans les nôtres, ces clos-là sont les bienvenus. Il garde l'herbage à pommiers qui suffira à la nourriture de sa vache. Histoire d'avoir du lait pour son déjeuner du matin. À soixante-quatorze ans, désœuvré, il broierait du noir. « Il chercherait le diable à tuer », aurait dit ma grand-mère.

Malgré l'urgence du travail, nous nous accordons des sorties en amoureux. Le dernier dimanche de juillet, nous allons fêter la Sainte-Anne à Briquebec, notre première échappée depuis notre mariage. C'est l'occasion d'étrenner ma robe neuve. Nicolas en est tout fier. La semaine suivante, nous nous rendons à Saint-Pierre-Église, pour la Grand'Saint-Pierre.

Tous savent que nous avons emprunté chez le notaire pour payer la toiture, la réfection de l'escalier et le gravier de la cour. Nous taisons le montant exact, de peur d'effrayer nos parents. J'ai convaincu Nicolas de ne pas lésiner. Peut-être ai-je exagéré. Il faudra payer les intérêts. Je n'ai pas oublié qu'il s'agit de sommes déductibles du fermage. Je redoute quand même les foudres des propriétaires. Ils s'étonneront du coût des travaux, supérieur à nos prévisions. Mais on ne pouvait pas faire les choses à moitié.

Vendredi 1er septembre 1939

L'orage qui planait sur le monde vient d'éclater. La Pologne, sans mobilisation préalable et sans déclaration de guerre, est envahie par l'armée de l'Allemagne national-socialiste. Ses villes sont pilonnées par l'aviation allemande. Les Polonais résistent avec courage.

La France décrète la mobilisation générale. Notre lune de miel aura été de courte durée.

Samedi 2 septembre 1939

On se retrouve nombreux pour prier à l'église. Monsieur le curé annonce l'annulation du pèlerinage diocésain. Au lieu de partir vers Lourdes, les trains risquent d'être réquisitionnés pour un tout autre pèlerinage, vers le Nord et l'Est de la France.

À Paris, les Chambres votent les crédits de guerre.

Dimanche 3 septembre 1939

À onze heures, la Grande-Bretagne déclare la guerre à l'Allemagne.

À dix-sept heures, la France fait de même.

Dans l'après-midi, le bruit du tocsin se répercute de clocher en clocher. La nouvelle bouleverse. Les anciens affichent des mines sombres, oppressés par les souvenirs de la Grande Guerre. Seuls les grands adolescents, curieux et avides d'inhabituel, vibrent à cet événement hors du commun.

Le tocsin a cessé quand mon mari me rejoint à la cuisine. On s'assoit l'un près de l'autre, sans rien dire. Nous tremblons de crainte et de tendresse. Les premiers mots de Nicolas m'étonnent :

« Je vais devoir partir. Tu ne peux pas rester seule, sans protection. Il te faut un bon chien de garde qui soit pour toi une compagnie et une sécurité.

— Ton souci me fait chaud au cœur, mais c'est toi qui pars à la guerre. Le plus à plaindre, c'est toi !

— Tu sais, je n'aurai qu'à obéir aux ordres et me rendre où on me dira. Tandis que toi, tu restes seule, avec la ferme sur les bras. Je suis malheureux de t'abandonner. Je serai rassuré par la présence d'un saint-bernard près de toi. Qu'en dis-tu ?

— Pourquoi pas ?

— La chienne des Cordier en a fait une portée, il y a deux mois à peine. Je vais leur demander de nous en réserver un. »

Il avale son café et part en coup de vent. Sa réaction me surprend. J'avoue que le tocsin a réveillé en moi mille autres tracas. Après son départ, je monte dans notre chambre, pressée de préparer ses affaires. Je sors de l'armoire ce qui me semble nécessaire à emporter. Le lit, en quelques minutes, est recouvert de chemises, chaussettes, mouchoirs, vestes, pantalons, camisoles, tricots. Deux grandes valises ne pourront contenir un tel fourniment. Il faut trier. D'ailleurs, l'armée doit bien distribuer un minimum d'habillement à ses soldats. Mais quoi ? Je n'en sais rien. Je n'ai pas fait de service militaire, moi. Voyons, réfléchissons ! L'uniforme, une veste et un pantalon sont fournis. Il suffit de prévoir des sous-vêtements.

Je m'arrête. Je ne réalise pas ce qui nous arrive. Bien sûr, on parlait d'une possibilité de guerre, mais ça restait une idée en l'air, c'était irréel. Puis brutalement la voilà, implacable, aussi inévitable que la mort. Je m'assieds. J'essaie de chasser les idées noires. Pourquoi me suis-je précipitée à sortir tout ce bataclan ? Après tout, l'ordre de mobilisation n'est pas encore là. Ce linge déballé sur le lit, c'est comme si j'accélérais le départ de Nicolas. Non, je ne veux pas cela. Je me précipite pour tout remettre dans l'armoire. Notre soirée serait gâchée par ces valises.

Par la fenêtre, j'aperçois Nicolas qui revient à vive allure. Je sors à sa rencontre. Un panier à lapin est fixé sur son porte-bagages.

« Viens voir ce que je t'ai rapporté. »

Je soulève le couvercle et découvre une tête de chiot au regard apeuré, au-dessus d'une énorme boule de poils jaunes et blancs. Dès les premiers instants, il m'adopte par un grand coup de langue sur la figure. De mon bras resté disponible, j'attire mon mari vers moi. Je lui plaque un baiser sonore sur la joue.

« Merci. Ce "compagnon cadeau" me fait très plaisir. Je penserai à toi en le regardant. J'y penserais même sans ça. J'espère que tu me reviendras avant qu'il ait l'âge de jouer les gardiens. »

Bras dessus, bras dessous, nous entrons dans la cuisine. Nicolas me prend sur ses genoux tandis que sur les miens j'accueille mon nouvel ami.

« Quel nom vas-tu lui donner ?

— Je l'appellerai Ulysse. »

Avant même de se quitter, on se sent déjà comme séparés. Je songe à l'avenir proche. Qui pourra m'aider dans toutes les tâches qui m'attendent ? Tant d'hommes vont partir.

Le tocsin a sûrement bouleversé l'oncle Fulgence. Et mes parents ? Avec deux gendres mobilisés et deux filles seules sur leurs fermes, ils doivent être sens dessus dessous.

« À quoi penses-tu ? me demande Nicolas.

— Et toi ?

— Peut-être aux mêmes choses que toi ?

— J'imagine mal que tu puisses me quitter.

— Ce sera pour peu de temps.

— Te savoir absent, ne serait-ce qu'un mois, me paraît insurmontable. »

Pourquoi la longue liste gravée sur le monument aux morts de la guerre 1914-1918 s'impose-t-elle à moi ? Submergée par le cafard, je frissonne.

Et Nicolas ? Il connaît les atrocités de la guerre. Plusieurs membres de sa famille n'en sont pas revenus, et son père garde les séquelles d'une blessure à l'oreille.

Comme tous les paysans en instance de départ, Nicolas travaille d'arrache-pied dans les champs et dans la cour en attendant son appel sous les drapeaux. Il veut terminer l'aménagement de la cour et de la maison.

Jeudi 7 septembre 1939

Nicolas a reçu sa feuille de mobilisation. Mon cœur bat à coups redoublés. Cette fois, il faut préparer la valise. Je vais me retrouver seule, et sans beaucoup d'expérience, à la tête de la ferme, avec un travail au-dessus de mes forces. Je l'accompagne à la gare en carriole. Pour rendre plus gai son dernier regard sur moi, j'arbore ma robe bleue :

« Tu sais, je ne la remettrai qu'à ton retour ! »

La guerre est là, bien installée. Chaque jour, nous en mesurons les désastres. Les hommes dans la force de l'âge s'en vont, les meilleurs chevaux sont réquisitionnés. On pare au plus pressé en négligeant certains travaux : l'entretien des haies, le curage des fossés, les chardons à couper.

Même situation pour Paulette. Son Norbert est mobilisé. Impossible de compter sur l'aide de nos parents : leur commis aussi a reçu sa feuille de route.

VI

Et l'oncle Fulgence se souvient

PENDANT DEUX JOURS je ne vois personne. Le troisième soir, l'oncle Fulgence me rend visite. Il s'assied dans le fauteuil au bout de la table, tandis que je réchauffe le café. Plus qu'à l'ordinaire, son visage se creuse de rides profondes. De toute évidence, il se tourmente pour ses neveux et pour l'avenir de ses nièces. Il n'en souffle mot, mais ses hochements de tête le trahissent. Jusqu'alors je ne le voyais jamais inquiet. Depuis la guerre de 1914-1918 et ses suites, il n'avait plus rien à perdre. Le voilà maintenant préoccupé de notre sort. Lui, d'ordinaire si réservé, se lance dans une diatribe contre Hitler. Il conclut à une guerre courte et une victoire rapide. Il cite Paul Reynaud, président du Conseil : « Nous gagnerons parce que nous sommes les plus forts. » Il ajoute :

« Ton mari sera bientôt rentré à la maison. »

Les yeux baissés, la voix émue, il me dit :

« Hier soir, j'ai ouvert le tiroir de la vieille commode, où je range les photos. J'ai retrouvé celles de Marie, ta grand-tante. Tu étais trop petite quand elle est morte. Tu ne peux pas t'en souvenir. »

Une sorte de pudeur le paralyse. Il me parle des siens comme il ne l'a jamais fait. Il sort des photos de sa poche, celle de Marie entourée des enfants. Celle de ses trois fils en tenue militaire. De beaux et solides gaillards.

Il ravive ma mémoire :

« Gaston, l'aîné, insouciant et généreux, a été tué à Verdun, au cours de la poussée allemande de juin 1916. Dans l'impossibilité de sortir de leur abri, ses camarades l'ont vu agoniser à quelques mètres d'eux. Le tir d'obus fut si intense qu'on ne retrouva aucune trace de son corps.

Auguste, le second, était au Chemin des Dames. Le 16 avril 1917, le général Nivelle lançait une grande offensive. Prévenu des intentions françaises par des espions, l'ennemi avait retiré ses troupes. Au bout de leur percée dans le vide, les vaillants soldats y trouvèrent une ligne de défense renforcée. L'échec fut total. Ce fut un massacre. Ils moururent pour rien. Auguste était du nombre.

Jules, le plus jeune, n'avait que dix-neuf ans quand il fut envoyé sur le front en 1918. Il eut la chance d'en réchapper. Seul survivant, il était l'objet de toutes les attentions de sa mère. Sans nous consoler de la mort de ses frères, il nous raccrochait à la vie. On pouvait compter sur lui. Un an plus tard, il mourait d'un coup de pied de cheval.

Marie, déjà épuisée, n'a pas résisté à ce dernier choc. Pendant quelques mois, sans manifester sa révolte, elle vécut jour et nuit dans le cauchemar. Parfois, elle revoyait ses fils en danger ou agonisant sur un champ de bataille. Alors, son regard prenait des expressions tragiques et ses gestes devenaient désordonnés, comme si elle se précipitait, impuissante, à leur secours. Peu à peu, elle est devenue absente. Sa raison chavirait. Elle criait : "Ils vont les tuer". »

Debout contre la cheminée, Fulgence, le regard perdu, se souvient.

« Ce dimanche-là, Marie disposait les couverts autour de la table. Je lui demande : "Pourquoi mets-tu cinq couverts ?" Elle m'a répondu d'une voix douce : "Les garçons vont venir ce soir, je veux les revoir encore une fois." Alors, j'ai compris la gravité de son mal. Je l'ai prise dans mes bras et l'ai suppliée. "Marie, Marie, Marie, ne me quitte pas." Son visage n'exprimait plus rien. Plus tard, quand je lui rendais visite à l'asile, elle ne me reconnaissait plus. »

Après un instant de silence, il reprend :

« Elle repose dans le petit cimetière, avec Jules, à proximité du monument aux morts où figurent les noms de nos deux grands fils, Gaston et Auguste. »

Pour la première fois, l'oncle Fulgence pleure devant moi. Je lui passe les bras autour du cou. L'histoire de sa famille, je la connaissais. Pas la profondeur de sa peine.

« Un soir, au coin du feu, il faudra que tu me reparles de tout cela, de tes jours heureux et de tes jours sombres.

— Oui ! À toi, je pourrais me confier. »

Après un temps de silence il ajoute :

« Une nouvelle guerre avec ceux qui ont tué mes fils, c'est pour moi l'horreur. »

Ses traits, vieillis tout à l'heure, m'apparaissent tout à coup résolus.

Le lendemain matin, il revient.

« Dans la situation où vous êtes, ta sœur et toi, je veux vous aider. La France mobilise vos maris pour combattre les Boches. Je suis trop vieux pour prendre leur place, mais je veux être utile. En 1870, j'étais tout gosse. En 14, déjà, j'avais dépassé l'âge de la mobilisation. J'ai appris qu'une guerre se gagne par les hommes qui sont au front, mais également par les gens de l'arrière. Une fois de plus, je n'irai pas au feu, mais je travaillerai pour mes nièces. »

Cher oncle Fulgence ! À peine nous a-t-il loué quelques champs, pour moins se fatiguer, qu'il retrouve de l'énergie pour reprendre le collier.

De son côté, le petit Gustave, dix ans, se met à l'ouvrage ; il veut suppléer l'absence de son père. Le matin, avant de partir à l'école, il trait, s'échine à porter des bidons de lait « lourds comme le diable ». Quand la force lui manque, il en pleure de dépit. Pendant les vacances, et le jeudi, jour sans école, il travaille d'arrache-pied. Fulgence, son arrière-grand-oncle, stimule son jeune courage.

VII

La célébration du 11 Novembre

La guerre transforme Michel Tyrou en personnage. L'armée n'a pas voulu de lui à cause de ses pieds plats. Il apporte les journaux et les lettres de nos soldats. Sans poste de TSF, à deux kilomètres à la ronde, il colporte les nouvelles, bonnes ou mauvaises. De maison en maison, il recueille les bruits qui courent. Ainsi, on apprend que Bernard Plobel, le fils du cabaretier, a écrit pour se plaindre d'une mauvaise bronchite.

La gentillesse naturelle de Michel lui vaut l'estime et la reconnaissance de tous. Quand il arrive à l'heure du casse-croûte, on ajoute volontiers un couvert pour lui. Il participe alors à la conversation de la tablée. On l'aime et on le blague. Avant-hier, au hameau de La Queue du renard, trois joyeux drilles ont ri à ses dépens.

Dans la maison du premier on offre à Michel le hareng salé, le morceau de fromage, la moque de cidre et le « café-calva ». Son sac et son vélo repris, il continue sa tournée. Chez le second lascar, on lui propose le même menu. Il l'avale de bon appétit. À peine s'est-il assis chez le troisième larron, pour goûter son dernier hareng, que le premier lascar surgit. L'air faussement vexé il lui demande :

« C'est-y qu't'avais pas eu assez à manger à la maison ? »

Une minute plus tard, le second arrive, posant la même question. Michel prend la plaisanterie du bon côté. Avec une nouvelle moque de cidre, il digère harengs salés et bonnes blagues.

Les lettres des soldats sont très attendues. On guette l'annonce d'une permission ou d'une information réjouissante. Des combats victorieux ? La fin prochaine de la guerre, peut-être ?

On écrit à son soldat pour lui donner des nouvelles de la famille, de la ferme, du village. On s'inquiète de son moral.

À son mari, Paulette parle de Gustave qui travaille à la ferme sans relâche. Il a fièrement traversé le village sur le dos de la jument pour la mener chez le maréchal-ferrant. Les pieds de Polka avaient besoin d'être taillés et ses quatre fers usés devaient être remplacés. Gustave a tenu lui-même les pattes pour le ferrage. Il refuse d'admettre que c'est trop dur pour lui.

Grâce à l'aide des voisins, le blé a été semé dans de bonnes conditions. Les pommes sont pressées et le cidre est fait.

Avec Paulette, nous échangeons les nouvelles de nos hommes. Nicolas m'écrit au moins deux fois par semaine. Je lui réponds aussitôt. Je garde le double de mes lettres. Celle d'hier :

Mon Chéri,

Tu m'annonces un déplacement de ton régiment. Même si je suis heureuse d'avoir de tes nouvelles, ton départ pour une destination inconnue me turlupine. Dès que tu pourras, rassure-moi. Indique-moi ou t'adresser le courrier. Tu me manques ; je voudrais tant que tu sois là, je me sens si seule dans notre nid. Parfois, je te retrouve dans mes rêves et au matin j'en suis rassérénée. D'autres nuits, les cauchemars me réveillent en sursaut.

Mes parents s'assurent régulièrement que je ne manque de rien. J'ai eu des nouvelles des tiens, avant-hier. À leur mine, je devine leur inquiétude.

Fulgence, lui, est méconnaissable. On dirait qu'il reprend goût à la vie. Rendre service, être utile, c'est sa façon à lui d'être présent à l'arrière du front « contre les Boches », comme il dit.

Hier, il est allé à l'atelier public faire distiller ce qui restait de vieux cidre dans la barrique. Me voilà parée pour longtemps. J'en utilise un peu comme désinfectant, et guère plus dans le café pour les gens qui passent.

Ulysse, comme, tu l'as voulu, me tient compagnie. Il n'est pas « chien » de ses marques d'affection. Ne sois pas jaloux et reviens-moi bien vite. La gentillesse de mon entourage devrait m'arracher à la solitude, curieusement elle l'accroît. Comme si les gestes de générosité de nos amis me rendaient plus cruelle ton absence.

Je t'embrasse tendrement.

Hélène

P.-S. Le lundi est décrété « jour sans viande ». Les boucheries resteront fermées. Ça ne me dérange pas.

La lenteur du courrier crée un décalage entre nous. Je réponds avec trois semaines de retard aux questions de Nicolas. Son absence m'attache de plus en plus à lui. La séparation teste la solidité de nos liens. Si l'amour passion ne fut pas à l'origine de notre rencontre, il le devient sous l'effet des circonstances.

Samedi 11 novembre 1939

Nous célébrons la victoire des armées françaises et alliées en 1918 sur notre ennemi traditionnel : l'Allemagne. Une occasion de rappeler à la population le courage de nos soldats et de doper la confiance en une fin prochaine et victorieuse des combats. Une grand-messe solennelle rassemble la majorité des habitants. Elle sera suivie d'un dépôt de gerbe au monument aux morts.

Je passe à la sacristie avant la cérémonie pour demander un renseignement.

Le maître-chantre, le père Lemarais, qui est aussi le maire de la commune, bavarde avec le jeune chantre Marcel :

« Dommage qu'on n'ait pas un musicien pour donner un coup de trompette au monument aux morts.

— Autrefois, je jouais du clairon.

— Ah bon ! L'as-tu toujours, ton clairon ?

— Oui, bien sûr.

— Saurais-tu encore en jouer ?

— Je crois.

— Cours donc chez toi le chercher, et à mon signal tu entonneras la sonnerie aux morts. »

Marcel, revêtu de sa soutane et de son surplis, saute sur son vélo et pédale à fond. De retour à l'église, il a tout juste le temps de poser la chape sur ses épaules.

Après la messe, on se rend en procession au monument aux morts. Le maire dépose la gerbe de fleurs. Après un Pater et un Ave récités par monsieur le curé, l'assemblée observe une minute de silence. Puis, sur un signe discret du père Lemarais, Marcel farfouille sous la chape et sort son clairon. D'un geste solennel il le fait tournoyer et le porte à ses lèvres. Il souffle de toutes ses forces. Silence total. Il reprend sa respiration, donne le maximum, devient rouge, cramoisi, mais toujours rien. Au quatrième essai, sous l'œil étonné de l'assistance, un bouchon de papier sort de l'embouchure, catapulté hors de sa cachette, en même temps qu'un tonitruant « prrrr-reutttt ». Mine outrée de monsieur le Curé. Rires convulsifs de l'assemblée. J'en ris encore toute seule.

Marcel a été victime d'une plaisanterie dont nous avons l'explication dans la soirée. En voyant le chantre passer avec cet accoutrement, de joyeux lurons l'interpellent :

« Viens trinquer avec nous.

— Non, je suis pressé. »

Quand il repasse avec l'instrument en bandoulière, il est immobilisé en face du bistrot par nos lascars, qui l'obligent à entrer au café. Marcel est loin d'imaginer que l'un d'eux va boucher le pavillon de son clairon.

À l'approche de Noël, la plupart des familles comptent sur la présence de leur soldat. La dernière lettre de Nicolas m'enlève tout espoir de le revoir avant le printemps. Norbert s'annonce pour Noël. Gustave, se promet de lui montrer ses capacités de paysan : « Papa sera fier de moi », dit-il.

Marie-Lou dessine un cheval.

« C'est pour mon "petit papa". Il l'emportera à la guerre ! »

Leur attente sera vite déçue. L'armée française refuse de laisser partir tous les militaires en même temps. Les permissions s'étaleront sur un mois.

Norbert a pourtant reçu la promesse qu'en tant que père de famille, il passerait Noël avec les siens. Le vieil adage se vérifie : « dans l'armée, les ordres sont généralement suivis de contrordres ».

Tout cela gâche l'atmosphère de ce Noël 1939. Le moka lui-même, confectionné par Paulette et Marie-Lou, manque de saveur. On met de côté la plus grosse part, au cas où papa arriverait par surprise.

Une semaine plus tard, « il est enfin là ». Gustave s'arrange de la situation :

« Si tu étais venu pour Noël, dit-il, tu serais déjà reparti. Comme ça, pour la bonne année, tu seras encore avec nous ! »

Norbert n'est pas venu les mains vides. Il déballe, devant les yeux écarquillés de ses enfants, l'unique cadeau de Noël : une grosse tablette de chocolat au lait. Jamais ils n'en ont savouré d'aussi bon : il a le goût de la première permission de papa !

Les grands froids de cet hiver 1939-1940 m'ont prise au dépourvu. Allumée du matin au soir, la cheminée apportait un peu de chaleur dans la maison. Maintenant, je me contente du feu que j'allume pour cuisiner. Le travail me réchauffe dans la journée. Un lit de plumes et un bon édredon me protègent la nuit.

Je n'aurai pas la force d'abattre des arbres et de les mettre en bûches. L'oncle Fulgence saurait le faire, mais je me garde d'en parler devant lui. J'essayerai de trouver quelqu'un pour émonder et couper une haie. Et j'apprendrai à faire des fagots. Pas question de brûler davantage de bois : la réserve serait épuisée à la mi-mars.

Mon père ne l'entend pas ainsi. En rentrant du marché, je le trouve en train de ranger des bûches apportées avec son tombereau. Quelle aubaine ! Avec ça je finirai l'hiver tranquillement. Plus tard, s'il le faut, je ferai appel à un tâcheron.

Depuis hier, la neige tombe. Un sac en toile de jute sur les épaules, un autre en forme de capuchon sur la tête, tous les deux vaquent aux soins des animaux. Gustave prolonge de quelques jours les vacances de Noël. Les vaches ne sortant plus, on leur porte l'eau et le fourrage à l'étable. Pour transporter le foin aux génisses restées dehors, impossible d'atteler la jument ; la neige « botterait » sous ses fers, elle risquerait de se casser une patte. On le fera à « dos d'homme ». À plus de trois cents mètres de la maison, c'est pénible. La neige pénètre dans les sabots et vous gèle les pieds. Elle s'accroche aux clous de leur semelle et rend la marche dangereuse ;

on risque l'entorse à chaque pas. Le troisième jour, Gustave troque les sabots contre les bottes de son père, qu'il bourre de vieux journaux ; ça flotte un peu, mais c'est plus sec et plus chaud. Et la neige ne « botte » pas sous les semelles de caoutchouc. Le quatrième jour, le découragement le menace. Une proposition de Fulgence le requinque :

« Depuis que ton père est mobilisé, on ne mange plus de lièvre. Ça te dirait d'en attraper un ?

— Oh oui ! Tu as un fusil ?

— Pas besoin de fusil. La chasse est fermée, on se ferait repérer. La première journée de neige, les animaux sauvages, surpris, restent cachés. La deuxième, la faim les oblige à sortir. Ils reprennent leurs habitudes. Si la neige cesse cette nuit, demain matin il y aura des traces, il suffira de les suivre.

— Comment faire pour tuer un lièvre sans fusil ?

— Avec un bâton.

— J'en prendrai un aussi.

— Bien sûr. On devra se lever très tôt pour soigner les bêtes avant de partir. »

Jamais vaches et génisses ne reçurent leur fourrage d'aussi bon matin. Rendez-vous est pris chez moi pour le petit-déjeuner. Je leur prépare un solide casse-croûte : deux œufs frits sur le plat et une tranche de jambon pour chacun, tartines, confiture et café au lait. Fin prêts, les deux compères, bâtons en main, prennent la clé des champs.

Au retour, sous le regard amusé du tonton, Gustave raconte ses découvertes. Il décrit les pas du renard, les sauts du lapin, plus courts et plus ramassés que ceux du lièvre. Ses yeux pétillent en retraçant les exploits de la matinée :

« Près de l'étang, un lièvre s'est sauvé à dix mètres de nous. On faisait du bruit et on parlait trop fort. Sous un pommier, dans le clos de la mère Tournebas, j'ai cru qu'on en attraperait un. Il a bondi juste au moment où le bâton de Tonton allait le frapper.

— Mais alors, vous êtes bredouilles ? »

Attrapant le sac que l'oncle tient derrière son dos, il me dit :

« Regarde, le troisième on l'a eu ! »

Son enthousiasme fait plaisir à voir. Il jubile.

Chaque jour rapproche les deux complices. Effacés les soixante-cinq ans qui les séparent. Ils sont devenus une paire d'amis.

VIII

La première permission

Mercredi 27 mars 1940

Il en rêvait depuis si longtemps. Et moi aussi. Enfin, Nicolas franchit la barrière de la cour. Ulysse ne l'a pas reconnu : il aboie. Son arrivée, annoncée seulement pour le lendemain, me surprend. Un court instant, je me désole d'être en tenue de tous les jours. Si j'avais été prévenue, j'aurais mis ma robe bleue.

Nous nous jetons dans les bras l'un de l'autre.

« Enfin ! te voilà !

— Oui ! Enfin ! »

Nous avons beaucoup à nous dire. Aucune envie de visiter la famille aujourd'hui. Rester ensemble, seuls. Hormis le soin des animaux, rien ne nous fera sortir de chez nous.

Le lendemain, les proches se manifestent. On nous invite à venir manger un midi, un soir. Cela m'agace. Nous laissera-t-on en paix quelques jours ? Je voudrais garder mon mari pour moi toute seule ; dix jours de permission, c'est trop court ! La famille à proximité, c'est bien, mais en ce moment je la voudrais plus loin.

Nicolas accepte plus volontiers ces invitations. Je n'ose lui en faire reproche ; pourtant je suis jalouse du temps qu'il accorde aux autres. Jalouse de tous et surtout de sa mère ; comme si je craignais qu'elle me reprenne son fils. Je me contrôle pour ne pas être agressive. Ces sorties gâchent en partie ma joie de le retrouver. J'en veux à Nicolas de n'être pas tout à moi. M'aimerait-il moins ? Rentrés à la maison, j'ai besoin d'un bon quart d'heure pour digérer ma rancune. À la ferme, il pare au plus pressé. Sa compagnie me revigore. Nous avons bouché des brèches, rafistolé des clôtures, réparé une barrière en piteux état. On a tué, débité et salé le cochon. Abats et grillades régalent les familiers accourus pour fêter le permissionnaire. Impossible d'échapper à ce cérémonial. À moi de faire contre mauvaise fortune, bon cœur.

Vendredi 5 avril 1940

C'est à nouveau la séparation. C'est dur de se quitter. Pour combien de temps ? Et demain je me retrouverai seule avec le travail sur les bras. Sur le quai de la gare, une dernière étreinte, des mouchoirs agités, un train qui s'éloigne. Les larmes coulent.

Vendredi 10 mai 1940

Les Panzerdivisionen commencent leur ruée à travers la Hollande et la Belgique. Réservée, la presse habille cette terrible nouvelle. On parle de repli stratégique, compensé par des victoires locales.

À Londres, le premier ministre, Neville Chamberlain, démissionne ; il est remplacé par Winston Churchill.

Les lettres de Nicolas arrivent avec beaucoup de retard. Le courrier serait-il volontairement retardé pour éviter la transmission des mauvaises nouvelles et laisser les populations civiles dans l'ignorance d'une situation qui devient, de jour en jour, plus alarmante ?

Le remplacement du général Gamelin à la tête de l'armée française par le général Weygand, et la nomination de Philippe Pétain à la vice-présidence du Conseil, redonnent un peu d'espoir.

Vendredi 27 mai 1940

Début de l'évacuation des troupes anglaises encerclées à Dunkerque. Avec plusieurs jours de retard, nous apprenons la nouvelle. Des militaires français embarquent eux aussi. Pour rentrer chez eux, ou pour prendre à revers les troupes ennemies ? Qui peut le dire ? Les Allemands se dirigent vers la Meuse.

On mesure la gravité des événements. Tout est désorganisé. Des flots de gens, des réfugiés, encombrent les routes. Ils montent dans des trains bondés. Pour aller où ? Le savent-ils ? D'autres se cachent dans la région.

Mercredi 5 juin 1940

Jusqu'à maintenant, le théâtre des opérations était loin de nous. Un bombardement allemand sur Cherbourg nous fait craindre le pire. Des

Cherbourgeois veulent quitter leur domicile et leur ville pour chercher la sécurité ailleurs.

Malgré notre anxiété, il faut se mettre à la fenaison. Sans faucheuse, sans faneuse ni râteleuse, c'est papa qui coupe une première parcelle chez moi. Les tâcherons pour botteler le foin sont rares. Dès que le foin est sec, nous le mettons en meulons. Ainsi, il peut attendre. S'il pleut, il sera en partie protégé.

IX

Chez le marchand de matériel

L'ABSENCE DE MATÉRIEL me décourage. Bientôt je n'oserai plus demander du secours à qui que ce soit. Sans avis de personne, je me rends à Valognes chez le marchand de machines agricoles. Il me salue avec un chaleureux : « Bonjour mademoiselle. »

C'est vrai, je n'ai que vingt et un ans. Je rectifie :

« Madame. Je suis mariée. Mon mari est à la guerre. »

Il me regarde étonné. A-t-il pitié de moi ?

« Que puis-je pour vous ?

— Je manque de matériel.

— Lequel ?

— Difficile de vous dire.

— Vous souhaitez acheter quoi ?

— Je ne sais pas encore. Ce que je pourrai payer.

— Ou ce que je pourrai vous vendre. Avec la guerre, c'est la pénurie. Je suis actuellement démuni, et sans doute pour longtemps.

— Que vous reste-t-il ?

— Venez, voyez vous-même. »

Sous un hangar quasi vide, il me présente une machine.

« Qu'est-ce que c'est ?

— C'est un râteau-faneur qui remplace aussi bien la faneuse que la râteleuse, selon le sens dans lequel vous la faites tourner. Mais il demande plus de force de traction. Avez-vous un solide cheval ?

— J'ai une bonne jument.

— Eh bien ! Achetez le râteau-faneur. C'est le dernier qui me reste. Je l'ai en stock depuis plus d'un an. Je vous le laisserai au prix d'avant-guerre. Les prix ont beaucoup augmenté vous savez, et ils augmenteront encore. »

Bon vendeur ce monsieur ! Mais n'est-il pas en train d'abuser de ma jeunesse et de mon ignorance ? Pour la première fois peut-être, une femme se présente chez lui pour commercer. Veut-il en profiter ? Bien que le prix soit d'avant-guerre, je prétexte mon manque d'argent et refuse l'achat.

« Vous avez tort. Connaissant la réputation de votre père, je vous fais confiance. Vous me paierez quand vous pourrez. »

Déjà, je regrette d'être venue. Un tel commerce n'est pas du ressort d'une femme. Encore moins d'une gamine.

Il insiste. Vais-je faire une « affaire » ou un « faux pas » ? Décontenancée, je ne sais que décider. Trois minutes après, je dis oui. Tout compte fait, il m'inspire plus de confiance que de crainte. Intelligent, il a sûrement remarqué mes hésitations.

« Vous ne le regretterez pas. »

Maintenant, j'ai vraiment envie de partir. Pour me donner une contenance, je regarde les outils en me dirigeant lentement vers la sortie. Une scie circulaire attire mon attention. Comme elle m'aurait rendu service l'hiver dernier !

Il me dit, comme s'il lisait dans mes pensées :

« Voilà un outil qui vous ferait gagner du temps. »

Je suis tentée, mais comment payer ? Répondant à ma question sans que je la formule :

« Ça aussi, c'est au prix d'avant-guerre, et vous paierez plus tard. Rappelez-vous Mademoiselle. Oh ! Pardon ! Madame. Au cours de la guerre 1914-1918, l'inflation est repartie. »

Je n'ose pas lui demander ce qu'est l'inflation.

« Après la guerre de 1914, l'or valait cinq fois plus en monnaie papier. La terre valait dix fois plus. Ça va recommencer. C'est déjà parti. Je vous livrerai la scie avec le râteau-faneur. Avez-vous un moteur pour faire tourner la scie ?

— Non ! »

Avant que j'aie eu le temps d'ouvrir la bouche, il enchaîne :

« Faites-moi confiance, je vous en trouverai un d'occasion. »

Je suis dépassée. Que faire ? Que dire ? Je subis le déballage.

« Tenez, voilà un bac en fer galvanisé de 600 litres. Avec ça, vos vaches auront de l'eau en abondance. Peut-être en avez-vous déjà un ?

— Non !

— Eh bien ! Voilà celui qu'il vous faut. »

Je masque ma panique. Je brave. Je ne pars toujours pas. C'est sûr, mon orgueil me perdra.

Il m'embobine :

« Vous, au moins, vous avez du tempérament. J'ai rarement vu une femme aussi jeune faire preuve d'un tel esprit de décision. Bravo ! Votre mari a de la chance. Il peut faire, si j'ose dire, la guerre en paix.

Ses affaires seront bien gérées en son absence. Vous êtes une femme d'autorité. »

Se moque-t-il ? Je coupe court à son boniment. Je sors effarée. Pourquoi me suis-je ainsi fourvoyée ? Mon amour-propre m'empêche de revenir sur mes pas pour me rétracter et dire : « J'ai fait une erreur. Excusez-moi, mais je renonce à tout. »

Rentrée chez moi, je décide de ne rien avouer de mes folles dépenses à qui que ce soit. La nuit suivante, je rumine. Je compte et recompte le montant de mes dettes, y compris ce que je dois au notaire. Me voilà dans un sale pétrin. Mes parents ne m'ont pourtant pas habituée à gaspiller sans compter. Cette expérience me servira-t-elle de leçon ? Dans ma prochaine lettre à Nicolas, je n'en dirai rien.

Dimanche 9 juin 1940

C'est la communion solennelle à Saint-Firmin. Large brassard, culotte courte, veste bleue, Gustave porte droit son cierge de premier communiant. Qui oserait parler de fête ? Aucune nouvelle, ni de son père, ni de son oncle Nicolas. On se serre autour du noyau familial pour surmonter la mélancolie. Le midi, un bon repas met tout de même une note de fête.

À la sortie des vêpres, le ciel s'assombrit. De gros nuages noirs venus de l'est recouvrent le territoire. Nous apprendrons quelques jours plus tard qu'il s'agissait d'une épaisse fumée noire provenant de l'incendie de nos réserves de pétrole au Havre.

Je trouve un tâcheron, pas tout jeune. Il accepte de venir botteler une partie de mon foin.

« À mon âge, je ne m'engage pas à botteler la totalité », me dit-il.

S'il n'y a pas d'autre solution, nous rentrerons une partie en vrac. Finalement, le râteau-faneur me sera précieux. Son réglage est facile. Je n'aurai plus à déranger famille ou voisins, ni à travailler à la fourche. Papa me trouve assise sur l'engin traîné par Polka. Je m'arrête un instant pour l'embrasser.

« Qu'est-ce que c'est que ça ?

— Un râteau-faneur.

— Il est tout neuf ?

— Oui.

— Qui te l'a prêté ?

— Personne. Il est à moi.

— À toi ?

— Je l'ai acheté.

— Ça alors ! »

Au point où j'en suis, mieux vaut tout lui raconter. Surpris, il l'est. Je sais qu'il me désapprouve. M'estimant pénalisée par l'absence de mon mari, il m'épargne sa réprimande.

En apprenant mon « coup de folie », mes beaux-parents ont frisé l'apoplexie. « Acheter un tel bric-à-brac chez ce marchand de machines agricoles, c'est insensé. Comment a-t-il pu fourguer tout cela à notre bru pas encore majeure ? Vingt et un ans à l'automne prochain ! »

Avant de blâmer mon geste auprès de mes parents, ils ont dû retourner sept fois les arguments dans leur tête. J'imagine leur perplexité.

« Faut-il la laisser faire » ? « Qui va payer » ? « Nicolas ne devrait-il pas lui retirer le droit de faire des dépenses importantes » ? « C'est encore une gamine, incapable de résister à un vendeur habile ! Elle va nous ruiner ! »

Je n'avais pas imaginé un tel tohu-bohu. On ne tolérerait pas une pareille incartade de la part d'un garçon. Alors ! d'une fille ! Curieusement, ma mère est moins choquée. Contrairement à la tradition, c'est elle l'ordonnateur des dépenses de la ferme et de la maison. Que sa fille prenne des décisions chez elle ? Pourquoi pas ? « C'est vrai, elle a fait fort. Mais bon, on la sermonnera pour qu'elle devienne plus raisonnable. »

Son comportement de maîtresse femme m'avait masqué ce qui se passe dans la plupart des ménages normaux. Beaucoup d'épouses vivent dans la dépendance de leur mari. Pas une blouse ou une paire de sabots qui ne soient achetées sans l'accord du maître. Leur seule autonomie financière : le produit de la vente de quelques douzaines d'œufs. Cette dépendance, je ne la supporterais pas. Par mes récentes responsabilités ? Par la contagion du comportement de ma mère que, pourtant, je lui reprochais ? Je n'en sais rien, mais je ne pourrais plus revenir en arrière. Dans la famille de Nicolas, les femmes s'affirment moins que ma mère. Comment mon mari se comportera-t-il au retour ?

X

Les officiers allemands s'installent

La situation se dégrade. Les rumeurs de plus en plus alarmistes circulent et se contredisent. Un voyageur de commerce rentrant de Rouen assure que l'armée allemande franchit la Seine : « Bientôt notre Cotentin sera envahi ». Certains refusent d'y croire. Pourtant, d'autres disent : « Il paraît que l'ennemi est aux portes de Caen. L'armée française les retiendrait à Carentan, les empêchant de franchir la Douve… » Il paraît… Il paraît… Il paraît.

Des fatalistes se terrent chez eux, attendant l'invasion comme le condamné attend le couperet de la guillotine. Les « paniqués » envisagent de partir. La crainte de croiser les envahisseurs les retient parfois. « Notre presqu'île est un cul-de-sac. » « Comment sortir de cette souricière ? » C'est la grande débâcle ; tout est désorganisé, paralysé. Comment savoir ? Aucun journal n'est édité. Pas de TSF à proximité.

Dans Saint-Firmin, je croise un homme à vélo, le cheveu hirsute et l'œil hagard. Pour tout bagage, il a un sac de pommes de terre et un parapluie troué. À peine mieux équilibré sur son vélo que dans sa tête, il répète à qui veut l'entendre :

« Les Boches violent les femmes et tuent les hommes. Il faut fuir ! Fuyons, fuyons. »

Mais où fuir ? Déjà des paysans partent avec des attelages de fortune. Sans but précis, sur des routes encombrées, où vont-ils atterrir ? Que trouveront-ils au retour ? Des animaux morts ? Des maisons pillées ou détruites ? L'exode et l'absence prolongée pourraient bien susciter des regrets.

D'autres, plus calmes, sans moyen de transport ou refusant d'abandonner de vieux parents handicapés, restent.

Ce matin, Eugène Bontemps a décidé de prendre la route. Dans la vachère traînée par sa vieille jument, il entasse matelas, couvertures, lingerie, jambons, lard salé, batterie de cuisine, argenterie et habillement. Émergent, au-dessus de ce bazar, en équilibre instable, sa femme et trois des enfants. L'aîné suit avec le vélo de son père. La selle, trop haute pour ses courtes jambes, l'oblige à pédaler debout. Surprise ! On les voit revenir le soir même, fourbus, découragés. La jument a perdu un fer. Aucun maréchal-ferrant en vue. Quand ils ont voulu franchir la Douve par le pont de Saint-Sauveur-le-Vicomte, la circulation était bloquée par des gens venus de différentes directions. Ils ont appris que l'aviation allemande avait bombardé la gare de Folligny, détruisant un train de munitions et tuant de nombreuses personnes. Or, Folligny est situé sur la route qu'ils auraient dû emprunter pour rejoindre la Bretagne. Que faire ? Continuer ? C'est alors qu'un commerçant, qui regarde passer la cohorte des réfugiés en débandade, les interpelle :

« Vous partez ? Savez-vous que vous suivez une foule aveugle qui ne sait pas où elle va ? Moi, je tiens à vous le dire : où que vous alliez, les Schleus vous rejoindront. »

Cet homme réaliste impressionne Eugène et sa famille. Ils font demi-tour.

En apprenant le bombardement de Folligny, je m'interroge. Que sont devenus les cousins Dupont ? Éléonor qui travaille à la gare a dû se trouver aux premières loges. Comment prendre des nouvelles ?

Mercredi 19 juin 1940

Les troupes allemandes déferlent avec side-cars, camions et chars. À la peur, succède la crainte, puis la curiosité. Pas de viols ni de massacres. Les premiers occupants se comportent correctement, semble-t-il. Leur uniforme vert leur attire le surnom de « doryphores ». Que nous réservent ces indésirables ? Chacun reste prudemment chez soi. Déjà, ils visitent les maisons et réquisitionnent des logements pour la troupe.

Chez Paulette, toutes les pièces de la maison sont occupées par la famille. Elle est dispensée de loger ces messieurs. Seule chez moi, je dispose de deux chambres neuves : la mienne, et une autre, moins grande, mais correcte, où personne n'a encore jamais couché. Le préposé aux réquisitions ne me laisse pas le choix. Il affecte la plus grande chambre, la mienne, à l'officier qui se tient sur le pas de la porte. L'air sévère, portant monocle, sa démarche raide comme un bâton, mon futur « locataire » en impose. J'adopte une attitude distante.

À un « Ponjour matâme », je réponds sèchement, par réflexe plus que par politesse : « B'jour », sans desserrer les dents.

Après un bref colloque entre eux, je comprends que la petite chambre de bonne du rez-de-chaussée reviendra à son ordonnance. Les relations s'annoncent tendues. Non contents d'occuper le pays, ils s'emparent de nos demeures. La pensée de loger seule à l'étage avec cet olibrius me met en colère.

L'oncle Fulgence dit haut et fort qu'il s'opposera à une telle présence chez lui.

« Des Boches dans ma maison ? Hors de question ! Ces gens-là ont tué mes fils, ils n'entreront pas. »

Son attitude ne va-t-elle pas provoquer un drame ? Pour l'éviter, je cours chez lui, décidée à le tempérer. J'arrive en même temps que le side-car allemand surgit en trombe dans la cour. Fulgence, campé devant sa maison, leur fait face. Installé au milieu de l'entrée, jambes écartées, mains sur les hanches, casquette renversée vers l'arrière, il fusille les importuns du regard. Je tente de parlementer avec les visiteurs. Impossible d'arrêter leur progression. Devant moi, l'oncle s'incline et me laisse passer. Profitant de la brèche, les deux Allemands le bousculent et me suivent. Furieux, l'oncle se retourne et les toise, dans l'incapacité de s'opposer à une visite détaillée des lieux. L'inspection des deux chambres ne dure pas plus de trois minutes. Ils sortent en maugréant et manifestant des signes de répulsion. Sont-ce des injures qu'ils profèrent ? Ils repartent sur leur machine sans autre explication. Je m'étonne :

« Qu'est-ce que ça veut dire ?

— Monte là-haut », dit le tonton.

Courte visite. Je redescends aussi vite que les intrus de tout à l'heure. Je toussote en me pinçant le nez. Je m'écroule de rire sur une chaise de la cuisine tant je suis surprise du désordre qu'il a mis dans les chambres : sommiers et matelas culbutés, corniche d'armoire par-dessus et linge dispersé aux quatre coins.

« Quelle odeur ! C'est intenable ! »

L'air coquin, secoué par un rire vengeur, Fulgence m'explique :

« J'avais prévu leur visite. Je suis passé chez le pharmacien et j'ai acheté de la "merde au diable". Ça sent mauvais.

— En effet !

— J'en ai mis partout à l'étage.

— C'est quoi la merde au diable ?

— Ça sert de médicament pour les veaux. C'est bon aussi pour chasser les Boches. J'ai oublié le nom officiel ; mais le pharmacien sait de quoi il s'agit.

— Les Allemands n'ont pas aimé.

— T'as vu ça, ils ont détalé comme des lapins.

— Oui, mais cette saloperie empoisonne ta maison.

— Tant pis ! Plutôt "la merde au diable" que les Boches ici. L'odeur partira tôt ou tard. Tandis qu'eux, une fois installés… Mais je garde quelques fioles en réserve pour leur prochaine visite. »

Sa ruse m'enchante.

Sans m'attarder, je l'abandonne à sa pagaille. Je passe voir Paulette et lui raconte les pièges « diaboliques » du Tonton.

« Sacré Tonton va ! »

Après quelques jours de vie au ralenti, on commence à sortir de chez soi. Il faut bien aller chercher le pain et l'épicerie. Inutile de passer à la boucherie. Fermée les dimanche, lundi et mardi, et si peu de viande les jours d'ouverture… Il n'y a sûrement pas eu d'abattages ces jours-ci.

Mes échappées me permettent de quêter des nouvelles. Le coiffeur voit peu de clients. Il me révèle qu'il passe son temps suspendu à la TSF. Il a entendu un général français appeler tous ceux qui le peuvent à le rejoindre à Londres pour créer une armée en Angleterre. Soutenu par les alliés, il entend libérer la France de ses occupants. Son optimisme me réconforte :

« Beaucoup de nos soldats sont déjà là-bas. Un de ces jours, ils vont débarquer pour foutre les Boches dehors ! »

En attendant, je me retrouve plus seule que jamais.

Seule une faible partie du foin est à l'abri. La fenaison a pris du retard. Nous travaillons comme des esclaves, faute de main-d'œuvre. Paulette et moi avons décidé de nous donner la main, un jour chez l'une, un jour chez l'autre. Isolément rien n'est possible. Le Tonton et Gustave se joignent à nous.

« Il faudra éviter tout gaspillage d'herbe à l'automne, recommande papa. Si les terres ne sont pas trop humides, tu feras pâturer plus longtemps ; ça t'économisera du foin. »

Je m'interroge sur le sort de Nicolas. Qu'est-il devenu ? Est-il prisonnier des Allemands ? Blessé peut-être ? À moins qu'il n'ait rejoint l'Angleterre ? L'absence de nouvelles me rend fébrile.

Sac en bandoulière, képi relevé, le facteur pédale de toutes ses forces. Avant même de descendre de son vélo, il crie :

« Ça y est ! Les premières lettres arrivent ! »

Je pose mon seau pour l'écouter.

« Bien-Aimé Postel a écrit. Il est prisonnier en Allemagne.

— Avez-vous du courrier pour moi ?

— Malheureusement non. Il n'y a que le journal pour aujourd'hui. Faut pas vous tracasser d'avance. Peut-être aurez-vous une lettre de votre mari demain ?

— Je voudrais bien. »

Postel est en bonne santé et il n'est pas maltraité. Pas trop bien nourri, mais il ne se plaint pas. Avec son régiment, ils se sont fait prendre du côté de Maubeuge. Le facteur a raison, une lettre peut en annoncer d'autres. L'espoir renaît dans les familles.

Trois jours plus tard, deux lettres arrivent. Je suis l'une des privilégiées. Nicolas va bien. Prisonnier dans un stalag, avec beaucoup de ses collègues, il loge dans un baraquement. Gardés la nuit par des soldats en armes, ils travaillent le jour dans une fabrique. Le logement et la nourriture laissent à désirer.

Pour la première fois depuis quatre semaines, je peux lui écrire.

À quatre ou cinq jours d'intervalle, ma sœur reçoit quelques lignes de son mari. Norbert est prisonnier, lui aussi ! J'admets difficilement l'évidence : nous avons perdu la guerre, et nos maris sont retenus loin de nous.

L'oncle Fulgence retrouve sa mine des mauvais jours. Il échappe à ses sombres pensées en trimant plus que jamais. Si on l'interroge, il bredouille quelques mots, sans rien révéler de son état d'âme.

L'occupant s'installe. Nous subissons sa loi, sa monnaie, l'heure allemande et le couvre-feu. Les réquisitions s'organisent.

« C'est la guerre », nous répètent les nouveaux maîtres.

À leurs yeux, ces trois mots justifient toutes les contraintes qu'ils nous imposent. Comment réagir ? Tricher ou ruser : c'est tout ce qu'on peut tenter de faire.

Une mauvaise période commence pour les maires. Ils ont à satisfaire aux exigences de réquisitions pour fournir ce qui est demandé. Hier, j'ai reçu l'ordre de livrer une vache pour l'armée d'occupation. L'oncle Fulgence m'a dit : « Je m'en charge ». Il a inspecté le troupeau et choisi la victime : une vache souffrant d'une entérite aiguë, et n'ayant plus que la peau et les os. Je craignais la réaction des Allemands. Allaient-ils s'irriter de notre mauvaise volonté ? Ont-ils eu pitié du vieil homme ? Quoi qu'il en soit, ils ont gardé la vache et laissé repartir Fulgence. Le sourire narquois, fier de son exploit, il me dit en rentrant :

« J'ai rapporté la corde, je n'ai pas voulu leur faire ce cadeau. La vache, c'est moins grave, elle était foutue. »

Très vite, on nous rationne en pain, en viande, en tout. Des cartes d'alimentation nous sont attribuées, avec des tickets détachables, différentes selon les âges : E1 pour les petits, J1, J2, J3 par tranche d'âge de 6 à 20 ans, T pour les travailleurs, A pour les adultes et V pour les personnes âgées. Pour notre épicière qui doit recoller toutes ces vignettes de différentes couleurs sur les feuilles prévues à cet effet, c'est un véritable casse-tête. De leur côté, découragés par tant de complications, le boulanger et la boulangère menacent de fermer boutique. Leur fille de treize ans les aide à faire les collages.

Chez les paysans, on mange à sa faim. On livre du blé en douce au boulanger en échange de pain. Les fours, dans les fermes, reprennent du service. Pour les citadins, on augmente la production de pommes de terre et on tue un peu plus de cochons à la ferme qu'avant-guerre. On remet les barattes en marche. Bref ! On se débrouille.

Dans les bourgs, ceux qui disposent d'une cour élèvent quelques lapins nourris avec l'herbe ramassée sur le bord des routes. Beaucoup se remettent au jardinage. Personnellement, je cède une partie de mon trop grand jardin pour dépanner deux pères de famille.

De Valognes, ou même de Cherbourg, des hommes ou des femmes viennent se ravitailler chez nous. Sous prétexte d'anticiper la hausse, quelques paysans leur imposent des prix prohibitifs.

Je rembourse assez facilement nos emprunts chez le notaire ; pas de fermage à régler aux Outrebois, jusqu'à la récupération des sommes avancées pour la réfection de la maison. En revanche, le prix des fermages augmente rapidement, raccourcissant d'autant la période pendant laquelle j'en suis dispensée.

Aujourd'hui, je regrette de ne pas avoir emprunté davantage ; je rembourse en monnaie de singe, comme disent les gens. Finalement, j'y trouve mon compte et le propriétaire aussi. Maintenant, la restauration de sa ferme lui coûterait beaucoup plus cher. Nous lui avons rendu un fier service. En compensation, je tenterai d'obtenir une réduction de fermage. Avec mon mari prisonnier, peut-être comprendra-t-il ma demande.

Mon vendeur de matériel m'a mis sur une bonne voie en m'incitant à acheter. Aujourd'hui, il m'en coûterait beaucoup plus. Parents et beaux-parents ne parlent plus de mon incapacité à gérer.

XI

Le vol des masques à gaz

Vendredi 27 septembre 1940

QUE SE PASSE-T-IL ce matin ? Les Allemands s'agitent. Ils hurlent dans les alentours. Pourquoi ? Mystère ! Sur la place, les gens, effrayés, écoutent les vociférations de mon pensionnaire à monocle.

Nous apprenons que le maire est retenu à la kommandantur. Deux otages ont été emmenés : Hervé Batin, un cultivateur de quarante-cinq ans, père de quatre enfants, et Alphonse Rabon, commis de ferme, dix-huit ans. Maisons et hangars subissent des perquisitions. Les masques à gaz stockés par les Allemands, dans la grande salle du presbytère, ont disparu. La population est rendue responsable. Le garde-champêtre lit un avis en forme d'oukase : « Si les masques ne sont pas restitués rapidement, les otages paieront pour les coupables. » L'émotion est grande.

À son retour, le maire, encadré par des militaires en armes, lance un appel pathétique. Les délinquants doivent restituer les objets volés dès ce soir. Si cet ordre n'est pas exécuté, les deux otages innocents seront fusillés, demain, à midi.

C'est la consternation. Dans toute la commune, les déplacements se font discrets. On chuchote plus qu'on ne parle. On se gausserait volontiers du bon tour joué aux Allemands, mais les conséquences en sont trop lourdes. Les masques à gaz doivent être rendus. Reviendront-ils ? On s'interroge, on suppute, on espère.

Samedi 28 septembre 1940

Après une nuit troublée, c'est le soulagement. Tout est retrouvé à la barrière du champ qui fait face au presbytère.

Mais le calme revenu est de courte durée. L'officier allemand refuse de libérer les otages avant d'avoir le nom du ou des coupables. Un nouveau délai est accordé. L'exécution est reportée à demain avant midi. En revanche, les otages seront libérés si les auteurs du sabotage sont remis aux mains de l'occupant.

Ainsi en décide l'officier locataire de ma chambre. Quand je pense que, ce soir encore, il dormira chez moi, j'en suis écœurée.

Je n'ai pas eu la visite de l'oncle Fulgence depuis trois ou quatre jours. Bizarre ! Habituellement, il passe souvent dans la journée, à une heure où il est certain de ne pas rencontrer « l'intrus ». Serait-il malade ? Je pars et le trouve claustré chez lui. Visiblement tendu, maîtrisant mal un léger tremblement, il tente de se montrer sous un jour tranquille. Je ne suis pas dupe. Serait-il le responsable du vol des masques à gaz ? Sans allusion à mes soupçons, je lui dis que tout le monde est aux abois. Il feint de n'être pas dans le coup. Puis, brusquement, il se dévoile.

« Les Boches sont des salauds. Ils sont prêts à tuer des innocents alors que leur matériel est retrouvé. Je pars à la kommandantur leur dire : “Je viens me livrer à la place des otages. Je suis vieux, vous pouvez me fusiller si le cœur vous en dit. Vous avez déjà tué mes fils. Ainsi vous aurez liquidé toute la famille.” »

Fulgence accepte de mourir, mais refuse d'avouer. Je suis mal à l'aise. Des images défilent dans ma tête. J'imagine mon oncle devant le peloton d'exécution. Quelle situation ! D'un côté, deux otages étrangers à l'affaire ; de l'autre, ce vieil homme qui n'entend pas s'accuser mais qui ne veut pas laisser fusiller deux innocents.

« Mon oncle. Les Allemands ont donné jusqu'à demain matin. Ne précipite rien. Attends. D'ici là les affaires s'arrangeront peut-être.

— Il n'y a rien à espérer de ces barbares.

— Je t'en prie, un peu de patience. Demain je viendrai au petit jour. Promets-moi de ne pas bouger !

— Oui, je te le promets pour ce soir. »

Son calme apparent ne me rassure pas. Ne va-t-il pas s'effondrer après mon départ ? Je ne peux le ramener chez moi et risquer une altercation avec l'officier.

« Je reviens te faire de la soupe tout à l'heure.

— Non, merci, je me débrouille. »

Mes vaches attendent d'être traites ; je le quitte rapidement.

En allant au lit, je laisse ouverte la porte extérieure de la maison ; l'Allemand n'est pas rentré. Je suis trop énervée pour dormir. À deux heures du matin, j'entends le bruit de ses bottes dans la cour. Ma chambre n'est pas verrouillée. J'ai peur. J'ai l'estomac noué. Sa porte se referme. Ouf ! Demain j'installerai un verrou !

Je voudrais fuir, partir d'ici. Où trouver la sécurité ? Mon oncle non plus ne doit pas dormir. Par quel moyen le sauver et libérer les deux otages ? Je tourne et retourne la question. L'assoupissement me gagne. Il est cinq heures.

À six heures trente, me voilà debout pour traire les vaches. Puis, j'avale un café vite fait et pars pour le village, dans l'espoir d'y apprendre du nouveau. Personne ne sait rien, si ce n'est que nos deux amis otages ne sont pas rentrés chez eux. Je passe chez l'oncle. Très pâle, droit comme un i, il me dit sa décision : se livrer aux Allemands. Son tremblement de la veille a disparu. C'est un Fulgence déterminé, sans état d'âme. Je lui prépare quelques affaires qu'il emportera avec lui.

Je l'embrasse et cours chez le maire. Sa femme me raconte :

« Il n'a pas fermé l'œil de la nuit. Très tôt, il est parti à la kommandantur pour tenter d'amadouer "ces messieurs". »

Je lui dis la décision de mon oncle. Je n'évoque pas mes soupçons. Au moment où je la quitte, son mari revient, tout agité. Il a réussi à convaincre les Allemands de libérer les malheureux innocents. Il y a une contrepartie : si un autre incident se produit, c'est lui qui sera pris et fusillé.

Les jambes à mon cou, je reviens chez Fulgence. De loin, je l'aperçois en train de glisser la clé dans sa serrure. Il partait.

« Ça y est ! C'est fini ! Les otages sont relâchés !

— Qu'est-ce que tu dis ?

— Les Allemands ont relâché les deux hommes.

— Tu dis ça pour me détourner de mon devoir.

— J'arrive de chez le maire, c'est lui qui me l'a annoncé. »

Ma joie est si évidente qu'il me croit.

« Ça alors. Mais qu'est-ce qui s'est passé ?

— Depuis moins d'une demi-heure, ils sont rentrés chez eux. »

Fulgence ouvre sa porte qu'il croyait avoir refermée pour la dernière fois. Son œil devient vif.

« Assieds-toi », me dit-il.

Je lui rapporte ce que j'ai appris, jusqu'à la menace qui pèse maintenant sur le maire, en cas de nouvel incident.

« Bravo pour le maire. Il s'est bien débrouillé. L'ennui, c'est qu'il est piégé.

— Piégé ? Pourquoi ?

— Maintenant, il a partie liée avec les Boches. Pour sauver sa peau, il ne peut l'éviter. Et nous, on ne peut plus bouger. Ça retomberait sur lui.

— Aurais-tu l'intention de faire des coups ? »

Il ne répond rien. Je me risque à interroger :

« Les masques à gaz ?

— Chut ! »

Il confirme mon intuition : l'enlèvement des masques à gaz, c'était lui.

« J'espère que tu vas rester tranquille. Tu nous as fichu une sacrée frousse.

— Ce serait maladroit, pour ne pas dire salaud, de provoquer des incidents dans la commune. Ça se retournerait contre le maire. »

Il a bien dit « dans la commune ». Mais ailleurs ? Je vais devoir le surveiller.

« Dis donc, mon oncle ! Avec tous ces tracas, j'ai l'impression que tu n'as rien prévu pour manger ce midi ?

— J'avais mis un morceau de pain et un bout de fromage dans mon sac, pour le cas où ces salauds lanterneraient trop longtemps avant de régler mon sort.

— Bon ! Avec ça tu n'iras pas loin ! Viens manger chez moi. J'ai un rôti de lard froid. J'aurai meilleur appétit en ta compagnie.

— D'accord. Tu es sûre que tes vauriens ne rôderont pas dans les parages ?

— Ils ne sont jamais là dans la journée.

— Alors, c'est bon. »

Je vis mon premier moment de détente depuis le début de l'Occupation.

En rentrant, j'aperçois une lettre sous la porte. Je saute de joie. Des nouvelles de Nicolas ? Décidément, c'est une bonne journée. Non. Je ne reconnais pas son écriture. L'enveloppe n'est pas timbrée. Je l'ouvre. Surprise. Elle est signée de l'oncle Fulgence. Je ne comprends rien : je viens de le quitter. J'y regarde de plus près. Elle est datée d'hier. Que contient-elle ? Ses dernières instructions. Il me confie la garde de sa vache et de son chien. « Si je ne reviens pas, ils sont pour toi, ainsi que ma maison, les meubles et le linge. Ma terre sera pour Paulette. »

Ses lignes, brèves, précises, laissent deviner le tremblement de sa main. J'ai les larmes aux yeux. Deux heures plus tard, à ma table, il ne me dit rien de sa lettre, et moi non plus. À peine le repas terminé, visite inattendue de Paulette, remuée par les événements.

« Sais-tu que les otages sont libres ? me demande-t-elle.

— Oui. Et toi, sais-tu que l'oncle Fulgence était sur le point de se livrer pour prendre leur place ?

— Et pourquoi donc ? »

J'anticipe la réponse du Tonton :

« Tu le connais. Il ne supporte pas les méthodes injustifiables des Allemands. Il voulait sauver la vie de ces malheureux, sous le prétexte qu'il est vieux. Otage volontaire, il espérait obtenir la grâce des deux autres. »

J'ajoute en me tournant vers lui :

« Peut-être voulais-tu montrer aux Allemands ce que signifie l'honneur pour un Français ? »

D'un geste vague, il balaie ma remarque :

« Puisque le maire a réussi à les sortir tout seul, c'est encore mieux. »

Et après un bref instant de réflexion :

« Surtout, ne parlez de cela à personne. »

Est-ce par modestie, ou par crainte d'être soupçonné d'avoir lui-même dérobé les masques ? Il détourne la conversation en demandant des nouvelles de Gustave et de Marie-Lou.

Paulette reste médusée. Je garderai pour moi ce que je sais. D'ailleurs, l'oncle ne m'a rien confié explicitement.

Cet après-midi, je m'étais promis d'arracher les pommes de terre. Après tous ces chocs, je manque de cœur à l'ouvrage. Tant pis ! On verra ça demain ! Nous restons assis, à bavarder de tout et de rien : des boutiques quasi vides, des bons distribués au compte-gouttes pour acheter chaussures, vêtements, pneus de vélo, pétrole, sulfate ou engrais. Débrouillarde, Paulette confectionne des habits avec les vieilles frusques retrouvées dans le grenier familial. Elle fait bouillir sa lessive dans la cendre.

Elle envie mes barres de savon de Marseille. Après notre mariage, j'en avais acheté une caisse. Je lui en propose la moitié.

« J'en userai avec parcimonie », me dit-elle.

Puis elle se plaint de la difficulté de chausser ses enfants. Les pieds grandissent trop vite.

Quant à moi, sans les fameux bons, impossible de me procurer une paire de bottes.

« Je me résignerai à marcher en sabots.

— À condition d'en trouver ! observe Paulette.

— Le sabotier m'a dit qu'il en ferait pour nous tous si je lui fournis un tronc de hêtre en bon état.

— Il y en a un dans le clos derrière la maison. Mais qui l'abattra et le transportera ?

— Demain, j'irai vérifier ce qu'il vaut », nous dit l'oncle.

Jusque-là, il restait bouche cousue. Chaviré par les événements d'hier, il reprend petit à petit ses esprits.

Nous parlons encore de nos maris, de la censure qui ralentit la distribution du courrier, de la correspondance limitée à deux lettres de vingt-cinq lignes par mois et des colis qui ne doivent pas dépasser 3 kg.

C'est à nouveau l'heure de la traite ; il faut y aller. Nous nous séparons pour reprendre le collier.

XII

Regrets éternels

Mercredi 10 septembre 1941

Deuxième anniversaire du départ de mon mari. N'est-ce pas idiot, stupide, insensé, absurde d'avoir été séparés après deux mois de vie commune ? Ça n'a pas de nom. Lui, manutentionnaire dans une usine qui contribue sans doute à la poursuite de la guerre contre nous et nos alliés. Moi, seule ici, avec une tâche au-dessus de mes forces. Que cette guerre finisse ! Que toutes les guerres finissent ! Je n'en peux plus.

J'ai épousé Nicolas sans enthousiasme ; maintenant, il me manque.

Qu'en serait-il s'il était resté là ? Le temps et la séparation ont-ils embelli le souvenir que je garde de lui ? L'ai-je transformé en mari idéal ? Je me surprends à redouter son retour autant que je l'espère.

Pourtant, je ne suis pas la plus à plaindre. Je pense à Félicie Bonvalet, veuve à quarante-six ans. Je ne suis pas allée à l'inhumation de son mari la semaine dernière ; j'étais malade. Son fils unique est parti aux colonies, juste avant la guerre, la laissant seule. Elle doit être désespérée.

Sensible à sa peine, je décide de lui rendre visite. Occupée à éplucher ses légumes pour la soupe, elle me propose une tasse de café. Je lui dis mes regrets de n'avoir pu assister à l'enterrement de Gaston.

« Votre chagrin doit être lourd à porter.

— Oui, bien sûr ! »

Elle se tait un instant :

« Mais vous savez, la liberté est une grande chose !

— Que voulez-vous dire par-là ?

— Voyez-vous, je rêvais de m'acheter un manteau neuf avant la guerre. Maintenant, je n'aurai plus besoin de sa permission. »

Elle me parle de ses démêlés avec le notaire, des tracas que lui cause la succession, de l'argent dont elle pourra disposer désormais.

Est-elle sans cœur ? A-t-elle vécu l'enfer avec Gaston ? En tous les cas pour elle, comme pour la plupart des Normands, la liberté ça compte.

En la quittant, je m'arrête au cimetière. Sur la tombe, une plaque en lettres d'or indique : « Regrets éternels ».

Je murmure : « Mon vieux Gaston, repose en paix… ».

Au retour, je réfléchis. Quelle importance notre vie a-t-elle pour les autres ? Tient-elle à nos mérites ? Aux qualités que l'on nous prête ? Et la mort des autres, que représente-t-elle pour nous ? En pleurant nos morts, n'est-ce pas sur nous-mêmes que nous pleurons, en raison du bien qu'on ne leur a pas fait, ou du mal qu'on leur a fait subir ? Comme une sorte de remords, en quelque sorte.

Un souvenir me renvoie à mon adolescence. Excédée par les reproches de ma mère, je voulais mourir. Je l'imaginais pleurant sur ma tombe, reconnaissant enfin mes qualités et mes mérites, bourrée de remords sur sa conduite injuste à mon égard. J'y trouvais une satisfaction : j'étais morte mais réhabilitée, tandis qu'elle portait un insupportable fardeau.

Peu à peu, un sentiment de pitié me gagnait : « Non, pas ça, ce serait trop lourd pour elle. Et, après tout, vivre ce n'est pas si mal. »

XIII

Travaux d'automne

Et cette brute d'officier qui loge chez moi, pour qui se prend-il ? Avec son monocle et sa démarche raide comme du bois sec, s'imagine-t-il maître du monde ? Frappe-t-il de ses talons ferrés le plancher neuf de ma chambre pour me montrer sa puissance ? Depuis sa menace d'exécuter les otages, je me sens des envies de meurtre. Cette nuit, j'ai rêvé que je l'échangeais contre mon mari. Au petit matin, le bruit de ses pas m'a réveillée. Encore troublée par mon rêve, j'ai dû faire un effort pour sortir du lit. Les vaches n'attendent pas, le laitier non plus. En partant, j'ai pris soin d'éviter la rencontre avec mon doryphore à casquette.

La journée s'annonce ensoleillée. J'irai ramasser les premières pommes. Avec le vent qui souffle depuis deux jours, beaucoup seront tombées. Si je tarde trop, l'herbe va les recouvrir. Même si je bois peu de cidre, il m'en faudra au retour de Nicolas. Travailler pour lui me stimule. Être aimée de quelqu'un, c'est magnifique. Avoir quelqu'un à aimer, c'est encore mieux.

Avec le beau temps, les travaux d'automne avancent. Papa m'aide à arracher les betteraves.

Il les transporte avec Polka attelée en limon sur le tombereau. Devant, sa jument Pomponne tire de toutes ses forces. À deux, elles traînent plus aisément la charge dans la terre humide où s'enfoncent les roues. De mon côté, je reste au champ à décolleter les betteraves avec la hachette. L'oncle Fulgence oublie son mal de dos et rentre les betteraves. Toute la journée, en répétant le même geste, il les lance le plus loin possible vers le fond de l'étable. Maman s'échappe de sa cuisine pour le seconder. Ce soir, on distribuera les feuilles aux génisses.

Vendredi 8 novembre 1941

Tout est fini. Il était temps : aujourd'hui il pleut. Ces trois journées m'ont ragaillardie. Se retrouver en famille autour de la table après le travail accompli, ça fait du bien. La pluie contrecarre mes projets. J'avais espéré semer le blé dès l'enlèvement des betteraves. Je vais seulement assurer les soins aux animaux et profiter de mon temps libre pour écrire à mon prisonnier.

Cher Nicolas,

Dès qu'il fera meilleur, papa m'a promis de labourer et préparer la terre à blé avec Pomponne et Polka. Pour la première fois, je sèmerai le blé. Je vais apprendre les gestes du semeur. À ton retour, tu n'en reviendras pas de mes apprentissages.

En ce moment, remue-ménage dans la contrée : les Allemands plient bagage, la mine grise. Depuis que Hitler a décidé d'attaquer la Russie, ils redoutent d'être envoyés là-bas. Mon officier à monocle fait partie du premier convoi. Ce matin, il a quitté les lieux avec tout son bataclan. Bon débarras ! Sera-t-il remplacé ? J'aimerais reprendre possession de notre chambre, mais je n'ose pas ; j'attends encore une semaine. Ce départ réjouit l'oncle Fulgence.

Le couvre-feu de dix heures et demie du soir à cinq heures du matin m'indiffère ; je ne circule pas à ces heures-là. Le camouflage des fenêtres est exigé. Toute lumière doit rester invisible de l'extérieur. J'ai peint tous les carreaux en bleu et la lanterne tempête également, pour aller à l'étable. Avec les jours plus courts en cette saison, on s'éclaire plus tôt.

Les soirées sont longues sans toi. J'ai le sentiment d'être séparée de toi depuis une éternité.

Assise au coin du feu je te tricote un pull-over.

Prends soin de ta santé et écris-moi.

Tendrement, je t'embrasse mille fois.

Ta fidèle Hélène

P.-S. Ce midi, j'ai sorti ma robe bleue. Je n'ai pas résisté à l'envie de la mettre. Je la garde pour ton retour. Dedans, je flotte un peu.

19 novembre 1941

Je me croyais débarrassée de mes pensionnaires. Et patatras ! Samedi, un autre gradé arrive avec son ordonnance. Que n'ai-je utilisé le procédé de l'oncle Fulgence pour les détourner de notre maison !

Discrètement, j'observe mon nouveau locataire. Il paraît moins pète-sec que le précédent. Il me salue quand il me croise. À le voir, on le croirait nonchalant ; il n'a rien d'un officier en guerre. Mais qu'importe, pourvu qu'il me fiche la paix.

Le facteur accepte sans façon le café que je lui propose. Toujours friand de nouvelles à colporter, il m'annonce sur le ton de la confidence :

« Il paraît que Renée Boivent est enceinte. Devinez de qui. »

Ses yeux pétillent, tandis qu'il roule sa moustache de la main droite et que, de l'autre, il tourne sa cuillère dans le café.

Surprise par un tel ragot, je le regarde sans répondre.

« D'un Boche ! me dit-il.

— Comment le savez-vous ?

— Ça se raconte dans le coin, par là-bas.

— Ce ne serait pas la première fois qu'on raconte de fausses histoires.

— Oui, mais là, c'est pas des calembredaines. La preuve : depuis quelques jours sa mère fait la gueule. Et la fille, on l'a pas revue depuis une semaine.

— Elle est peut-être partie voir de la famille.

— Oh ça, je ne crois pas. Même que Félicie Dupont m'a dit : "Elle ne saura même pas lequel qu'est le père. Quand on s'assoit dans une fourmilière, va t'en savoir quelle fourmi t'a piquée !" Félicie habite à côté de chez eux. Elle voit bien ce qui s'y passe.

— Elle exagère peut-être.

— Oh, elle a l'œil. Ça devait arriver. Cette fille-là aguiche. Avec tous les Boches qui passent à la maison, depuis que son père trafique avec eux, vous pensez… Au début, ils venaient chercher des œufs et de la volaille. Maintenant, il leur vend des cochons entiers et des agneaux. Chez eux, c'est une “ratire” ; ils sont toujours arrivés là.

— À ce point-là ?

— C'que j'en dis, c'est histoire de causer. Ne le répétez à personne. »

Vrais ou faux, ces racontars me choquent à plus d'un titre. Que le père Boivent fasse du marché noir ne m'étonnerait qu'à demi. Que Renée soit coureuse me surprend davantage. Avec les soldats allemands, c'est à peine croyable. Elle n'a rien d'une garce.

Je garde tout cela pour moi. Attendons, on verra bien.

Très vite, je dois me rendre à l'évidence, Renée est réellement enceinte. Les gens en profitent pour en rajouter. Ernestine Lebâtard me dit d'un air entendu :

« Y a pas que les soldats qui traînent avec elle par les chemins. C'est une “roulée”. À son œil, on voit que c'est une coquine. Y a longtemps qu'elle s'est fait culbuter pour le premier coup. Maintenant, les parents n'ont plus qu'à élever le gamin. Ils auront les moyens de l'habiller, avec tout l'argent qu'ils gagnent au marché noir. »

La semaine suivante, m'arrive une autre lettre. Le facteur en a compris la provenance. Je m'assieds pour masquer mon émotion. Il reste là, curieux d'une nouvelle dont il pourra « causer ». N'est-il pas un membre intime de la grande famille communale ?

Je lui sers un café arrosé de calvados. Tandis que je jette un coup d'œil sur les premières lignes, je lui montre les photos qui accompagnent la lettre de Nicolas,

« C'est Nicolas ? Il a bien changé. Avec sa barbe, on le reconnaît à peine. Il n'a pas engraissé là-bas.

— C'est vrai ! Il fait un peu maigrichon.

— À part ça, comment va-t-il ?

— Bien. Mais il ne se plaît pas dans la fabrique où il travaille. Comme il ne montre guère de zèle, il espère quitter le stalag pour aller en commando. La vie y est moins dure. Il pourrait travailler dans une ferme. Il n'arrive pas à se réchauffer les pieds, tellement le froid est vif. Le soir seulement, avec les copains, il peut s'approcher du poêle. Je lui ai envoyé deux paires de grosses chaussettes et un bon tricot, mais ça ne suffit pas. Dans le prochain colis, je lui mettrai un bonnet de laine. Vivement que tout ça finisse ! »

Après son départ, je regarde longuement les photos de Nicolas et relis sa lettre. Il me demande des nouvelles de l'oncle Fulgence et m'interroge sur les travaux de la ferme, les vaches, les veaux, et surtout Polka. Il veut savoir comment va Ulysse.

Mes colis lui parviennent à peu près régulièrement. Avec les vivres qu'il reçoit « comme une caresse de mes mains », me dit-il, il respire l'air du pays. Je m'attendris sur son sort… et sur le mien. Pourquoi cet exil en pays ennemi ?

En lisant entre les lignes, je comprends qu'il ne me dit pas tout ce qu'il voudrait. Il sait que le courrier est ouvert et contrôlé. Dans mes lettres je prends les mêmes précautions.

Après la troisième lecture, je range la lettre. Je prends le temps d'ouvrir le journal. Mon attention est attirée par un gros titre, suivi d'un entrefilet :

« Sur la plainte d'un prisonnier, le tribunal de Saint-Dié, dans les Vosges, applique pour la première fois la sanction contre le délit d'adultère. Les coupables sont condamnés à six mois de prison. »

Un homme et une femme s'enferment dans les rets d'une liaison, et les voilà sous les verrous. Je sais qu'une passion peut surgir à l'improviste. Faut-il pour autant accepter un écart de conduite ? L'affection pour un mari absent, le cœur et la volonté devraient garder de l'inconséquence. Dans les tribulations de la guerre, la condamnation des mauvaises mœurs du tribunal de Saint-Dié, réveillera-t-elle les consciences ?

XIV

Les facéties de l'oncle Fulgence

LA RÉSERVE DE MUNITIONS a sauté hier soir à quelques kilomètres d'ici, selon le Journal de Valognes. La kommandantur dénonce un sabotage mené par des terroristes. Une forte récompense sera accordée à toute personne qui apportera des éléments d'information sérieux pour retrouver les coupables. En revanche, ceux qui disposeraient de renseignements sans les communiquer immédiatement aux autorités militaires seront considérés comme des auxiliaires du terrorisme. Alors, ils s'exposeraient à des représailles sévères et exemplaires. L'article précise qu'un communiqué plus détaillé sera affiché à la porte de toutes les mairies des environs.

Heureusement, cette affaire-là s'est passée hors du territoire de notre commune ; le maire aurait eu de sérieux problèmes.

En mangeant à midi, une pensée me traverse l'esprit. Et si l'oncle Fulgence était dans le coup ? Mes soupçons sont probablement injustifiés. Je vais tenter d'y voir plus clair. Le repas terminé, je me rends chez lui. Assis sur une chaise, la jambe gauche, solidement et abondamment bandée, est allongée sur le banc, il lit son journal. Deux béquilles sont posées sur la table.

« Qu'est-ce qui t'arrive ?

— Ah, ma pauvre ! Ça me dure depuis deux jours.

— Depuis deux jours ?

— En revenant de traire ma vache, j'ai voulu passer par la brèche aux ânes. J'ai glissé et je me suis fait une belle entorse. »

Ouf ! Son accident le disculpe et me soulage. Puisqu'il s'est produit avant-hier, il est étranger au sabotage.

« Et tu as réussi à revenir seul ?

— Pendant que c'était échauffé, ça allait. Mais depuis, je ne peux pas poser le pied à terre.

— Qui t'a bandé la jambe ?

— C'est moi.

— Tu avais le nécessaire ?

— Oui, tu vois.

— Tu aurais dû me prévenir.

— Mais je ne peux pas marcher !

— Oui, c'est vrai, je suis ridicule. Tu n'as vu personne depuis ?

— Non.

— Mais qui trait ta vache ?

— Personne.

— Qui te fait à manger ?

— J'ai du pain pour la semaine. Je mange des œufs et des sardines.

— Je m'en veux de ne pas être venue plus tôt. Maintenant, sois tranquille. Je vais m'occuper de toi, traire ta vache et faire boire le veau.

— Tu as déjà bien assez à faire comme ça. Ne te tracasse pas pour moi. Ma jambe désenfle ; ce soir je reprendrai mon service. »

Sans autre explication, je pars tout de suite vers son champ. Mazurka rumine paisiblement. Son lait ne semble pas la faire souffrir. Elle se laisse traire, mais je récolte peu de lait. De retour chez lui, je me précipite pour abreuver le malheureux veau qui doit mourir de soif. Je le trouve calme et endormi. Comme s'il ne manquait de rien. Curieux tout de même. Quelqu'un serait-il venu, à l'insu de l'oncle, traire la vache et abreuver le veau ?

Je rentre chez lui. À mes interrogations, il répond, agacé :

« Puisque je te dis que je n'ai vu personne.

— Alors, quelqu'un aura probablement fait ton travail sans t'en informer.

— Je ne sais pas.

— Maintenant, il faut que je parte. Je reviendrai ce soir m'occuper de tout.

— Non. Je ne veux pas. Tout va bien pour aujourd'hui. »

Son refus est net et catégorique. Je savais qu'il n'était pas du genre à se plaindre, mais tout de même, à ce point-là…

Une inquiétude me taraude. Et si cet accident lui avait dérangé la cervelle ? Ce soir, je retournerai là-bas.

Après mon travail, je reviens chez lui. Il est bien tard. Personne dans sa maison. Les béquilles sont là sur la table. Ses sabots disparus. Prise de peur, j'appelle. Pas de réponse. Je cours à l'étable : le seau que j'ai laissé tout à l'heure n'y est plus. Serais-je folle ? Je regarde aux alentours. Je crois entendre un léger bruit en direction du clos de la vache. Dans la pénombre, j'aperçois l'oncle qui marche d'un pas rapide et feutré, tenant précautionneusement le seau à la main.

Que signifie cette mascarade ? Je décide de me cacher et j'attends qu'il rentre dans sa maison. Un bon moment après, je viens frapper à la porte. La réponse se fait attendre :

« Qui est là ?

— C'est moi, Hélène.

— Attends. »

Des bruits qui n'en finissent pas. Enfin le loquet s'ouvre. L'oncle Fulgence est là devant moi, appuyé sur ses deux béquilles, surpris de me voir.

« Je t'avais dit de ne pas te déranger.

— J'étais inquiète, j'avais besoin d'être rassurée. Puisque tout va bien, je rentre chez moi, avant que la nuit ne soit complètement noire. À demain. »

Et je pars, plus qu'intriguée.

Chez moi, le journal est resté posé sur la table. L'article commentant le sabotage s'étale devant moi. Tout de suite, j'imagine un scénario : et si c'était lui qui était recherché par les Allemands ? A-t-il imaginé le stratagème de l'entorse pour se créer un alibi et éliminer les soupçons ? Accidenté avant le sabotage, on ne peut le suspecter. Tôt le matin et tard le soir, il prend soin de ses animaux. Dans la journée, il s'installe comme un blessé, en espérant qu'un témoin passera par-là, pour confirmer, si besoin est, son invalidité. Cette hypothèse ne tient que si personne ne l'a vu pendant la journée qui a précédé l'explosion.

Que va-t-il se passer maintenant ? Les Allemands doivent être furieux. Remonteront-ils jusqu'à lui ? Et s'ils ne trouvent pas, prendront-ils encore une fois des otages ? Le cauchemar recommence. Impossible de m'endormir.

Le lendemain matin, je retourne le voir. Comme hier, il est assis, la jambe allongée. Il doit surveiller l'entrée de la cour et reprendre sa position d'éclopé dès qu'il m'aperçoit. Il y a pourtant une faille dans sa mise en scène : ses sabots restés derrière la porte sont encore humides de la rosée du matin.

Après l'avoir embrassé, je lui dis :

« La rosée était très forte quand tu es sorti pour la dernière fois, il y a trois jours.

— Pourquoi ?

— Tes sabots ne sont pas encore secs. Étonnant ? Non ? »

Le voilà piégé. Embarrassé aussi. Avec la malice de celle qui ne s'en laisse pas conter, je vole à son secours.

« Heureusement, j'étais là quand tu es tombé à la brèche aux ânes. Tu te souviens mon oncle, je t'ai aidé à marcher en revenant ? C'est moi qui t'ai bandé la jambe. »

Son regard interloqué m'amuse. D'un clin d'œil, je le rassure. Sa figure s'éclaire d'un sourire complice. Il réalise que j'ai compris son stratagème et saisit la perche que je lui tends. Où pourrait-il trouver un meilleur témoin que sa nièce ? Il me répond d'un air coquin :

« Oui, bien sûr que je m'en souviens ! Sans toi je ne m'en serais jamais sorti.

— Dans l'état où tu es, il serait prudent que je traie moi-même ta vache matin et soir.

— Oui ! Tu as raison.

— À l'avenir, sois plus prudent. Tu aurais pu te faire une entorse encore plus grave en te promenant de nuit… du côté des réserves de munitions, par exemple ! »

Entre nous, pas besoin de longs discours. On se comprend à demi-mot.

Pour consolider son alibi, à peine sortie de chez lui, je raconte à qui veut m'entendre que Fulgence est immobilisé depuis quelques jours par une entorse à la cheville.

Matin et soir, je scrute sur le visage de mon officier locataire une quelconque réaction. Il n'exprime rien. Cette affaire d'armes ne relève sans doute pas de ses attributions ! À moins que ce ne soit une façon de donner le change. Sous son air agréable, n'est-il pas plus redoutable que son prédécesseur ?

Par nature et par expérience, l'oncle Fulgence est toujours d'une grande discrétion. Parler à tort et à travers ne lui ressemble pas. Ses sentiments à l'égard de l'occupant sont de notoriété publique, mais il n'en fait pas étalage. En famille, il se tait sur les problèmes politiques. Pourtant, chacun a compris que son admiration pour le maréchal Pétain, l'homme de la Grande Guerre, s'est estompée depuis son acceptation de signer l'armistice avec l'Allemagne. Déshonorant pour la France, selon lui.

Le jour où le gouvernement de Vichy lance un appel aux jeunes hommes, pour partir comme « travailleurs volontaires » en Allemagne, il traite nos gouvernants de traîtres, « de valets d'Hitler ». Il est pourtant diffusé que pour trois volontaires, un prisonnier français sera libéré. Pour la première fois, je suis en désaccord avec lui. N'est-ce pas une chance unique d'obtenir la libération de mon mari ?

Il me dit :

« C'est un piège. Une propagande mensongère pour appâter les naïfs. Qui peut se laisser berner par le discours de ces gens-là ? S'ils respectent leurs engagements, c'est quand même un échange à trois contre un, à leur profit. »

Des affiches sont placardées, annonçant un ordre de réquisition de la kommandantur. Hommes et femmes sont appelés à se présenter jeudi, dans la matinée, à Valognes, avec leurs bicyclettes. Tout refus d'obtempérer sera sanctionné sévèrement, est-il précisé.

Ce matin, parmi les premiers, papa a vu son vélo réquisitionné. À pied, il est repassé chez moi et m'a conté ses malheurs. La mort dans l'âme, à mon tour, je m'apprête à livrer ma chère bicyclette. C'est alors que l'oncle Fulgence fait irruption.

« Tu ne vas tout de même pas leur faire cadeau de ton vélo.

— Pas moyen de faire autrement. Ce n'est pas de gaieté de cœur.

— Attends, je m'en occupe, et de celui de ta sœur aussi. Va lui demander de l'amener ici. »

Au retour de chez Paulette, je le trouve affairé. Il démonte la roue arrière de mon vélo, retire la selle et la sonnette, dévisse le guidon et le retourne à l'envers. Celui de Paulette est aussi délesté de sa roue arrière. La roue avant est remplacée par une autre, tordue et rouillée, apportée de chez lui tout exprès. Tout ce qu'il retranche, il le monte au grenier.

« Qu'est-ce que tu fais ?

— Je range le matériel. »

Ma sœur et moi n'en menons pas large, mais devant son air décidé, on s'incline. Après tout, on verra bien.

« Il reste celui de Nicolas dans la cave.

— Il y est très bien. Personne ne sait qu'il est là. »

Tous les trois, nous prenons le départ, en carriole, avec notre chargement.

À Valognes, Paulette et moi restons à distance des autorités. De loin nous observons. Fulgence prend son tour dans la file d'attente, avec un vélo sur chaque épaule. Les badauds guettent son passage devant les commissaires allemands.

L'un d'eux, chargé de faire le tri, grimace devant les deux engins portés par le vieil homme. L'oncle prend un air aussi sérieux qu'un chat se soulageant dans un tas de cendre. Les curieux contiennent mal leur hilarité. Assez vite, Fulgence est prié de dégager la place avec ses bécanes rouillées. Ceux qui attendent leur tour admirent et envient son audace.

Sans nous attarder, nous embarquons nos débris dans la carriole, et rentrons chez nous, secouées par le fou rire, encore surprises que le subterfuge ait marché. Péremptoire, l'oncle nous avertit :

« Il ne faut jamais leur faire de cadeaux. »

Pendant plusieurs semaines, nous n'osons pas sortir avec nos vélos.

Dans l'après-midi, j'écris à Nicolas pour lui raconter notre expédition. Même à mots couverts, c'est imprudent, mais je ne résiste pas à ce plaisir.

Je lui dépeins notre nouvelle situation : tout se raréfie. Le café et le chocolat nous manquent. Il faut faire la queue à l'épicerie pour en obtenir bien peu ou pas du tout. C'est vrai aussi pour l'habillement. Plus de chaussures, plus de tissu, plus rien ! Les gens viennent dans les fermes au ravitaillement. Ils réclament des œufs, de la crème, et surtout du beurre et des pommes de terre. Il n'y en a pas pour tous. Qui aurait pu imaginer pareille situation en 1936 ? Cette année-là, j'accompagnais papa sur les marchés de Valognes, Bricquebec, Sainte-Mère-Église. Nos veaux et nos porcelets étaient invendables. Nous étions sans ressources avec le moral au plus bas.

Certains paysans, peu nombreux, profitent de la pénurie pour vendre plus cher leurs produits. C'est le marché noir. Ils dégradent l'image de notre profession dans l'opinion. La plupart, heureusement, restent honnêtes. Ils envoient des colis de victuailles aux parents ou amis vivant en ville, sans possibilité de se déplacer.

Nous manquons de moyens pour produire. Pas d'engrais, et donc moins d'herbe pour nourrir le cheptel, moins de blé pour faire du pain, moins d'orge pour élever des volailles et obtenir des œufs. Manque de bras et manque de matériel aussi.

J'ai eu la chance de trouver une paire de bottes chez le charcutier, grâce à un renseignement fourni, sous le sceau du secret, par le coiffeur qui vendait lui-même en cachette des pneus de vélo fournis par le receveur de la poste.

XV

L'appel de Jacques Le Roy Ladurie

Mardi 7 juillet 1942

LA DERNIÈRE CHARRETÉE de foin est à l'abri. Ouf ! Polka est fatiguée ; nous aussi. Aujourd'hui, je prends le temps de souffler et de lire le journal.

« La Luftwaffe a effectué des attaques sur des dépôts de troupes soviétiques, sur des colonnes de trains en marche et des installations de ravitaillement à l'ouest de Moscou. L'artillerie a bombardé des objectifs militaires à Leningrad. »

Les armées allemandes de terre, de l'air et de mer connaîtraient des succès sur tous les fronts ?

Un titre en grosses lettres attire mon attention. « Monsieur Le Roy Ladurie, ministre de l'Agriculture et du Ravitaillement, lance un appel aux paysans » :

"Nous ferons la soudure ensemble. De votre labeur dépend le maintien de l'union entre les Français." »

Je suis surprise d'apprendre que le ministre est un paysan. Que nous dit-il ?

« Nos réserves de blé risquent d'être épuisées avant la moisson. Obtenez le maximum de rendement avec le minimum de moyens, moins de bras, moins d'attelages, moins de carburant… et surtout sans la présence de vos fils, de vos frères, de vos maris prisonniers… Battez aussi vite que possible ; chaque jour gagné sur l'horaire d'autrefois est un jour de pain gagné pour le pays… Toujours à la peine, jamais à l'honneur, c'est sur vos épaules que repose la vie même du pays. »

Voilà qui réconforte !

Mercredi 2 septembre 1942

Je marque d'une croix cette journée. Trois ans de guerre. Personne n'en parle, tout le monde y pense. Troisième corvée de battage depuis le départ de Nicolas. Chaque année, les mêmes hommes reviennent nous aider. Par chance, par faveur aussi, la batteuse arrive chez nous avant la rentrée de l'école. Gustave nous est utile. En trois ans, il a pris de la force. Fulgence, fidèle au poste, se retrouve derrière la batteuse. Avec une fourche, il distribue la paille aux botteleurs. Papa la tasse dans la grange. Avec ma sœur, nous approchons les gerbes vers la batteuse, tandis que maman reste à la maison pour cuisiner.

Au soir de ces journées, on est heureux de voir le blé dans le grenier et la paille dans la grange. C'est la récompense d'une année de travail et de risques. Ce soir, nous célébrons la fête des battages. Nos chers absents sont présents dans nos pensées et notre gaieté se teinte de mélancolie.

J'ai rendu visite à Marguerite Lebrun. Hier, à la nuit tombée, elle a fait rentrer mon troupeau de génisses dans l'herbage proche de chez elle. Elles s'étaient échappées. Sans son initiative, les bêtes seraient allées je ne sais où. Par temps humide, elles laissent des empreintes sur les bermes ou dans les chemins creux, mais par temps sec il est difficile de les suivre à la trace.

Je trouve Marguerite à la sortie de son jardin. Ses traits sont tirés. Elle essuie ses mains sur son tablier et me fait entrer dans sa cuisine.

En l'absence de son mari prisonnier, elle travaille dur sur sa petite ferme. Ses sept vaches maigres produisent peu de lait et ne lui donnent que de faibles ressources. L'équarrisseur est venu en chercher une la semaine dernière. Voilà qui ne va rien arranger. Sa situation est plus pénible que la mienne : quatre jeunes enfants, l'aîné a sept ans et la dernière trois ans. Elle n'était pas née à la dernière permission de son père. Elle le connaît par la photo qui trône sur la cheminée.

« J'ai su par le facteur que vous aviez ramassé mes génisses. Je tiens à vous en remercier.

— C'est bien normal ; à ma place vous en auriez fait autant.

— Il faut que je trouve la brèche par où elles sont sorties. J'ai apporté des pinces et un bout de fil de fer barbelé.

— Je ne pourrais pas vous en donner, je n'en ai pas. Au printemps, je clos les brèches en "plissant" les branches d'épines.

— À part ça, avez-vous des nouvelles de Jean-Marie ?

— J'en ai reçu ces jours-ci. Depuis qu'il est prisonnier, il travaille toujours dans la même ferme. Son patron est à la guerre. Et moi, je dois me débrouiller avec mes gamins. Quel gâchis ! Mauvaise passe ! »

Peu habitués aux visites, les enfants se sont rassemblés autour de moi. L'un d'eux réclame une tartine. Marguerite met une mince couche de confiture sur une tranche de pain. Le plus grand la lui chipe aussitôt, déchaînant des cris. La mère se fâche, pour la forme, sans exiger la restitution.

« Tu verras quand ton père sera revenu. Il te flanquera les tournées que tu mérites. Et tu sais, il tape fort ! »

Pauvre femme ! Exténuée, à bout d'arguments, elle utilise le père fantôme comme un épouvantail pour ses enfants. Le gamin ne doit pas souhaiter le retour du prisonnier. En attendant, il comble sa faim.

Je reprends l'initiative :

« Combien de vos petits vont à l'école ?

— Un seul : le grand. Vivement la prochaine rentrée pour que mon deuxième garnement y aille aussi. Il est aussi mauvais que son frère. Ça en fera deux à me ficher la paix. »

La petite dernière me fixe attentivement, indifférente aux remarques de sa mère. Comme ses aînés, elle marche pieds nus. Lâchement, je me lève, remercie encore. J'embrasse les enfants sur leurs joues mal lavées.

À peine sortie, je me ravise et reviens sur mes pas.

« Marguerite. Dans mon cellier, j'ai des pommes à couteau, plus que je ne peux en manger. Je vous en apporterai. »

Pourquoi ce geste tardif de ma part ? Pour atténuer une misère insupportable, ou pour me faire pardonner ma situation de fermière plutôt aisée ?

XVI

Le courage des pilotes américains

Ce printemps 1943, des avions américains passent de plus en plus nombreux au-dessus de nos têtes. À peu de distance d'ici, les Allemands ont installé leur DCA, la défense antiaérienne. Il y a une quinzaine de jours, un de leurs obus a atteint sa cible. L'avion est tombé en flammes. Quelques secondes plus tard, un parachute s'est ouvert. Qu'est devenu le pilote ? Nous n'avons aucune information.

Mardi dernier, un éclat d'obus tout brûlant est tombé dans la cour. De brefs sifflements avaient annoncé l'arrivée de ce projectile. Par précaution, nous rentrons à la maison dès que nous entendons le bruit sourd des avions. Si je travaille aux champs, le tombereau me sert d'abri quand la DCA entre en action. Attachée quelques mètres plus loin, Polka est à la merci des éclats. Quand l'oncle Fulgence m'accompagne, il refuse mon abri. Si j'insiste, il proteste :

« Tu veux me faire attraper mal aux reins. Je ne peux pas me plier pour me couler là-dessous. »

Tout de même, ce matin, il trouvait que « ça pétait fort ». Et pour cause, trois avions ont été abattus. Cet après-midi, ça recommence. Encore un avion touché. Nous voyons flamber le parachute du pilote. C'est jeudi et Gustave est avec nous. Il hurle :

« Il va se tuer. Il va se tuer. »

Quelques jours plus tard, l'oncle Fulgence est témoin d'un autre drame alors qu'il rentre de Saint-Joseph. Il raconte :

« Un avion américain atteint par un obus de la DCA perdait de l'altitude ; un homme a sauté en parachute. Les autres ont dû juger l'avion trop bas pour en faire autant. Le pilote a réussi à redresser l'appareil de quelques dizaines de mètres pour que ses coéquipiers sautent à leur tour. L'avion a piqué du nez à nouveau. Il est remonté encore une fois avant de s'abattre, sous mes yeux, dans la campagne sans que le pilote puisse s'échapper. J'en étais à deux cents mètres. Je me suis approché, mais une voiture allemande a surgi et l'a récupéré vivant, avec les deux jambes cassées. Sais-tu ce que nos occupants ont fait après l'avoir dégagé ? Ils lui ont présenté les armes. Incroyable ! »

Fulgence en est retourné. Que nos occupants, pour lesquels il n'éprouve que du mépris, rendent hommage à un courageux pilote ennemi, lui paraît inconcevable.

« Il y a quand même de vrais soldats chez eux », dit-il.

XVII

Du sucre dans les réservoirs

J'apprends que les Allemands veulent encore réquisitionner des chevaux. De tous côtés, l'étau se resserre sur nous.

Nous sommes « invités » à nous rendre à Valognes, pour y présenter la cavalerie du canton. Comme d'habitude, papa se range parmi les premiers. La vieille Pomponne échappe à la réquisition grâce à son poulain qu'elle doit nourrir. La jument de Paulette est épargnée aussi : trop âgée.

Je m'avance en tenant Polka par la bride. De grâce, ne me la prenez pas ! Ils l'examinent, me demandent de la faire marcher en décrivant un cercle. Un Feldwebel lui desserre les mâchoires pour examiner ses dents. Il me fait signe de l'attacher à la chaîne fixée aux arbres, avec les autres chevaux bons pour le service. Mes jambes se dérobent. Quelqu'un me prend la bride des mains pour l'emmener. Je pleure. Ils ont pris ma Polka. Au bord de la crise de nerfs, je m'adosse contre un arbre. Je n'écoute personne, je ne vois plus rien.

Le temps de confier sa jument à un voisin, et ma sœur est près de moi. Elle use de toutes ses réserves de tendresse pour me consoler. Papa voudrait me rassurer.

« Tout n'est pas perdu. Je viendrai chez toi avec Pomponne. Ta sœur te prêtera Charmille. On s'entraidera. Ne t'inquiète pas. »

Je suis révoltée. Pas seulement à cause du travail. J'aimais Polka. Je lui parlais. Elle me comprenait. Je la traitais comme une personne, avec amitié et confiance. On me l'enlève. Sans mari à mes côtés, qui peut me soutenir ?

Papa m'invite à manger dimanche prochain, avec Paulette et ses enfants.

« Ça te fera du bien, me dit-il. Ça te changera les idées.

— Oui, je l'espère.

— Propose à l'oncle Fulgence de t'accompagner. »

Sans réticence, l'oncle accepte de se joindre à nous. Comme il a changé depuis le début de la guerre ! Avant, il se renfermait sur lui-même. Maintenant, il retrouve des raisons de vivre.

Dès le début du repas, papa nous dit :

« Décidément, toute la famille est visée par les Allemands. Depuis hier matin, ils sont en train de clore de grandes surfaces qui englobent une partie de nos terres et de celles de nos voisins.

— Que peuvent-ils en faire ?

— Ils ne vont tout de même pas y installer un terrain d'aviation ?

— Quel intérêt ? Celui de Gonneville-Maupertuis est tout proche.

— À moins qu'ils ne veuillent y stocker du matériel de guerre ? Ou des munitions ? »

Mystérieux tout ça.

En ce moment, l'oncle Fulgence vient tous les jours. Pour travailler, bien sûr ! Pour bavarder, tout autant. Hier, il badinait :

« T'as vu ? Les Boches en sont revenus au cheval ; maintenant ils n'auront plus besoin de véhicules à moteur. »

Le terme « Boche », chez lui, est un signe : ou il est de mauvaise humeur, ou il mijote un coup. Je ne relève pas ses paroles. Le lendemain, j'apprends que les troupes allemandes, au moment de partir en grandes manœuvres, sont dans l'incapacité de faire démarrer leurs chars et leurs camions. Fulgence a-t-il encore fait des siennes ? Pour en avoir le cœur net, je me rends chez lui, presque en colère. En arrivant, je lui demande :

« Tu es au courant de la panne des véhicules allemands ?

— Oui, un peu !

— Un peu, seulement ?

— Oui, comme ça.

— Qui te l'a dit ?

— Là, tu m'en demandes trop.

— Tu ne te souviens plus ?

— Non.

— Tu l'as peut-être deviné en regardant passer les nuages ?

— Hélène. Tu te poses trop de questions.

— Et toi, tu risques de nous attirer des ennuis sérieux.

— Et pourquoi donc ?

— Mais voyons, tu vas te faire épingler. Même si tu t'en moques, pense à moi, pense à nous tous.

On nous accusera de complicité. Étonnant qu'ils ne t'aient pas encore attrapé.

— Tu vois, ils ne sont pas bien malins.

— Possible, mais ils peuvent être méchants.

— Ça, je le sais.

— Pourquoi te livres-tu à un jeu aussi dangereux ?

— Je ne m'amuse pas. Je fais mon devoir de citoyen français. Je leur fais la guerre à ma façon. Puisqu'ils ont pris nos chevaux, ils n'ont plus besoin de leurs engins motorisés. Qu'ils repartent chez eux et qu'ils renvoient nos prisonniers ; je n'irai pas les titiller dans leur pays.

— Malheureusement, nous ne pouvons ni les renvoyer, ni faire revenir les nôtres.

— Eh bien moi, je veux leur donner l'envie de déguerpir.

— C'est ridicule. Tu ne prétends tout de même pas, à toi seul, les faire partir et imposer tes volontés à leur Führer !

— Qui te dit que je suis seul ? »

Je le regarde sans comprendre. Il a parfois des formules dont on ne sait si elles sont vides de sens ou si elles expriment une réalité.

« Tu as saboté leurs engins ?

— Non ! Je n'en ai pas les moyens. Remarque que ça ne s'est pas passé sur le territoire de Saint-Firmin. Je ne voudrais pas créer d'ennuis au maire.

— Mais tu les as tout de même mis en panne ?

— J'ai seulement mis du sucre dans les réservoirs.

— Du sucre ?

— Oui, du sucre.

— Et ça suffit pour les empêcher de partir ?

— Faut croire.

— On manque de sucre, et tu le gaspilles ?

— Oh non ! J'ai gardé le mien. C'était le leur. Je l'ai pris dans leur réserve.

— Tu as fait cela ?

— Rassure-toi, je n'ai pas tout utilisé. J'en ai gardé pour nous. Faut bien qu'on vive.

— Je t'en prie, arrête ton manège. Sinon, ils vont finir par t'arrêter, et nous avec.

— Ne crains rien. Simplement : sois discrète. Rappelle-toi : "Tu sais ou tu ne sais pas, dans les deux cas tais-toi." »

Il sait qu'il peut compter sur mon silence. En rentrant, je me demande si je n'ai pas été trop dure avec lui. Dois-je le regretter ? Si mon intervention pouvait calmer ses initiatives rebelles, je m'en féliciterais.

Aujourd'hui je me sens coupable à son égard. Depuis quatre jours, je ne l'ai plus revu. Est-il contrarié, fâché, souffrant ? J'espère que rien de mal ne lui est arrivé. Paulette est venue hier, elle ne m'a rien dit. Je ne lui ai même pas demandé si elle était passée chez lui. Attend-il que j'aille m'excuser de mon impertinence ? Idiote que je suis, j'aurais dû repartir chez lui dès le lendemain. N'y tenant plus, j'y pars.

Ses vieilles lunettes sur le nez, il lit le journal.

« Bonjour, mon oncle. J'étais inquiète de ton silence.

— Il ne fallait pas, tout va bien.

— Tu m'avais habituée à des visites plus fréquentes, et tout d'un coup, plus rien. Tu n'es pas malade ?

— Je suis en bonne forme, comme tu vois.

— Pourquoi ne viens-tu plus à la maison ?

— J'ai réfléchi à ce que tu m'as dit l'autre jour. C'est vrai que je peux vous compromettre, ta sœur et toi, en étant trop souvent chez vous. Maintenant, je garde la distance. »

Est-il sincère, ou a-t-il trouvé ce prétexte parce qu'il est humilié ou vexé par mes mises en garde ?

« Mon oncle, pardonne-moi de t'avoir malmené. Je suis trop impulsive.

— Tu as bien fait. Je n'ai pas suffisamment mesuré les conséquences de mes actes. Et rassure-toi, je n'ai aucun grief contre toi, ma nièce préférée. Je ne t'en veux pas. »

Il est sorti de sa réserve habituelle et je me retrouve de plain-pied avec lui.

« Si tu ne venais plus me voir, je serais malheureuse.

— Je commençais à m'ennuyer. »

Après un silence, il ajoute :

« Paulette ne souhaite peut-être pas que j'aille chez elle trop souvent ? Je ne veux pas lui faire courir de risques. Surtout à cause des enfants.

— Elle ne sait rien de tes activités. Si tu l'évites trop, elle se posera des questions. Mais si tu cesses tes escapades dangereuses, le problème ne se posera plus.

— Ce qui est fait demeure. »

Si j'insiste, la séance de l'autre jour recommencera. Nous parlons de choses et d'autres. Je lui raconte la visite de mes beaux-parents en quête de nouvelles de Nicolas. Il m'écrit plus souvent qu'à eux. Le contraire me rendrait jalouse. Ils m'ont apporté un rôti du cochon tué la veille.

Sur la route du retour, je me surprends à chanter. Ça ne m'était plus arrivé depuis longtemps.

Ce matin, on enterre Théodore Langlois, l'oncle maternel de Nicolas. J'en garde un souvenir assez précis. Pour notre mariage, il nous a offert un baromètre : cadeau utile pour des paysans. Tellement utile que quatre de nos invités ont eu la même idée. Quatre baromètres dans la maison, c'était la pléthore. Qu'en faire ? Celui des Langlois est en bonne place dans la cuisine. Comme il est surmonté d'un thermomètre, j'en tire un double avantage. Je le consulte sur la pression atmosphérique et sur la température, surtout au moment de la fenaison ou de la moisson. Le deuxième est accroché au mur sous l'échelle de l'écurie. Je peux lire ses indications sans entrer à la maison. J'ai donné le troisième en cadeau de mariage à Thérèse et Michel. Le dernier a servi de lot à la kermesse organisée au profit des prisonniers.

Théodore est décédé subitement, à soixante ans, alors qu'on le croyait en pleine santé. Il exploitait une ferme à Yvetot-Bocage, où il s'était installé avec la tante Mauricette, avant l'autre guerre.

Après la cérémonie, quelqu'un nous apprend l'enlèvement par les Allemands de Dominique Curapin. Personne n'en connaît les raisons. Tous ignorent le lieu de sa détention. On en est réduit aux suppositions. En revanche, on chuchote le nom de son présumé délateur. Partisan de la collaboration avec l'ennemi, il aurait dénoncé Dominique pour des prétendus agissements contre l'occupant. Si la guerre prend fin un jour, il aura intérêt à se mettre au vert.

Maintenant on se fait arrêter pour un oui, pour un non, sur simple dénonciation. La jalousie et la vengeance y sont pour quelque chose. La peur gagne, d'autant plus que deux autres arrestations ont eu lieu depuis un mois, pour des raisons qu'on ignore.

Y a-t-il un lien entre cette arrestation et l'explosion du dépôt de munitions ? Je crains que l'oncle Fulgence, une fois de plus, ne soit mêlé à l'affaire. Je dresse l'oreille. Si Curapin est le premier maillon d'une chaîne, il y a danger. S'il parle, les enquêteurs remonteront jusqu'à l'oncle. Je me souviens de sa remarque : « Qui te dit que je suis seul ? ».

Quelle attitude adopter ? Je ne peux consulter personne. En parler à l'intéressé ? Pourquoi l'alarmer ? Attendons. Sous prétexte de migraine, je lui demande un coup de main, pendant une semaine. Ainsi, je l'aurai à proximité. Rien ne lui arrivera sans que je le sache. Si les Allemands sont sur sa piste, le dénouement sera rapide.

Au cinquième jour de calme plat, je me sens mieux. Au bout de deux semaines, je suis presque rassurée.

Dans mes lettres à Nicolas, je me tais sur les activités clandestines de l'oncle ; le courrier est contrôlé. J'en suis réduite à parler des travaux de la ferme, des vaches, du chien et des ragots du pays. Quelques mots de la famille. Je lui redis mon ferme espoir de son retour prochain, et puis voilà. Je ne veux rien écrire qui risque d'entraîner quelque soupçons.

Nicolas, lui aussi doit surveiller ses propos. Pourtant, j'attends ses lettres avec la même impatience et la même curiosité. Au-delà des mots, j'essaie de lire entre les lignes pour déchiffrer quelque message intime. L'essentiel est de savoir qu'il est en bonne santé, qu'il ne nous oublie pas. Et si je lui exprime la profondeur de mes sentiments, je n'en pense pas moins que cette situation de couple séparé a quelque chose d'artificiel, d'irréel et de malsain. Avons-nous beaucoup changé pendant toutes ces années ? Comment vivrons-nous nos retrouvailles ?

XVIII

Les exploits de Berluche

Polka me manque. À l'occasion, ma sœur me prête Charmille. Mais elle doit faire face, elle aussi, et je ne peux pas la solliciter à chaque instant. De temps à autre, papa et les voisins disposant encore d'un cheval me font une corvée. Je crois que les chevaux, comme les gens, sont fatigués. Une nouvelle jument me dépannerait, mais les prix se sont envolés. Je décide d'acheter une pouliche de l'année. Elle prendra de la valeur avec le temps. Quand elle sera en âge de travailler, Nicolas sera revenu, je l'espère ; il fera son affaire du dressage.

Et si j'achetais un âne ? Ils sont beaucoup moins chers que les chevaux. On ne fait pas la guerre avec des ânes. Les Allemands ne les réquisitionnent pas ; du moins, pas encore. Un âne ne remplacera pas Polka, mais il me rendrait bien des services. Par exemple, il porterait l'eau aux vaches et aux génisses, rapporterait le lait quand je trais loin de la maison. Il emporterait l'orge à moudre au moulin et ramènerait la farine. « À défaut de grives, on mange des merles », dit le proverbe.

Obsédée par cette idée, j'en parle à toute la famille. Bien sûr, ça ne vaut pas une bonne jument, mais ce serait mieux que rien.

« Je t'en avais suggéré l'idée après la réquisition de Polka, me dit l'oncle Fulgence, mais, à ce moment-là, tu n'étais pas en état de m'écouter.

— Sans doute, car je n'en ai pas le souvenir.

— Gustave, tout comme moi, sera heureux de travailler avec lui. Je pourrai rentrer ton bois et le mien. »

Dimanche 1er octobre 1943

Aujourd'hui, réunis autour de la table familiale pour mon anniversaire, papa revient sur le sujet :

« J'ai réfléchi à ton idée, elle est intéressante. L'ennui, c'est que les équipages de Polka ne conviendront pas à un âne. Et les outils non plus.

— Oui, je sais.

— Tu te rappelles qu'autrefois nous en avions un.

— Oh oui ! Je me souviens de Patapouf ! J'ai joué bien souvent avec lui.

— Au grenier, j'ai retrouvé son attelage. Le bourrelier me dit qu'il est encore utilisable moyennant quelques réparations. Sa charrette est toujours là, au fond de la remise.

— Formidable.

— Ta mère et moi te donnerons tout son fourniment après l'avoir remis en état. La semaine prochaine, je t'achèterai un âne à la foire Saint-Denis à Brix. »

Lundi 9 octobre 1943

La famille au grand complet salue l'arrivée du bourricot avec son équipage et sa petite carriole. Âgé de quatre ans, il a l'expérience du travail. Ça m'évite un dressage difficile.

Gustave et Marie-Lou se font transporter par lui autour de la cour, deux heures durant. Le voilà promu au rang de jouet. Gustave, habitué à conduire Charmille, le fait manœuvrer avec adresse. Pourquoi l'appelle-t-il Berluche ? Papa ayant oublié de demander son nom d'origine au vendeur, celui-ci lui siéra très bien. Va pour Berluche.

Le soir même, je charge seaux et bidons dans la carriole, pour aller traire au clos du Caillou pointu. Pas besoin de l'attacher, il patiente tranquillement en liberté au milieu des vaches, flanqué de sa carriole. Je le surveille du coin de l'œil. Tout se passe bien, c'est-à-dire qu'il ne se passe rien. Après avoir trait deux vaches, je laisse un grand seau plein de lait auprès des bidons. Je continue mon travail. Quand je reviens vers Berluche, il m'attend, le museau tout blanc de mousse de lait. Il me regarde d'un air innocent. À côté de lui, le seau est vide : il a tout bu.

Sur le chemin du retour, il transpire comme je n'ai jamais vu transpirer un âne. Je le libère de la carriole et des équipages et le conduis à l'écurie. Quelques secondes pour souffler, puis il se couche. Un peu fâchée à cause de mon seau de lait perdu, je rentre à la maison.

Le lendemain matin, Berluche est toujours couché dans la même position. Sourd à mes ordres, il refuse de se lever. La gentillesse et les menaces ne donnent aucun résultat. Rien n'y fait. Est-il à ce point paresseux ? Ou malade ? En réalité, il digère le lait avalé la veille au soir. En fin de journée, il accepte de se remettre sur ses pattes et de reprendre du service.

Désormais, je sais qu'il ne faut tenter ni diable, ni âne. Prudente, je verse le lait dans un bidon après chaque traite. L'étroitesse du goulot lui interdit l'entrée du museau.

Je découvre les plaisanteries dont il est capable. Il aime ouvrir les barrières. C'est si amusant. Pas seulement celle de son enclos ; il entrebâille aussi toutes celles des herbages voisins. Il peut alors courir derrière vaches, génisses ou brebis, semant la panique, dispersant les animaux, puis les mélangeant. La famille est requise pour tout remettre en ordre.

Maintenant j'attache les crochets des barrières pour l'empêcher de donner libre cours à son caprice favori.

Qu'inventera-t-il encore ?

Mais au fait ! Pourquoi son ancien propriétaire s'en est-il séparé ? Est-ce un animal retors ? Je sais que des cultivateurs revendent une vache, un cheval ou un âne aux vices cachés. Papa ou l'oncle Fulgence disent qu'il ne faut jamais acheter une vache ayant déjà fait un veau : elle est peut-être dure à traire ou mauvaise laitière. À moins qu'elle ne décoche des coups de pied pendant la traite. Parfois, on s'en débarrasse parce qu'aucune clôture ne l'arrête.

Même chose pour un cheval qui a déjà travaillé. Il peut mordre, être « mauvais de collier ». Si vous protestez ou réclamez auprès du vendeur, il envoie une réplique qui clôt toute discussion : « Je ne vous l'ai pas vendu dans un sac. »

Berluche est espiègle, mais il n'est ni méchant, ni vicieux. Tant mieux, car j'y suis déjà attachée.

La semaine dernière, le minotier m'a promis un sac de son. Une charge de 50 kg, c'est trop lourd pour un vélo. Je vais au marché de Valognes avec Berluche. Sur la route, on me regarde passer en carriole avec un sourire amusé. À moins de quatre kilomètres à l'heure, je rentrerai à la maison à deux heures de l'après-midi. C'est sans compter avec le refus de Berluche de franchir le passage à niveau. Sourd à mes encouragements, il s'obstine. Louis Manège arrive à vélo.

« Savez-vous qu'un âne recule plus facilement qu'il n'avance ? », me dit-il.

Il pose son vélo contre le pilier de la barrière et prend Berluche par la bride en lui faisant faire un demi-tour. Acceptant la marche arrière, l'âne traverse la voie ferrée. De l'art de franchir un passage à niveau avec un âne rétif !

Mardi 26 octobre 1943

Demain, en allant au marché, je posterai une lettre à Nicolas. Je dois donc l'écrire ce soir. J'ai beaucoup de choses à lui dire. Les exploits de Berluche occupent une page entière. Les autres nouvelles portent sur la famille, la vie locale. Je lui annonce la mort subite de Jean Lacour ; il venait tout juste de prendre soixante-quinze ans.

J'hésite, puis je me décide à lui raconter :

« Hier matin, en revenant de conduire les vaches dans l'ancienne janière, j'ai croisé le grand Octave Dupré. Ces rencontres sont si fréquentes qu'elles ne doivent pas être dues au seul hasard. Tu connais les limites de sa délicatesse ; il a lourdement insinué que j'avais un amant. Imperturbable, je lui ai répondu : "J'en ai bien plus d'un !" Je ne suis pas sûre qu'il ait mieux compris le mépris de ma réponse que le ridicule de son accusation. Sur le coup, j'étais tentée de rapporter à sa femme ses propositions malhonnêtes et répétées. Inutile de semer la brouille dans le ménage, d'autant que je suis amie avec elle. »

XIX

Des voies ferrées sous haute surveillance

En voyant les enfants grandir et les jeunes gens prendre de la force, on espérait trouver de la main-d'œuvre. Espoir déçu. L'année dernière, le 22 juin 1942, Pierre Laval avait instauré ce qu'il appelait : « La Relève ». Il s'était engagé à fournir 150000 ouvriers en échange de 50000 prisonniers qui devaient revenir dans leurs foyers. En raison de la pénurie alimentaire, les paysans seraient libérés les premiers. Je me réjouissais déjà. Fulgence m'avait dit :

« Mensonges que tout ça ! Ils ne relâcheront personne ! »

Il avait en grande partie raison. À peine un prisonnier libéré pour cinq travailleurs volontaires. Il est vrai aussi que les volontaires n'étaient pas nombreux.

Les Allemands, mécontents, exigent du gouvernement français la mise en place d'un service du travail obligatoire (STO) pour les garçons des classes 1940, 1941 et 1942.

Les premiers convoqués obtempèrent. Certains sont expédiés en Allemagne ; d'autres sur les chantiers du mur de l'Atlantique ; quelques-uns travaillent dans la région, dans l'entreprise Todt. Autant de travailleurs perdus pour nous.

S'ils ne sont pas plus ardents au travail que ceux qui sont requis sur place, les Allemands n'en tireront pas grand bénéfice. Vendredi dernier, à Valognes, j'ai vu une dizaine de jeunes chargeant un camion de briques. Trois heures plus tard, le camion de trois tonnes était loin d'être chargé. Les coups de gueule de la sentinelle n'y changeaient rien.

Quand l'oncle Fulgence passe chez moi, pour boire l'orge grillée qui tient lieu de café, je lui raconte l'histoire de ces tire-au-flanc.

« Ah ! Les braves garçons, s'écrie-t-il. Je suis certain qu'ils mettraient plus d'empressement à travailler pour nous. Tu sais, les réfractaires au STO sont de plus en plus nombreux. »

C'est alors qu'en confidence, il ajoute :

« J'ai une solution à te proposer pour alléger ton travail. Les réfractaires ne peuvent pas rester chez eux, ils se feraient prendre, et ils seraient envoyés en Allemagne dans de mauvaises conditions. Donc, ils se cachent. Avec de faux papiers d'identité, ils cherchent refuge en un lieu où ils sont inconnus. Je vais en prendre un chez moi. Ta sœur et toi serez les seules à le savoir. Si quelqu'un demande qui il est, c'est tout simple : il s'agit d'un lointain cousin de la région parisienne. Sa santé déficiente et les privations alimentaires nécessitent un séjour à la campagne pour le requinquer. Il veut bien venir chez moi, couper du bois pour l'hiver, traire ma vache et refaire des clôtures.

— À nouveau tu prends des risques !

— Faut bien s'entraider dans la vie. Je prendrai des précautions. Ma maison est isolée et la consigne sera stricte : ne jamais aller au village, ni ailleurs. Sauf pour venir chez toi, s'il te rend des services. Ta ferme est à l'écart et je suis ton plus proche voisin. Six cents mètres d'un chemin peu fréquenté nous séparent. Il ne viendra jamais sans que je l'aie précédé pour m'assurer que la voie est libre et que ton doryphore ne hante pas les lieux. Pour travailler dans les champs derrière chez moi, ce sera tout simple ; personne ne verra rien.

— Espérons.

— Ce garçon-là travaille à la ferme chez ses parents, il faut qu'il s'éloigne. Ici, il sera à l'abri.

— Tu sais déjà qui c'est ?

— Je ne t'enverrais pas n'importe qui. »

Dans le pétrin où je suis, sa proposition me tente.

« Si tu me le recommandes, je peux le prendre un mois ou deux. Après on verra.

— Parfait ! Je lui ferai couper la haie qui est entre ton clos et le mien, juste derrière chez moi. Avec ça, il peut s'occuper pendant plusieurs semaines, sans poser les pieds dans ta cour. Là-bas, il ne risque aucune mauvaise rencontre. Personne n'y passe.

— Bonne idée.

— Ne te compromets pas en venant le voir. Je m'occupe de le mettre au boulot. »

9 janvier 1944

Hier soir, une auto allemande est passée dans le petit chemin, tout près de la maison. Ce soir, la même est revenue. Que signifie ce manège ? Suis-je surveillée ? La présence de mon coupeur de bois aurait-elle été découverte ? Ou dénoncée ? À moins que l'oncle n'ait encore fait des siennes ? Les câbles téléphoniques de l'armée allemande sectionnés, serait-ce lui ?

Je n'aime pas cette ambiance menaçante. Je flaire un danger. Comme si quelque chose risquait de nous éclater à la figure !

Mes parents ne sont guère plus rassurés. Que préparent donc les Allemands après la réquisition de leurs terres et de celles de leurs voisins ? On parle d'installations de rampes de lancement de fusées V1 destinées à bombarder l'Angleterre. Si c'est vrai, nous serons bientôt survolés par des avions anglais ou américains. Leurs visites ne seront pas de courtoisie ! J'en tremble.

Le boulanger m'annonce le déraillement, évité de justesse, d'un train de permissionnaires allemands. Des « terroristes », selon les journaux, auraient tenté de déboulonner des rails entre la gare du Ham et le Pont Cochon. Dérangés, ils auraient laissé leur travail en plan.

Le Journal de Valognes rapporte qu'un autre déraillement a bien eu lieu vers le Sud du département.

Tous ces sabotages ont conduit les Allemands à faire garder les voies ferrées la nuit. Des civils français sont requis pour cette corvée. Des cabanes de bois en bordure des lignes abritent les hommes de garde. Aucune lumière ne doit filtrer. On peut allumer une lampe à pétrole lorsque les portes sont fermées hermétiquement. Dès la tombée du jour, deux hommes partent, chacun dans une direction, jusqu'au point de jonction de l'autre équipe.

Trois kilomètres et demi à parcourir dans le noir, à l'aller et autant pour le retour : une heure et demie de marche.

Le responsable du poste note le nom, l'heure de départ et de rentrée du veilleur. Tout sabotage pendant son temps de faction lui sera imputé. Dans l'obscurité, il risque de trébucher à chaque pas sans apercevoir un éventuel saboteur. Seule son oreille, posée sur un rail à intervalles réguliers, peut détecter un bruit suspect. Une onde de vibrations répercute les bruits anormaux. Il doit alors arrêter, ou mettre en fuite, le présumé coupable. Au retour à la cabane, tout incident est noté.

Après trois nuits d'une telle balade, le jeune Bien-Aimé Dieudonné me raconte ses aventures. À la première nuit sans lune, un faux pas le fait culbuter et rouler en contrebas sur une profondeur de trois mètres.

Au cours d'une deuxième soirée, des bruits anormaux attirent son attention. Blotti, prêt à bondir sur l'adversaire, ses yeux scrutent l'obscurité. Trois vaches en divagation le long de la ligne restent indifférentes à ses sommations. Mais quelle frousse ! Et quel mal pour leur faire réintégrer leur enclos !

La troisième nuit lui réserve une autre surprise. Arrivé au bout de son trajet, sur le point de faire demi-tour, il entend à trois pas de lui un hurlement à faire s'écrouler une maison. Deux pas en arrière et il chute sur le ballast. Un individu de forte taille s'abat sur lui. Brève explication. Son attaquant était chargé de la surveillance du tronçon voisin. Leur arrivée, au même instant, au point de jonction de leur parcours respectif les a fourvoyés. Chacun a pris l'autre pour un saboteur.

Bien-Aimé me raconte comment, la semaine dernière, Eugène Tiraine fut plus chanceux. À son arrivée, le chef de poste aux abois lui dit :

« Catastrophe, ma lampe est cassée. Impossible de noter sur le cahier.

— Si je te dépanne, es-tu prêt à me libérer de ma corvée ?

— Tu pourrais me dépanner ?

— Peut-être.

— Alors, c'est d'accord.

— Sur ton cahier, tu me noteras présent ?

— Oui. »

Notre homme part aussitôt. Dans une ferme voisine, il demande un éclairage de secours.

« Je regrette, mais je n'ai pas les moyens de te fournir ce que tu me demandes, lui répond-on.

— Attention, c'est très grave. Je suis en service commandé. Je devrai noter ce refus sur le cahier des Allemands.

— Oh, la la. Ça change tout ! »

C'est ainsi qu'Eugène revint avec une bougie et des allumettes, tout heureux de passer une bonne nuit dans son lit.

XX

Quand les tickets d'alimentation s'envolent

Une fois n'est pas coutume : l'oncle Fulgence débarque chez moi, hilare.

« Qu'est-ce qui nous vaut ta bonne humeur, mon oncle ?

— Je reviens de la mairie. Pour nourrir le coupeur de bois, j'avais besoin de tickets d'alimentation. Je trouve le secrétaire affolé.

— "C'est épouvantable ! Un inspecteur du ravitaillement doit passer tout à l'heure. Il vient contrôler mes registres.

— Et alors ?

— Ça ne colle pas du tout. Vous êtes bien placé pour savoir que je distribue plus de cartes qu'il n'y a d'habitants officiels. J'en donne aux gens qui abritent des réfractaires. Ceux-là ne figurent pas sur mes registres, bien entendu. Quand l'inspecteur s'apercevra qu'il me manque un grand nombre de tickets, je serai incapable de fournir une explication plausible. Je risque gros.

— Oui, en effet ! Il serait fâcheux que vous ayez des ennuis pour des services que vous avez rendus.

— Y compris hors commune ! J'ai donné sans y regarder de près !

— Pour sûr !"

Bien embarrassés, nous cherchons une solution. Il faut faire vite. Tout à coup j'ai une idée.

"Il vient quand, votre inspecteur ?

— D'un moment à l'autre.

— Et si on ouvrait la fenêtre du fond ?

— La fenêtre du fond ?

— Elle est à l'abri du vent. On va mettre la petite table en face de la fenêtre ouverte. Dessus, éparpillés, les cartes et les tickets. Le vent, qui souffle en tempête, s'engouffrera par la porte dès qu'elle s'ouvrira et tous les papiers s'envoleront. Plus de contrôle possible !

— Ça ne me redonnera pas les tickets manquants.

— L'inspecteur, coupable du courant d'air, sera responsable de leur éparpillement. Il ramassera ceux qui ne se seront pas envolés par la fenêtre. À lui de compléter pour que ça corresponde avec votre document.

— Vous croyez que… ?

— Y a-t-il une autre solution ?

— Je n'en vois pas.

— Planquons-en suffisamment pour dépanner vos protégés.

— Bonne idée." »

Intriguée, j'interromps Fulgence :

« Vous n'avez pas fait cela ?

— Si ! Et ça a marché. Mieux encore que prévu. Comme s'il avait attendu que nous soyons prêts, l'inspecteur est entré sans frapper. Tout s'est envolé.

Le secrétaire de mairie a fait semblant d'être affolé et contrarié. Il répétait :

"Qu'est-ce que je vais devenir maintenant ?"

L'autre disait qu'avec ce vent et cette pluie, la fenêtre aurait dû être fermée.

"Je viens de l'ouvrir pour chasser de mauvaises odeurs. Je l'aurais refermée si vous aviez frappé avant d'entrer."

Et nous voilà à quatre pattes, feignant de rattraper les dégâts.

Le secrétaire tempêtait :

"Comment retrouver ceux qui sont passés par la fenêtre ? De toute façon, sous cette pluie, ils seraient inutilisables."

L'Inspecteur interroge :

"Combien vous en restait-il ?

— Mon registre est à jour. Il suffit de compter. Vous devez me redonner tout ce qui manque."

J'ai joué les grincheux :

"Je viens chercher les miens. Il n'est pas question que je parte d'ici sans les avoir". Ennuyé, l'inspecteur a capitulé. »

L'oncle rit à gorge déployée. Jamais je ne l'avais vu rire avec autant de bonheur.

XXI

La chambre de Hans

AUJOURD'HUI, changement de locataire. J'avais fini par m'habituer au dernier. D'une grande discrétion, il ne me dérangeait guère. Pourtant, Je m'en méfiais. Jamais il n'a prononcé un mot de français devant moi. Comprenait-il ? Je ne le crois pas. Nos échanges se limitaient à un vague salut quand je le croisais le matin ou le soir. Celui qui le remplace semble discret, lui aussi. Visage ouvert, sourire affable, bel homme d'une trentaine d'années. À son arrivée, je le salue de loin. S'approchant, il me dit, dans un bon français :

« Bonjour, Madame. Pendant une durée indéterminée, j'habiterai chez vous. J'espère ne pas vous importuner. Mon ordonnance logera également ici ; c'est un garçon correct. S'il y a une difficulté, prévenez-moi. Voudriez-vous me faire visiter nos chambres, s'il vous plaît ? »

Nous entrons dans la maison.

« Ici, au rez-de-chaussée, la chambre de l'ordonnance. En haut de l'escalier, à droite, vous trouverez celle qui était autrefois la mienne et celle de mon mari. Elle a été réquisitionnée par les officiers qui vous ont précédé.

— Ah oui ! Mais alors, où logez-vous ?

— Dans la plus petite, à gauche de l'escalier.

— Pouvez-vous me faire visiter ? »

Sans répondre, je passe devant lui et j'ouvre la porte de la chambre occupée par les officiers.

« Je vous remercie. Elle est très bien. Puis-je me permettre de visiter l'autre également ? »

J'esquisse un léger mouvement de recul. Voudrait-il la réquisitionner pour son ordonnance ? J'hésite, ma chambre est en désordre. Crispée, je me décide à l'ouvrir.

« Veuillez m'excuser, Madame. Ce n'est pas une indiscrétion. Je veux seulement vérifier. Vous pouvez reprendre votre chambre, la petite est suffisante pour moi. Maintenant, je dois partir. À ce soir. Bonne journée à vous, Madame. »

Stupéfaite, je le regarde descendre l'escalier. Avant qu'il ne franchisse la porte extérieure, je le rappelle :

« Je dois donc changer de chambre ?

— Si cela vous convient, Madame.

— Oh, oui ! Très bien ! Je vous remercie. »

C'est bien la première fois que je remercie l'un de nos occupants. Si l'oncle Fulgence m'avait entendue… ! Je me sens coupable tout en me justifiant intérieurement. N'a-t-il pas fait preuve d'une grande correction ?

Sans attendre, j'ouvre la fenêtre de ma chambre retrouvée ; elle a grand besoin d'être aérée. L'odeur laissée par le précédent occupant me déplaît. Je range, je nettoie et cire le plancher. Voir les marques des bottes de l'officier à monocle me déprime.

Puisque le nouveau est assez courtois pour me rendre ma chambre, je vais balayer et épousseter celle que je viens de quitter. Il serait maladroit de le mécontenter.

À peine ai-je fini le ménage que le facteur arrive, porteur d'une lettre de Nicolas. Je me précipite pour la lire.

Ma très chère Hélène,

L'arrivée en permission du cultivateur chez qui je travaille maintenant rompt la monotonie des jours. Sa photo sur la cheminée de la cuisine le montre jovial. Elle contraste avec l'homme que je découvre. L'air triste, le regard craintif, il parle peu.

Sa femme et lui forment sûrement un couple uni. L'exubérance des deux enfants, Werner et Martha, de neuf et six ans, retrouvant leur père, est émouvante. Je me suis senti gêné en partageant le premier repas de leurs retrouvailles. J'ai quitté la table sans attendre le dessert.

Herman est passionné par son métier. Grâce aux quelques mots d'allemand que j'ai appris, j'ai pu bavarder avec lui. Il ressemble autant à un guerrier que moi à une danseuse. C'est un authentique paysan attaché à sa terre, à ses vaches et surtout à ses chevaux.

Je reprends ma lettre, que j'ai laissée en panne. Le départ du fermier m'a chagriné. Quelques heures avant, il a voulu entrer une dernière fois à l'écurie avec moi. Je l'ai vu parler à ses chevaux, les caresser. En sortant, les larmes dans les yeux, il m'a dit : « Je ne les reverrai pas. » Comme s'il avait été sûr de sa mort prochaine sur le front russe.

J'ai du mal à imaginer que je suis parti à la guerre contre cet homme attachant et bon père de famille.

Il nous a quittés, et je reste chez lui à côté de sa femme et de ses enfants, travaillant comme si j'étais sur ma propre ferme. Dans quel monde vivons-nous ? Tout est chamboulé. Chacun subit un sort qu'il n'a pas choisi. La vie m'éloigne de toi, ma chérie, en me retenant prisonnier ! Dans mon incapacité à te rejoindre autrement que par la pensée, je t'embrasse tendrement.

Ton Nicolas

Ma lecture terminée, je m'installe à la table de la cuisine pour lui répondre. Je ne peux pas attendre plus longtemps pour lui parler de l'aide et de la compréhension du nouvel officier ; les bonnes nouvelles sont si rares.

Au fur et à mesure de mes confidences, je me sens des ailes ; j'ai envie de vivre. J'aimerais poster ma lettre dès aujourd'hui pour qu'il l'ait plus vite, mais le temps me manque pour partir à Valognes. Demain, le facteur l'emportera.

Le cœur léger, je retourne au travail. Pourquoi les brouettes de fumier me semblent-elles plus légères ? Avec énergie, j'arrache le foin au fenil et je le distribue aux vaches et aux génisses. Je me promets de travailler ferme pour réparer les clôtures, rentrer du bois pour l'hiver et soigner le jardin. Nicolas doit trouver tout en ordre quand il rentrera.

Le soir, je réfléchis. Les coups de main de l'oncle Fulgence et du petit Gustave ne compensent pas l'absence d'un homme dans la force de l'âge.

Comment m'organiser pour faire face à tout ? Nos prédécesseurs avaient un commis ; je n'ai personne. Et avec Berluche, je ne ferai jamais autant de travail qu'avec Polka. Il me manque un homme, un cheval et des outils. Triste constat.

Pendant plusieurs jours, je me ronge les sangs. Au cours d'une insomnie, je me livre à des calculs. Tous les jours, depuis la fin novembre jusqu'au début d'avril, je transporte mes betteraves sur une distance de cinquante mètres pour les distribuer aux vaches. À raison de quatre allers-retours, je fais quatre cents mètres. Au cours de l'hiver, cela représente soixante-cinq kilomètres et quelque deux cent cinquante heures, avec des paniers qui m'arrachent les bras !

On m'a signalé que Joseph Burnouf donnait des betteraves entières à ses vaches. Quelqu'un m'a dit, sur un ton ironique : « Elles vont en avaler de gros quartiers et s'étouffer. ». Je décide d'interroger moi-même maître Victor.

« Il faut distribuer les betteraves le matin, me dit-il. Pendant qu'elles les mangent, je sors le fumier et je descends le foin pour le soir. Ainsi, je peux les surveiller.

— Mais la surveillance n'empêche pas l'accident ?

— C'est vrai, mais si une gourmande en avale un trop gros morceau, j'ai le temps d'agir ou d'aller chercher le vétérinaire.

— C'est arrivé souvent ?

— Jamais, jusqu'à maintenant. »

Plus d'hésitation : demain je donnerai des betteraves entières à mes vaches. Et l'hiver prochain, je gagnerai encore plus de temps ! Pour éviter un transport depuis l'autre bout de la cour, je les rangerai dans la remise du tombereau qui jouxte l'étable. Recouvertes d'une couche de paille, elles seront protégées de la gelée. J'écris aussitôt à Nicolas mes trouvailles audacieuses. Sera-t-il d'accord ? Et l'oncle Fulgence ? Le soir même, j'ai la réponse.

« Faut-il que je sois bête de ne pas y avoir pensé plus tôt, me dit-il. Pourtant, depuis quatre ans, j'en bave en rentrant tes betteraves ! »

Forte de son approbation, j'attends, paisible, le jugement de mes parents. Il est plus réservé. Tant pis ! Je surveillerai mes vaches de près. Ne dit-on pas qu'il faut savoir prendre des risques ?

Le premier jour, je redoute l'accident. Tout se passe bien. Chaque matin, plutôt deux fois qu'une, l'oncle Fulgence passe à l'étable. Il surveille mes bêtes. Il craint de m'avoir laissé faire une ânerie. Pour en avoir le cœur net, je lui demande :

« C'est pour moi ou pour les vaches que tu viens ?

— C'est vrai, j'ai l'œil sur elles. Parce que ce sont “tes” vaches. Si elles appartenaient à quelqu'un d'autre, je m'en soucierais moins.

— Je sais. Je plaisantais.

— Voudrais-tu partager mon repas samedi midi ? Aujourd'hui, au menu, j'ai du lard chaud, et je sais que ton estomac le digère mal.

— J'accepte de bon cœur.

— As-tu mangé du lapin récemment ?

— Ma foi ! non.

— Va pour le lapin. »

Après son départ, je choisis le plus beau du clapier. Mieux vaut le tuer deux jours avant ; sa chair sera plus tendre.

Je retourne soigneusement sa peau, puis je la tends sur la fourche d'une branche d'orme pour l'y faire sécher. Quand le marchand de crins et peaux de lapin viendra, j'en tirerai quelque argent. Depuis mon enfance, sa venue est réglée comme une pendule ; tous les deux mois, on entend sa ritournelle :

« Peaux de lapin, peaux de taupe, crin de cheval. Y a-t-il des peaux de lapin ? »

J'entends encore ma mère :

« Vous les payez combien, aujourd'hui ?

— Tant !

— C'est pas cher. Faites un effort.

— Je ne peux pas, ma petite dame. Le commerce est mauvais en ce moment, vous savez. Les temps sont durs. »

Parfois, il rajoutait quelques centimes, et les peaux de lapin allaient rejoindre celles qu'il avait entassées sur le grand porte-bagages à l'avant de son vélo.

L'homme repartait en pédalant ferme, à la recherche d'un gain, sou par sou, pour nourrir les siens. Il avait la satisfaction de vivre de son travail, sans demander l'aumône. Personnellement, je ne barguigne pas. J'accepte le prix qu'il me propose.

XXII

Le coureur de jupons éconduit

En pleine rêverie, un « Bonjour, Madame » me fait sursauter.

« Bonjour. »

Ulysse n'a pas aboyé. Il dort auprès de moi et n'a rien entendu.

« C'est vous la patronne ?

— Oui.

— Vous ne me connaissez pas. Je coupe le bois sur votre haie, derrière chez votre oncle.

— Ah oui ! Je vous aperçois de loin. Mon oncle m'a recommandé le maximum de discrétion, à cause des Allemands.

— Oui, je sais. De moi aussi il exige la prudence.

— Pourtant, vous prenez le risque de venir jusqu'ici alors qu'un officier allemand loge chez moi.

— Votre oncle m'a prévenu, mais j'avais soif. »

Prétexte douteux. Ne sait-il pas qu'un tonneau de cidre se trouve dans le cellier de son hôte.

« Je vais vous donner une bouteille de cidre. Vous la boirez dans le champ. Mieux vaut ne pas vous attarder.

— Les Allemands ne sont pas là, dans la journée.

— On ne prend jamais trop de précautions. Ils peuvent arriver à l'improviste. »

Visiblement, il n'est pas pressé de repartir. À part Fulgence, il ne voit personne depuis quinze jours. Peut-être a-t-il envie de bavarder.

« À l'écart comme vous l'êtes, pas grand monde ne doit vous déranger. Vous devez vous ennuyer ici.

— Vous savez, je suis occupée toute la journée, et les animaux me tiennent compagnie. Et mon oncle passe presque tous les jours.

— Vous ne voyez personne de votre âge ? À part l'officier allemand.

— Je reçois souvent des lettres de mon mari et je lui écris régulièrement.

— Ça ne vaut quand même pas une présence.

— À qui le dites-vous ? J'ai hâte qu'il revienne.

— Malheureusement, la guerre n'est pas finie.

— Ne restez pas là. Je ne suis pas tranquille pour vous. »

Il traîne encore. Sa présence m'agace et me retarde.

« Bon, lui dis-je, au revoir. Je m'en vais au fenil pour descendre le foin des vaches.

— Je peux vous aider. J'en ai l'habitude à la maison.

— Non merci. Je crains trop le retour inopiné des Allemands ou de quelqu'un qui remarquerait votre présence ici.

— Dans le fenil, personne ne me verra.

— Si vous y tenez absolument, allez-y en vitesse et partez après. Je ferai autre chose pendant ce temps-là.

— Venez me montrer l'endroit.

— C’est facile, vous montez en haut de l’échelle, c’est juste en face.

— Pourquoi ne pas y aller ensemble ?

— Pas besoin d’être deux pour descendre du foin.

— Tout compte fait, vous avez raison, il vaut mieux que je reparte, mais vous pourriez venir me voir dans le clos. Vous m’apporteriez à boire et on ferait la causette. Dans le coin du haut, personne ne nous verra.

— J’en parlerai à mon oncle, il sera ravi de vous porter un verre de cidre. »

Je le plante là sans me diriger vers le fenil. Il pourrait m’y rejoindre. Je distribue des pissenlits à mes lapins.

Même manège le jour suivant.

« Encore vous !

— Je m’ennuyais. J’ai besoin de vous voir. »

Dois-je me fâcher ? Je le regarde et j’attends.

« Vous êtes belle.

— C’est pour me dire ça que vous êtes revenu ?

— Je m’ennuie tout seul.

— Que voulez-vous, c’est la guerre. Il faut patienter. Si vous voulez échapper aux Allemands, il n’y a pas d’autre solution.

— Vous en parlez à votre aise.

— Moi aussi, je souffre de l’absence de mon mari.

— Justement, on pourrait se consoler ensemble, au chaud et à l’abri des regards.

— Quoi ? Vous voulez dire…

— Oui, c’est ça. »

Scandalisée, je lui réplique :

« Vous vous trompez d’adresse, je suis une femme honnête, moi.

— Ne vous énervez pas comme ça. Croyez-vous que votre mari s'embête en Allemagne, lui ? Les petites Allemandes sont accueillantes, à ce qu'on dit. »

Cette allusion à une infidélité possible de Nicolas m'offense.

« Vous êtes un grossier personnage, partez et ne remettez plus les pieds ici. Je ne veux plus vous voir. Compris ? »

Vexé, il capitule, et s'en va la tête basse. Je le regarde s'éloigner. Plus que jamais l'isolement et le manque de protection me pèsent. L'oncle Fulgence est passé ce matin ; il ne reviendra pas aujourd'hui. Si seulement j'avais la visite de Paulette. Malheureusement, elle est, comme moi, prisonnière de son travail.

Je me surprends à guetter le retour de l'officier allemand. Un comble de voir en lui un protecteur possible. « Reprends tes esprits ma fille ! » Pourvu que le godelureau ne revienne pas me provoquer ! Par précaution, je ferme la porte de la maison. Avant de monter au fenil, je balaie du regard les environs. En haut, toujours sur le qui-vive, je vérifie qu'il ne m'a pas précédée. En deux temps trois mouvements, je descends le foin à grandes fourchées et dévale l'échelle. Puis je rentre mes vaches à l'étable. J'expédie la traite en un temps record et distribue le fourrage à la va-vite. Dans ma précipitation, j'oublie de donner sa ration à Berluche, seul dans son écurie.

La rentrée de l'officier allemand me rassure. Toutes portes fermées, je soupe et m'en vais dormir rassérénée. Pourtant, un cauchemar trouble mon sommeil : armé d'une fourche, un homme me pourchasse jusqu'en haut d'un arbre d'où toute fuite est impossible.

Le lendemain, je suis encore sous le choc. Heureusement, l'oncle Fulgence ne déroge pas à son habitude. Il est là. Ensemble, nous allons examiner les vaches. Je maîtrise mal ma nervosité.

Il voulait me rendre service avec son coupeur de bois. Mais maintenant, quel prétexte trouver pour le faire décamper sans rien révéler de son comportement ? J'invite Fulgence.

« Viens prendre un café.

— Je veux bien, ça va nous réchauffer. »

Sans préambule, il entre dans le vif de mon souci :

« Je suis ennuyé. La coupe de bois n'est pas finie et le gars s'en va.

— Ah, bon ! »

Ma surprise n'est pas feinte, et pourtant l'oncle Fulgence devine que la nouvelle ne m'attriste pas.

« Si tu le prends comme ça, tant mieux.

— Et pourquoi part-il ?

— Sans doute parce qu'il a peur de quelque chose. Il m'a dit : “Dans ma situation, il est imprudent que je reste trop longtemps au même endroit.” Dans le quart d'heure suivant, il a quitté la maison.

— Avec ce qu'il a coupé, j'ai plus de bois qu'il ne m'en faut pour l'hiver prochain. C'est très bien.

— L'ennui, c'est qu'il a laissé du désordre dans le champ.

— Ne t'inquiète pas. On trouvera une solution.

— Je peux faire quelques fagots, mais je peine pour couper le bois sur la haie et surtout pour grimper aux arbres.

— Ne t'avise pas de cela. On ramassera ce qui traîne et quand le bois sera sec, Berluche le transportera. »

L'oncle parti, je bénis le ciel. À croire qu'une chose fortement désirée s'obtient comme par magie. Ce bûcheron d'occasion a dû craindre que je le dénonce aux Allemands, ou que je mette l'oncle au courant de ses agissements. Sinon, pourquoi se sauver comme un voleur ? Quoi qu'il en soit, bon débarras !

XXIII

Le cochon, l'âne et le chien

SANS L'AUDACE DE FULGENCE qui a sauvé mon vélo de la réquisition allemande, je me déplacerais à pied. Aujourd'hui, je rentre tard de Valognes. Pour la plupart de mes courses, j'ai dû faire la queue : à la boucherie pour avoir un pied de veau ; à l'épicerie, pour 200 grammes de sel, puis à la quincaillerie pour m'entendre dire que rien de ce que je cherche pour refaire mes clôtures n'existe en magasin. Ma grogne atteint son comble quand ma roue arrière crève sur la petite route mal empierrée. Dans la pénurie actuelle, comment remplacer mes pneus usés ?

De loin, j'entends les aboiements d'Ulysse. Comme s'il s'en prenait à quelqu'un. C'est anormal. Rien dans la cour. Dans le clos derrière la maison, je trouve un curieux trio : Ulysse, Berluche et le cochon sorti de son « buret », heureux de labourer la terre avec son groin, à la recherche de quelques vers. De quoi varier son menu habituel d'orties hachées et de farine d'orge.

Poussé par la curiosité, Berluche s'approche de cet intrus et le renifle de près. Le cochon, mécontent d'être dérangé, tente de lui mordre les naseaux.

Berluche se retourne et lui lance des ruades. Le cochon se déplace de quelques pas et reprend son occupation. Berluche revient à la charge et le même manège recommence.

Je fonce reprendre mes frusques de travail avant de remettre de l'ordre. Pas facile de faire réintégrer son domicile au cochon. Pour l'y contraindre, je lui fourre la tête dans un seau et l'oblige à rentrer dans son logis à reculons. Quel sport ! Je referme soigneusement la porte derrière lui.

Comment a-t-il pu sortir d'ici ? Ai-je mal remis le loquet ? S'agit-il d'une farce, d'un acte de malveillance ? Qui le saura ?

XXIV

Vétérinaire et poète

Depuis plusieurs jours, je surveille Pâquerette, dont le vêlage est proche. Son terme est passé depuis plus d'une semaine. Ce matin, je l'ai remarquée isolée dans un coin du clos. Elle avait perdu les eaux. Je la laisse tranquille à l'herbage, les vêlages se passent souvent mieux au grand air. Laissons faire la nature. Je n'interviendrai qu'en cas de besoin. Toutes les heures quand même, accoudée à la barrière, je la surveille sans la déranger. Au milieu de l'après-midi, toujours rien. Ce n'est pas normal. Le soir, la traite terminée, je la ramène et l'attache à un anneau fixé au mur de la cour. Son veau est peut-être mort ou mal tourné. Je dois vérifier.

Revêtue d'une camisole sans manches, je me savonne abondamment les mains et les bras et les rince dans un seau d'eau. Puis, je m'enduis le bras droit avec de l'huile d'olive pour le rendre plus glissant. J'entreprends de fouiller Pâquerette. La tête du veau est bien là, mais pas les pattes.

Pourquoi ai-je attendu si tard ? À la tombée du jour, je rechigne à faire quatorze kilomètres avec un vélo aux pneus plus qu'usés. Même si le vétérinaire est chez lui, à quelle heure arriverait-il chez moi ? Pourrait-il repartir avant le couvre-feu ?

Tant pis, je vais essayer de la vêler moi-même. Avec énergie, je plonge le bras le plus loin possible dans la matrice. Si je réussis à attraper une patte, j'arriverai à trouver la deuxième. Pâquerette contrarie ma tâche en poussant de toutes ses forces pour expulser son veau. Pour le sortir, je dois au contraire repousser sa tête vers l'intérieur, sinon il m'est impossible d'accéder aux pattes. Si je ne parviens pas à les ramener en position normale, le passage est bloqué. Je transpire. Si au moins Pâquerette ne bougeait pas ! De temps à autre, elle me balance dans la figure des coups de queue peu ragoûtants. Je m'énerve :

« Tiens-toi tranquille, nom d'un chien ! »

Insensible à mes jurons, elle trépigne. Je parviens jusqu'à l'épaule du veau, mais je ne peux pas aller plus loin. Mon bras est trop court. Mes tentatives restent vaines.

J'aurais dû appeler Fulgence. Il l'aurait tenue par le nez pour l'empêcher de bouger et de me fouetter avec sa queue.

Épuisée, je m'arrête un instant. Mon bras trop longtemps comprimé me fait mal. Avec mes mains souillées, je ne peux pas chasser les mouches qui me chatouillent le nez.

Une voix derrière moi me fait sursauter :

« Vous semblez avoir des difficultés, madame. »

C'est l'officier allemand.

« Ah ! oui.

— Vous n'arrivez pas à sortir ce veau ?

— Non. Les pattes sont restées en arrière, et je n'ai pas les bras assez longs pour les saisir.

— Laissez-moi votre place, s'il vous plaît.

— C'est plus difficile que vous ne croyez. On ne l'aura pas comme ça. Pour une telle corvée, il aurait fallu le vétérinaire.

— Laissez-moi quand même essayer. »

Harassée, je capitule. Quelques minutes de repos me feront du bien.

En quelques secondes, il se met torse nu, s'enduit le bras d'huile et pousse Pâquerette contre le mur :

« Posez votre main sur sa hanche, maintenez-la pour empêcher qu'elle se déplace et bloquez-lui la queue. »

Étonnée, je le regarde opérer avec habileté, en silence. Il transpire. De la main gauche il repousse la tête du veau, tandis qu'il plonge en profondeur le bras droit.

« Il est vivant. Je pense que c'est un mâle car il a de fortes pattes. J'en tiens une. Maintenant, je vais tenter de prendre dans ma main, comment dites-vous… les ongles ?

— Les onglons.

— Ah ! Oui, les onglons ! C'est le terme exact. En ramenant la patte, pour éviter de déchirer la vache. »

On dirait qu'il a fait ça toute sa vie.

« Ça y est, voilà la première. »

Bientôt la seconde est là. Il attache une corde à chacune des pattes avant du veau.

« Comment appelez-vous cette vache ?

— Pâquerette.

— Joli nom. Maintenant laissons faire Pâquerette et on tirera lentement à chaque fois qu'elle fera des efforts pour pousser. »

Sûre de sa compétence, j'obéis. Enfin le veau arrive.

« Il a un peu souffert, mais ça va aller. Quand sa mère l'aura léché, il sera beaucoup mieux. »

Soulagée, j'interroge :

« Ce n'est pas la première fois que vous faites un vêlage ?

— Oh ! Non, Madame. Je suis officier de l'armée allemande par obligation, parce que c'est la guerre. Dans la vie civile, je suis vétérinaire.

— Ah ! Je comprends mieux ! »

Il traîne le veau dans le clos derrière la maison et Pâquerette suit son rejeton. Elle le nettoiera avant de rejoindre le troupeau. Après quoi, mon officier pompe un grand seau d'eau et s'en asperge les mains, les bras, la figure et le torse. C'est un bel homme. Je lui apporte une grande serviette de toilette.

« Si Pâquerette a des problèmes de délivrance, je ferai le nécessaire demain matin.

— Je ne sais comment vous remercier. À votre arrivée, j'étais en mauvaise situation.

— Je suis heureux d'avoir pu vous aider pour ce vêlage. Certains jours, je me demandais si j'en serais encore capable. Il y a si longtemps que je ne pratique plus le métier. »

Je le quitte pour aller faire un brin de toilette dans ma chambre. En redescendant, dans la semi-obscurité, je vais voir si tout va bien dans l'enclos. Je croise l'officier qui en revient :

« La mère et l'enfant sont en bonne santé. Le veau sera bientôt sur ses quatre pattes, me dit-il.

— Pour vous remercier, j'aimerais vous offrir quelque chose. Accepteriez-vous un verre de liqueur ? Ou un simili café ?

— Si c'est pour faire... Comment dit-on en français ? Chez nous, on dit : “prosit !”.

— Trinquer à votre santé.

— Oui, c'est cela, trinquer avec vous, j'en serais heureux. »

Nous trinquons et bavardons. J'apprends qu'il a fait deux ans d'études à Strasbourg. C'est là qu'il a appris à parler et à perfectionner son français.

« J'aime la langue française. J'aime la France et ses trésors d'archéologie. Je ne connais pas assez votre pays, mais quand la guerre sera finie, je le visiterai plus à fond. Je lis et relis vos poètes. »

Il me récite quelques vers de Lamartine, dont j'ai un vague souvenir.

Mon cœur lassé de tout même de l'espérance
N'ira plus de ses vœux importuner le sort.
Prêtez-moi seulement vallon de mon enfance
Un asile d'un jour pour attendre la mort.

« J'affectionne Charles Baudelaire. De lui j'ai retenu :

“Tout homme bien portant peut se passer de manger pendant deux jours. De poésie jamais”. »

Il me dit encore :

« Pour toutes mes campagnes, j'ai emporté quelques livres qui me tiennent à cœur, mais la guerre me prive de musique. »

Je l'écoute, fascinée. Il me parle de notre patrimoine artistique.

Je mesure mon inculture. À la fois, je me réjouis de l'entendre et je suis complexée par mon ignorance. Pourquoi ne savons-nous rien de nos richesses culturelles ? Pourquoi faut-il que ce soit un officier de l'armée d'occupation qui me les révèle ? Comment y accéder ? Qui me prendra par la main pour m'y conduire ? Il me faudrait lire et voyager ! Mais nos animaux réclament une présence quotidienne. Comme mes semblables, je n'ai ni temps ni argent. Je prends tout de même une résolution : je lirai un peu plus chaque jour.

En regardant l'officier poète, je lui confie :

« Je suis une paysanne et je n'ai pas fait d'études. Je le regrette.

— Je lis dans vos yeux que vous aimez la poésie. Savez-vous ce qu'a dit Washington ? *"Aucune race ne peut prospérer si elle n'apprend qu'il y a autant de dignité à cultiver un champ qu'à composer un poème."* »

Sa remarque ranime ma fierté et me console.

Le temps passe. Je n'ai aucune notion de l'heure. Il me rappelle à la réalité :

« Veuillez excuser mon bavardage. Je parle, je parle et j'oublie que vous n'avez pas encore mangé.

— Ne regrettez rien. Je n'ai pas tous les jours l'occasion d'une conversation aussi passionnante.

— Je vais vous quitter. Passez une bonne soirée sans vous tourmenter pour Pâquerette.

— Bonsoir, Monsieur.

— Demain matin, j'irai la voir avant de partir.

— Merci encore une fois. »

Le lendemain, je ne parle à personne de ma soirée. Comment réagira l'oncle Fulgence si je lui raconte que cet officier m'a dépannée ? Admettra-t-il que « les Boches » ne sont pas tous des affreux ? Que l'un des leurs m'a rendu un fier service ?

Inutile d'y faire allusion chez mes parents. Plus tard peut-être. J'ai tout de même besoin d'en parler à quelqu'un. Mais à qui ? À Paulette quand je la verrai ? À Nicolas aussi. Il comprendra que j'ai eu besoin d'aide pour Pâquerette. Il est si attaché à ses animaux.

Dans la journée, je lui écris les péripéties de la veille.

XXV

Victor, le petit boiteux

J'AI DE PLUS EN PLUS DE MAL à tout faire en heure et en temps. Mon courage est soutenu par une seule obsession : que Nicolas soit content quand il reviendra. En ce printemps, Gustave est à l'école. Paulette et moi voulons éviter que ses études pâtissent des services qu'il nous rend. Fulgence est victime d'une mauvaise grippe. Pas question d'ajouter à sa fatigue.

Je me soucie pour le bois laissé en désordre dans le clos derrière chez lui. Le printemps arrive et l'herbe pousse entre les branches et les bûches éparpillées.

Ce matin, j'ai la migraine et mon moral est au plus bas. Je me détends en buvant une tasse de café. Mes deux occupants sont partis en permission pour quinze jours. La maison me paraît vide. On dirait que leur compagnie me manque. Ce n'était pas le cas avec mes précédents locataires allemands. Après le vêlage de Pâquerette, l'officier m'est devenu sympathique. Il parle un bon français, avec un accent envoûtant. Est-il possible que son absence m'affecte ? Ce ne serait pas sérieux !

Tout à mes réflexions, je ne vois pas arriver le facteur. Ulysse n'a pas aboyé. Il lui manifeste son amitié par de grands balancements de queue et quelques lèches.

« Bonjour, Madame Hélène.

— Oh ! Vous m'avez fait peur ! »

Content de son effet, il rit.

« Faut pas avoir peur, je ne suis pas méchant.

— Ça je sais. Voulez-vous prendre un café ?

— C'est pas de refus. À vélo, j'ai un brin froid.

— Avez-vous de bonnes nouvelles pour moi ?

— Juste une lettre. Mais elle ne vient pas d'Allemagne. »

Je cache mon dépit :

« Ce sera peut-être pour demain.

— C'est tout ce que je vous souhaite.

— Souhaitez-moi surtout le retour de Nicolas. Sans lui, je suis débordée par le travail.

— Oui, je vous crois. Mais j'y pense ; la mère Morin cherche un boulot pour son gars. Elle pourrait l'envoyer vous donner un coup de main.

— Celui qui est infirme ?

— Il boite, mais c'est pas un feignant.

— Je croyais qu'il était employé à la boulangerie.

— Le boulanger manque de farine. Il ne peut pas l'occuper à temps plein. Il le prend seulement le mercredi et le samedi.

— Dans une ferme, les travaux demandent de la force et de l'endurance pour les déplacements dans les mauvais chemins. Pour un gamin infirme, c'est pas indiqué.

— Sa mère ne le gardera pas à rien faire ; ça c'est sûr.

— Connaissez-vous son âge ?

— Treize ans passés depuis Noël.

— C'est bien jeune !

— C'est l'âge de travailler. Le père ne fait rien ; il passe son temps à boire. La mère est seule pour élever ses six gamins. Ça lui rendrait service si l'aîné gagnait sa vie. Avec les deux ou trois sous qu'elle gratte avec ses lavées, y a pas de quoi se payer des folies. Vous devriez la voir.

— Merci pour le renseignement. Je vais le mettre à profit. »

Pour être plus sûre de trouver la mère Morin chez elle, je m'y rends à la nuit tombée. Par la fenêtre, je distingue la faible lueur qui éclaire la maison. Saoulée de misère et de fatigue, la pauvre femme domine les cris des gamins de sa voix éraillée. Après plusieurs coups frappés énergiquement à la porte, on m'a entendue. Soudain, c'est le silence. Sans doute, on s'interroge : « Qui peut bien venir chez nous ce soir ? »

On m'ouvre. Au milieu du désordre indescriptible de l'unique petite pièce, sept paires d'yeux me regardent.

« Bonsoir tout le monde.

— Bonsoir. »

Difficile d'engager la discussion dans le brouhaha qui recommence. La mère m'emmène dehors en refermant la porte derrière elle.

« On m'a dit que vous cherchiez à caser votre aîné.

— C'est le facteur qui vous a causé. Il me l'a dit ce midi au lavoir.

— Oui. Comme vous le savez, mon mari est prisonnier. J'ai besoin d'aide.

— Eh ben ! J'vas vous dire : vous avez plus de chance que moi ! Si vous saviez le malheur d'avoir un saoulard dans son lit ! Je voudrais bien que mon mauvais Victor soit prisonnier.

— J'ai attendu ce soir pour venir ; je sais que vous êtes prise dans la journée.

— Vous avez bien fait. Le petit Victor ; je dis le petit Victor, parce qu'il s'appelle comme son père ; mais lui ne boit pas. En tout cas, pas encore. Le boulanger le garde deux jours la semaine. Le reste du temps, il est libre. Si vous l'embauchez, ça fera une bouche de moins à nourrir. Et si peu d'argent qu'il gagne, c'est bon pour nous tous.

— Le croyez-vous assez costaud pour bûcher dans une ferme ?

— Ah ! Dame oui ! Et si ça ne va pas son boulot, faudra li botter le cul et li foutre une mornifle sû la goule.

— Je ne le maltraiterai pas.

— Les gamins, faut bien que ça se dresse. J'en ai reçu des taloches quand j'étais gamine et j'en suis pas morte. Et maintenant ça continue avec les torgnoles de mon imbécile d'ivrogne. »

Sur cette instante recommandation, j'embauche le petit Victor pour cinq jours par semaine. Il sera libre le dimanche après-midi, jusqu'à l'heure de la traite. Avant de repartir, je veux le voir. Je lui donne ses cinq francs de gage, que sa mère empoche aussitôt.

À six heures, le lendemain matin, il arrive, craintif, avec son baluchon sur l'épaule. Sans un mot, sans un sourire, il avale le bol de café au lait et la tartine que je lui propose.

Je veux gagner sa confiance pour que cesse sa peur de recevoir des coups. Dans la journée, il bosse sans rechigner. Le premier soir, j'avance l'heure du repas, pour qu'il rentre chez lui avant la nuit. Après sa dernière bouchée, il reste là, décontracté. Qu'attend-il ?

« Si tu veux voir ton chemin, il serait temps de partir.

— Où voulez-vous que je parte ?

— Chez toi. »

Il me regarde un instant, baisse les yeux :

« Parce que vous n'êtes pas contente de moi ?

— Si, au contraire. Mais pour continuer demain, il faut que tu dormes. Tu dois être fatigué.

— Oh oui !

— Alors ! Il est temps d'aller au lit.

— Mais vous ne m'avez pas dit où je couche.

— Tu ne veux pas dormir chez toi ?

— Non.

— Tu veux rester ici ?

— Ben, oui !

— Je n'ai pas de chambre pour toi.

— Il y a de la place dans l'écurie.

— Tu n'y serais pas bien. La porte ne ferme pas ; tu aurais froid la nuit et il n'y a pas de literie.

— Si ! j'ai vu un lit.

— Oui, un vieux, abandonné par les Radebec. Il n'a pas de matelas.

— Je prendrai un peu de paille dans la grange. »

Rien ne peut le faire changer d'avis. Plutôt que de partager sa couche avec deux de ses frères, il préfère l'écurie.

« Ta mère va s'affoler si elle ne te voit pas revenir.

— Elle ne m'attend pas. Elle m'a dit de lui porter mon linge à laver dimanche après-midi. »

Je me décide à l'installer sur un lit de plume posé sur le vieux sommier de l'écurie. La compagnie de Berluche semble le combler d'aise.

« Inutile de te lever à six heures demain matin. Je t'appellerai. »

Suis-je bête ! Comment Victor saurait-il l'heure sans montre ? On entend à peine sonner l'Angélus quand les vents ne sont pas orientés à l'ouest, l'église est trop loin.

Après une bonne nuit, nous partons tous les deux soigner les animaux. Il ne sait pas traire ; je lui apprendrai. Dans la journée, nous transportons le bois dans la charrette traînée par Berluche. Chargé de l'attelage, il s'applique. Anxieux, il cherche parfois dans mon regard une approbation. En quelques jours, tout est en ordre dans le clos et le bois rangé dans un coin de la cour. Quand il sera plus sec, j'étrennerai ma scie circulaire pour le trancher. Je ne demanderai pas à Victor de couper ce qui reste sur la haie. Avec sa jambe infirme, je redoute l'accident.

XXVI

Le boustollier madré

Ulysse me prévient de l'arrivée d'un visiteur. De loin, je reconnais sa silhouette, et sa façon de pédaler avec les talons. C'est un énergumène plutôt paresseux, qui néglige sa terre. Moyennant une petite commission, il indique les animaux à vendre à un marchand de bestiaux. Il se promène, de ferme en ferme, pour les repérer. C'est un rabatteur doublé d'un « boustollier ». Quand il a l'occasion d'arnaquer, il achète l'animal pour son propre compte, le revend discrètement et empoche le bénéfice sans prévenir son commissionnaire. Et sans payer patente, bien entendu.

Plusieurs fois par an, sous le prétexte de me rendre service, il débarque, cherchant la bonne affaire. Une jeune femme dont le mari est prisonnier, n'est-ce pas la proie idéale ? La dernière fois, il m'a dit :

« Vous n'avez aucun moyen de transport pour vos bêtes. Et ce n'est pas l'affaire d'une femme de traîner sur les foires. Faites-moi confiance, vous ne serez pas déçue. Ce sera un plaisir pour moi de vous débarrasser de vos bêtes à vendre. »

Si je l'en crois, c'est du pur dévouement. Comment m'abordera-t-il aujourd'hui ? Je me tiens sur la défensive.

« Bonjour, ma petite dame. Comment ça va ? Toujours de bonnes nouvelles du prisonnier ? »

Il pose des questions sans jamais écouter les réponses.

« Qu'est-ce que vous avez à vendre aujourd'hui ?

— Rien !

— Même pas un veau ou une vieille brebis ?

— Rien !

— Ou une vache dont vous pourriez tirer un bon prix ? »

Je lui en ai vendu une l'année dernière. Il l'a revendue à quelqu'un que je connais avec un profit substantiel. Il ne sait pas que je suis au courant.

« Qu'entendez-vous par un bon prix ? »

Il se fait enjôleur :

« Faudrait voir. Si c'est une bonne génisse amouillante, j'ai un client qui en cherche une. »

Le coquin ! En passant devant le clos à l'entrée de la cour, il a vu que j'en avais deux, presque arrivées à terme.

« Vous paieriez combien ?

— Ça dépend de la qualité.

— De toute façon, je n'ai rien à vendre.

— Pour un bon prix, peut-être que…

— Il faudrait vraiment que ce soit un bon prix.

— Allons voir.

— Allez-y. Vous me direz ce que ça vaut.

— Venez quand même avec moi. »

Je me pique au jeu. Nous partons dans le champ. Du doigt, il en désigne une.

« Celle-ci ne m'intéresse pas. Elle a une mauvaise apparence laitière et elle manque de développement. Vous n'en tirerez pas grand-chose.

— Vous croyez ?

— J'en suis certain. Si vous voulez vous en débarrasser, je veux bien la risquer, mais je ne suis pas sûr de trouver un client.

— À quel prix ?

— Je ne sais pas trop. Plus je la regarde, moins elle me plaît. Voyons plutôt l'autre.

— Et celle-là, elle n'est pas bonne ?

— C'est mieux. Dommage qu'elle ait de mauvais jarrets. Elle a de la finesse, mais elle a le bassin trop étroit. C'est avec ce genre de bête qu'arrivent les accidents de vêlage. Voyez-vous, en finale, une vache doit faire de la viande. Avec le garrot et le bassin qu'elle a, elle n'en fera jamais beaucoup.

— Puisque ni l'une ni l'autre ne font votre affaire, n'en parlons plus.

— Je ne dis pas ça. Celle-là, à la rigueur, pourrait convenir à mon client. Mais ce n'est pas exactement la qualité que je recherche.

— Alors, combien ?

— Vous en demandez quel prix ?

— Je ne vous fixe pas de prix. Je vous ai dit qu'elle n'était pas à vendre, sauf si vous me faites une proposition intéressante.

— Ce serait quoi une proposition intéressante ?

— À vous d'en juger. »

Il se gratte la tête, fait deux fois le tour de la bête.

« Parce que c'est vous, disons, euh… 15500 francs. »

Si j'avais eu le moindre doute sur ses intentions, je les aurais perdues dans la minute. Hier, papa l'estimait à 18000 francs environ. Je n'en souffle mot. Pourquoi lui ai-je lancé :

« J'en ai refusé 19200 francs. »

Il pâlit, hoche la tête, hésite un instant, puis :

« Et vous avez laissé partir le pigeon ? »

Pour cacher sa gêne, il se dirige vers l'autre. Croyant m'avoir convaincue de sa médiocrité, il reprend :

« Vous avez peut-être raison de vouloir garder l'autre. C'est celle-ci dont vous devez vous débarrasser.

— Vous croyez ? »

Mon ton ironique le met en garde. Il n'ose avancer un chiffre.

« Quand vous vous déciderez, faites-moi signe. »

Nous rentrons, muets comme des carpes. Dans la cour, il reprend :

« Vous devez vous sentir bien seule ici.

— Que voulez-vous, c'est la guerre.

— Finira-t-elle un jour ?

— Vous n'êtes guère optimiste.

— Je ne veux pas vous décourager. Au contraire. La tristesse ne convient pas à une jolie fille comme vous. Pour vous consoler, je viendrais volontiers vous voir de temps en temps. »

Je crois entendre mon coupeur de bois.

« Je ne suis pas encore atteinte par la tristesse. Ce n'est pas votre jour de chance. Au revoir, Monsieur ! »

Cet après-midi, Victor et Gustave ont bêché dans le jardin. Tous deux ont rivalisé. À qui serait le plus fort et le plus courageux. L'oncle Fulgence était avec eux. Une fois la terre ameublie, il a semé des haricots, de la salade et des radis. Ce midi, il m'avait dit :

« Je vais jardiner avec les jeunes. Profites-en pour voir Paulette.

— Bonne idée ! »

En me voyant, Marie-Lou saute de joie :

« Bonjour, Tata Hélène. Je ne t'embrasse pas ; je reste dans le chemin pour empêcher les génisses de passer. »

À six ans, elle aide sa mère à changer les bêtes d'herbage.

« Je suis une grande fille », dit-elle.

Paulette ne m'attendait pas. Décrocher pour quelques heures nous fera du bien à toutes deux. Nos langues sont aussi déliées que nos aiguilles à tricoter. Je termine une paire de chaussettes. Demain, je les expédierai à Nicolas. J'y joindrai une livre de beurre. À cette saison, il voyagera sans fondre.

Je reviens pour faire à souper. Victor, muet, affalé, le dos voûté et le coude gauche étalé sur la table, dévore. Je crois bon de lui dire :

« Ne te cure pas les dents avec ton couteau. Si tu t'en sers ensuite pour prendre du beurre dans l'assiette, ce n'est pas propre. »

Toujours sur le qui-vive, d'un mouvement de tête, il me signifie qu'il ne le fera plus. Craignant de l'avoir vexé, je le félicite pour son jardinage avant qu'il ne quitte la table pour aller dormir : « C'est très bien. Je suis contente de toi. »

Demain matin, Victor retournera à la boulangerie. Bien qu'elle soit proche de son domicile, c'est ici qu'il veut dormir. Il doit être tôt à son poste. De peur qu'il ne rate l'heure, je lui prête mon réveille-matin.

XXVII

Le tableau d'August Macke

Mon officier est rentré de permission. J'ai aperçu sa voiture en revenant de la traite. Mon cœur s'affole. À cause de la gratitude pour le service qu'il m'a rendu ? Je me défends mal de ma sympathie pour lui. J'espère qu'il me saluera tout à l'heure.

Avec les premiers occupants allemands, je me faisais oublier. Je les évitais. Aujourd'hui, je traîne dans la cour, je m'occupe à des bricoles. Il est là près de sa voiture, en train de prendre ses bagages. Délibérément, je m'en vais vers lui. La spontanéité de son sourire, mêlé à un voile de mélancolie, me touche. Peut-être s'attriste-t-il de la fin de sa permission qui risque de le priver pour longtemps d'un retour au pays ?

Sa poignée de main est ferme et cordiale.

« Bonjour, Madame Hélène. Je suis heureux de vous revoir. »

Il a dit : « Madame Hélène ».

« Bonsoir, Monsieur.

— J'ai rapporté pour vous un souvenir d'Allemagne. »

Je ne lui cache ni ma surprise, ni mon contentement.

« C'est gentil à vous.

— Je peux vous le remettre maintenant ?

— Oui, bien sûr. Entrez. »

Je le reçois dans la cuisine. À peine m'a-t-il donné son paquet que je l'ouvre avec une intense curiosité.

« C'est une reproduction d'un tableau champêtre d'August Macke, peintre allemand. »

J'aimerais m'exprimer sur ce paysage. Mais j'ignore tout de la peinture. Je dis simplement :

« C'est beau.

— Prenez-le comme un remerciement pour votre hospitalité. J'espère qu'il vous apportera un... Comment dit-on en Français ? Un avant-goût de l'art germanique. J'aimerais vous le faire découvrir un jour en Allemagne, quand la guerre sera terminée. »

Je pense à Nicolas. Si nous étions en paix, il serait là aujourd'hui. C'est lui qui, ce soir, me tiendrait compagnie.

Je n'entends plus ce que me dit l'officier. Il s'en rend compte et se tait. Je me ressaisis.

« Vous arrivez directement d'Allemagne ?

— Oui, je suis descendu du train à Valognes, tout à l'heure.

— Mais alors, vous n'avez rien pris à votre cantine ?

— Non, bien sûr, mais j'ai quelque nourriture dans mes bagages.

— Voulez-vous partager mon repas ? »

Ma phrase à peine achevée, je regrette mon audace. Inviter à ma table, en tête-à-tête, ce jeune officier de l'armée ennemie... Si l'oncle Fulgence me voyait !

Trop tard ! Je ne peux pas revenir en arrière. Après tout, il m'a sortie d'un mauvais pas, un jour de grande difficulté. Par gratitude, je peux lui offrir mon modeste repas. Simple geste de sympathie. Un peu plus tout de même. N'est-ce pas son cadeau qui lui vaut mon invitation ?

Victor est absent ; il travaille chez le boulanger. Nous pouvons partager en toute tranquillité les saucisses aux choux que je réservais pour demain midi.

« Monsieur, servez-vous.

— Volontiers. Si vous me permettez cette familiarité, je dirai, merci ! Hélène. »

J'acquiesce avec le sourire.

« Vous me feriez plaisir en m'appelant Hans.

— Eh bien, soit ! Servez-vous ! Hans. En présence de témoins, je vous appellerai "monsieur l'officier".

— Si c'est mieux pour vous... »

Pour la première fois, une connivence s'établit entre nous. Je me détends. L'ambiance est saine, franche et spontanée. Après une solide poignée de main, il part se coucher à une heure raisonnable.

« Ce long voyage m'a fatigué. Je vous souhaite une bonne nuit. Bonsoir, Hélène.

— Bonsoir, Hans. »

J'ai la conscience tranquille. Cet homme est certainement malheureux d'avoir quitté son pays, sa famille, ses amis. Pourquoi regretter mon hospitalité ? Ce soir, je dormirai en paix.

XXVIII

En cas d'évacuation

Aujourd'hui, la journée s'annonce calme. Je charge Victor de garder la maison, surveiller la ferme et les animaux pendant mon absence. J'ai l'intention de passer chez mes parents. Depuis quinze jours, je n'en ai pas eu le loisir. J'avais rencontré papa sur le marché la semaine dernière, mais je n'ai pas revu maman. Ce midi, j'aurai droit à une cuisine soignée.

À l'approche de leur ferme, je suis frappée par l'intense activité qui règne aux alentours. Des camions de l'entreprise Todt transportent des matériaux hétéroclites. Nos terres réquisitionnées sont devenues un immense chantier. À peine franchie la porte de la maison, ma mère me dit :

« T'as vu que les avions anglais et américains ont bombardé la région ? Avec les installations que préparent les Allemands, ça va être notre tour un de ces quatre matins. »

Mon père est moins pessimiste :

« Je serais étonné qu'ils gaspillent leurs bombes pour des équipements en cours de montage. Plus tard, peut-être ?

— Impossible de savoir ce que projettent les Allemands.

— On suppose qu'il s'agit de rampes de lancement de fusées V1. Ils ne viendront pas nous le dire. Pas plus qu'ils ne nous feront visiter ce qu'ils échafaudent.

— Et on ne saura pas l'heure à laquelle les Anglais ou les Américains les bombarderont. »

Je prends conscience des risques. Sans vouloir les effrayer, je tiens à les mettre en garde.

« Il serait prudent de quitter la maison assez rapidement. Ici, vous êtes vraiment trop près du chantier.

— J'ai tout prévu, me dit ma mère. On ne restera pas là à se faire tuer comme des lapins. »

Du tiroir du buffet, elle tire des papiers.

« Tiens, regarde. »

Je lis :

PRÉPARATION EN CAS D'ÉVACUATION

Mettre dans la malle de nos voisins et amis, les Mutin, le nécessaire pour lui, sa femme et leur fille, et tous les habits valables qui sont dans la penderie. Si la malle à Jean Mutin n'est pas utilisable, il y en a une ou deux vieilles au grenier. Renée, la bonne, les connaît bien.

Mettre du sucre, du sel et le petit carton de pâtes et de conserves au fond de la malle.

Prendre les deux jambons qui sont restés à fumer dans la cheminée chez Vaubert. Rapporter la jupe de mon tailleur et les photos qui sont dans le premier tiroir du secrétaire.

La veille de notre départ, mettre dans le clos avec les vaches les quatre plus jeunes veaux pour qu'ils les tètent. Ouvrir la barrière et défaire « l'étoupage » du pré de façon que les bêtes puissent aller jusqu'au ruisseau.

Conduire les quatre grosses génisses dans le clos de dix vergées. Ouvrir la barrière des deux prés.

Plier d'avance les habits dans la malle, très soigneusement.

Prendre les deux couvertures blanches en laine.

Au moment de partir, saigner le cochon. Pendant qu'il s'égoutte, aller à trois ou quatre, atteler notre jument sur la carriole et celle de Jean Mutin sur le tombereau.

Mettre un sac de sarrasin et un sac de blé dans chaque voiture.

Ramener tout à la maison en passant par l'ancien chemin. Surtout, ne pas emprunter le nouveau, celui des Allemands.

Dans la carriole, prendront place : Jules et les deux vieilles tantes. À l'arrière, mettre la malle, du pain, un jambon et des provisions.

Dans le tombereau : le cochon. Par-dessus le cochon : les deux matelas du grenier qui servaient aux filles autrefois, des couvertures, les lapins. Ne pas oublier douze bouteilles de cidre, six bouteilles de vin, une de calvados et la machine à coudre.

Conducteur du tombereau : Jean Mutin.

Passagers : sa femme, sa fille, Renée et ceux qui voudront suivre.

Sur le vélo de Jules, Antoinette Vaubert avec la valise bleue. Moi, sur le jaune, avec le panier. Julie Vaubert sur le bleu, avec la valise noire.

Les deux petits voisins, avec nous sur leurs vélos.

Important : bien gonfler les vélos à l'avance.

Rassemblement chez François. Au premier coup de la sirène d'alarme, départ le plus vite possible pour Saint-Jacques de Néhou, chez les cousins Lemoine. Ils sont prévenus.

Ma mère affiche, comme à l'ordinaire, son autorité et sa prévoyance. Je lui demande :

« Pourquoi partez-vous chez les cousins Lemoine ?

— Parce que là-bas, y a rien à bombarder. Leur ferme est au bord de la rivière, sans Allemands dans les parages. On pourrait se réfugier chez ceux de Saint-Georges-La-Rivière, mais si les ponts de la Douve sont coupés, on ne pourra plus revenir. Et puis, la proximité de la mer sera peut-être dangereuse.

— Où les Lemoine logeront-ils tout ce monde-là ?

— Ils ne manquent ni d'étables ni de granges. À cette saison, les bêtes couchent dehors. Et puis les cousins sont hospitaliers. J'aimerais que tu nous rejoignes avec Paulette et ses enfants, même si les risques de bombardement sont moins importants chez vous que chez nous.

— Si nous partons, il ne restera personne pour traire les vaches et s'occuper des animaux.

— Chez nous non plus ! Mais, les gens d'abord !

— Et les deux vieilles tantes, que disent-elles de cette expédition ?

— Je ne leur ai pas demandé leur avis. Elles ont quitté Cherbourg pour se réfugier dans leur petite maison. On ne va pas les abandonner. Sans le vouloir, elles se sont jetées dans la gueule du loup ! C'est vrai qu'à l'époque, le coin était tout à fait calme.

— J'espère que vous n'aurez pas à partir.

— On verra bien. À la grâce de Dieu ! »

XXIX

Les asperges de Rommel

Pauvre Berluche. Ses sabots sont si longs qu'il en est gêné pour marcher. On ne lui a jamais taillé la corne des pieds. Je pars avec lui ce matin chez le maréchal-ferrant. Le tenant par la corde attachée à son licol, je marche à son allure.

« Mon vieux Berluche, tu verras, ça ira mieux au retour. Tu auras des ongles vernis et des fers à ta pointure. Je voudrais bien me rechausser à neuf avec autant de facilité. Mais le syndicat distribue ses bons d'achat au compte-gouttes. »

Indifférent à mon propos, Berluche me suit docilement. À l'approche du carrefour de la Marpanne, une agitation inaccoutumée attire mon attention. De loin, j'aperçois un Allemand. De la badine qu'il tient dans la main droite, il frappe machinalement sa botte en regardant dans un champ. Derrière la haie, j'entends une voix qui donne des ordres en allemand. Je distingue maintenant des bruits de scies, puis je vois la cime d'un arbre qui bascule. Bizarre. Arrivée à hauteur de la barrière où le gradé est posté, je m'arrête. Des civils creusent des trous innombrables dans le champ. Ils y plantent des troncs d'arbres de trois mètres de haut environ.

Sans aucune racine, ils ne risquent pas de pousser. Ils sont fous ou quoi ? Je rêve ?

Au soldat qui m'observe, je demande :

« C'est quoi ça ? Une forêt à la mode allemande ? »

Il ne comprend pas un mot de français. C'est mieux ainsi ; il pourrait croire que je me moque de lui. Il me dit quelques mots accompagnés d'un geste qui signifie : partez. J'obtempère. Avec Berluche, nous reprenons notre marche.

Le soir, je guette le retour de Hans. D'entrée de jeu, il me renseigne.

« C'est un ordre du maréchal Rommel. Nous redoutons un débarquement de soldats anglais et américains. Certains peuvent atterrir avec des avions sans moteur. Ces plantations devraient les en empêcher.

— Des avions sans moteur ?

— On appelle ce genre d'appareils : des planeurs.

— Comment peuvent-ils voler sans moteur ?

— En remorque derrière des avions, jusqu'à une certaine distance. Après, ils se débrouillent pour se poser au sol.

— Je comprends mieux. »

XXX

L'oncle Fulgence et son poste émetteur

Une fois Hans parti se coucher, je file chez l'oncle Fulgence. Aucune lumière ne filtre. Le clair de lune me guide.

L'oncle serait-il absent ? Est-il endormi ? Dans ma hâte de lui parler, j'ai complètement oublié l'heure. Tant pis pour moi ; je reviendrai.

Quelques instants j'écoute les bruits de la nuit. Il y en a peu ce soir. C'en est impressionnant. Pourtant, j'ai la vague impression d'une présence immédiate. Je tends l'oreille. Mon impression se confirme. L'envie de détaler me prend, mais je reste là. Rien ne bouge alentour. À pas feutrés, je me déplace. J'approche du cellier. Oui, c'est par-là. Mais de quoi s'agit-il ? Peut-être un chat à l'affût d'une proie, ou une rate qui allaite ses ratons ? Je pose mon oreille contre le mur. Mon sang se glace. Maintenant j'en suis sûre, quelque chose se passe là derrière. J'ai envie d'appeler. Ridicule ! Réfléchissons. Je m'éloigne un peu. En longeant le mur devant la fenêtre de la maison, j'entends le grincement d'une porte. Mon cœur bat à coups redoublés.

C'est alors que j'entrevois Fulgence qui sort du cellier. Si je le laisse approcher sans rien dire, il va me heurter et s'effrayer. Se croyant espionné, il risque d'être violent. Je me racle la gorge bruyamment pour lui signaler ma présence. Il s'immobilise.

« C'est moi, Hélène.

— Qu'est-ce que tu fais là ?

— Entrons, je vais t'expliquer. »

La porte refermée, il donne un peu de lumière. Planté devant moi, il me dit :

« Tu n'as pas bonne mine. Qu'est-ce qui ne va pas ?

— Non, rassure-toi ! Mais tu m'as fait si peur.

— Moi aussi j'ai eu peur !

— Pardonne-moi.

— Que fais-tu par-là, à cette heure-ci ?

— Je voulais te voir. Je n'ai pas eu le temps dans la journée. Ce soir, j'ai attendu que l'officier monte se coucher pour m'en aller. Je n'ai pas réalisé qu'il était si tard.

— T'inquiète pas de ça ! Tu voulais me dire quoi ? »

Je lui raconte. Je lui parle des plantations allemandes pour arrêter les planeurs.

« Oui. Je suis au courant ! Ce sont “les asperges de Rommel” ! Ils en plantent dans toute la région. S'ils croient empêcher les Alliés de venir avec leurs bouts de bois, ils se trompent. Tu sais qu'ils en repiquent aussi sur les plages pour empêcher les atterrissages à marée basse ? Dans les marais de la Douve, ils utilisent une autre tactique : en barrant l'embouchure à Carentan, ils ont inondé tous les marais : à Rauville-la-Place, Crosville, La Bonneville, Étienville et tous les autres marais au-dessous de Picauville, jusqu'à Carentan. Ah ! Dame ! Ça fait un bel étang. Bien plus grand que celui du pont de Colomby. »

Redevenue sereine, je m'enhardis :

« Tu sais pourquoi je suis venue, mais tu ne m'as pas dit ce que tu faisais sans lumière dans ton cellier. »

Consciente de mon audace, je me mouche pour faire diversion, tout en surveillant sa réaction.

« Tiens ! Pour une fois, on va se prendre un petit réconfortant. »

Il se lève, ouvre le vieux buffet hérité des grands-parents de sa femme. Comme pour se donner le temps de la réflexion, il pose avec lenteur la carafe de liqueur sur la table. Il retourne chercher deux verres. Une fois assis, il me verse une rasade, puis :

« Ces choses-là, on n'en parle pas. Jamais ! Sauf pour faire avancer ce qui doit avancer. Je te connais assez maintenant. Tu as mûri ; tu es solide, discrète. Tu sauras tenir ta langue. Parler peut entraîner mort d'hommes ! »

Intriguée, je l'écoute, attentive, les bras croisés, solidement appuyée sur la table.

« Alors voilà, reprend-il. Les Boches n'ont rien à faire chez nous. Ils doivent décamper le plus vite possible. Tu sais que les Anglais et les Américains, avec les Français de Londres, s'apprêtent à leur flanquer une dérouillée. Ils ont besoin d'appuis. J'y travaille et je suis des leurs. En cas d'échec, c'en sera fini de la France et mes fils seront morts pour rien. Hitler nous imposera, sans espoir de retour, son régime totalitaire, sa dictature et ses atrocités.

— Ses atrocités ?

— Oui, ses atrocités. Des gens de la région, et d'ailleurs, ont été emmenés. On ne les a jamais revus. Aucun n'a donné de ses nouvelles. Enfermés ? Torturés ? Massacrés ? Tu te rappelles Marcel Desbois ? Ils l'ont fusillé sur place. »

Une pareille sauvagerie me semble impensable. L'oncle poursuit :

« Donc, nos Alliés débarqueront un jour, avec le général de Gaulle et les Français qui l'ont rejoint, pour chasser ces intrus et rétablir notre liberté. Ils ont besoin de nous pour les renseigner sur la situation locale, sur les mouvements de troupe des occupants, et pour accomplir certaines missions. Dans le cellier, derrière les tonneaux du fond de ma cave, je suis équipé d'un poste radio émetteur-récepteur. Avant ton arrivée, j'ai envoyé deux messages à Londres et reçu des consignes. »

Je suis ébahie. J'ai toujours su que l'oncle Fulgence appartenait à la fraction des privilégiés de sa génération qui avaient appris à lire et écrire. Mais de là à imaginer qu'il soit en mesure d'utiliser un poste émetteur…

« Tu sais te servir de ces appareils ?

— C'est simple. »

Fulminant contre nos envahisseurs, il apprendrait à piloter un avion si ça pouvait les anéantir.

« Pourquoi me dis-tu tout cela aujourd'hui ?

— Parce que j'ai besoin de ton aide. »

Du coup, je suis dépassée. Pourquoi veut-il m'impliquer dans ses missions secrètes ?

Il devine ce qui se passe dans ma tête. Par-dessus la table, il se penche un peu vers moi :

« Aussi longtemps que les nazis ne seront pas vaincus, ton mari ne reviendra pas. As-tu compris ça ? Seul, personne ne peut rien contre eux. Mais des bonnes volontés rassemblées et des réseaux organisés faciliteront la réussite d'une action militaire. À toi de savoir si tu veux être des nôtres. »

Retrouver mon mari : il a trouvé le meilleur argument. Jusqu'à maintenant, j'ignorais que des actions locales pouvaient avoir une influence sur le retour de mon mari. Mais il parle de réseaux en liaison avec Londres. Oh ! la la ! La réussite d'un débarquement allié peut en dépendre ? Quelle histoire ! Que répondre ?

« Je dois mettre de l'ordre dans mes idées.

— Prends ton temps, c'est une affaire sérieuse.

— Quel rôle me vois-tu jouer dans ton réseau ?

— Un rôle discret. Mais je ne peux pas prévoir ce qui te sera demandé. Parfois, il faut aviser rapidement. J'éviterai de te mettre en danger, mais il y a quand même des risques. Accepterais-tu de faire le guet ici deux ou trois fois par semaine pendant une heure, le soir ? Juste le temps pour moi de passer et d'enregistrer les messages. »

Comment lui refuser un tel service ?

« Tu peux compter sur moi.

— Merci. Je serai le seul à demander ton aide. Nul autre ne pourra se prévaloir de ta participation. Ma seule consigne : ne rien écrire, ne laisser aucune trace. Quand j'aurai besoin de toi, je passerai te voir. Si un rôdeur traîne dans les parages, j'enlèverai ma casquette pour te saluer, tu comprendras. J'éviterai les heures où tes locataires sont là. Quand j'accrocherai un sac contenant quelques pommes de terre à la barrière de ta cour, tu sauras que je t'attends.

— C'est enregistré.

— Maintenant file, en évitant de réveiller tes locataires. »

Au lit, impossible de m'endormir. J'essaie d'imaginer ce qui m'attend. En somme, il s'agit de jouer en douceur un rôle de seconde. Apparemment, pas de péril réel. Quel est le rôle de Fulgence dans tout cela ? À quelle autorité obéit-il ? Était-il déjà en service commandé pour ces sabotages au début de l'Occupation ?

Une idée folle me traverse l'esprit. Irait-il jusqu'à tuer des hommes ? Pour moi, c'est totalement exclu. Et que ferais-je s'il s'en prenait à Hans ? Je frissonne. Je me sens capable de trahison.

XXXI

Les prémices d'une passion

L'HORLOGE SONNE QUATRE HEURES. Je ne dors toujours pas. Le soir suivant, ivre de sommeil, je décide de me coucher tôt. Les coups frappés à ma porte au moment où je m'apprête à monter me font sursauter.

« Entrez.

— Bonsoir, Hélène. »

C'est Hans avec un bouquet d'iris à la main.

« Je veux vous remercier pour votre repas, me dit-il.

— J'étais contente de le partager avec vous.

— Je suis confus. Je n'étais pas à la hauteur de votre hospitalité. J'étais fatigué, triste comme un enfant qui vient de quitter son père et sa mère. Veuillez m'en excuser. Partir sans savoir quand je reviendrai me consterne. À quand la fin de cette terrible guerre ?

— Moi aussi, j'ai hâte qu'elle finisse.

— Je ne comprends pas les ressorts de nos conflits. L'officier SS, venu contrôler nos activités ces jours derniers, a compris que je n'ai pas une vocation de guerrier. C'est mauvais pour moi. Nous sommes surveillés par des fanatiques. »

Quand Hans est entré, je n'avais qu'une envie : rejoindre mon lit. Maintenant, ses confidences me retiennent. Ce qu'il dit correspond tellement à ce que je sens. En l'écoutant parler des SS, j'en déduis que nos occupants ne sont pas tous à mettre dans le même sac. Je lui tends une chaise :

« Vous êtes bonne. Après une rude journée, votre compagnie me fait du bien. »

Je n'ose lui avouer qu'il en est de même pour moi. Je dispose ses fleurs dans un vase. J'atteins le bocal de cerises au calvados en haut du buffet.

« C'est une liqueur de ma préparation. Je la réservais pour la fin de la guerre. Puisqu'elle tarde, je l'ouvre pour vous. »

Prestement, il se lève et s'avance vers moi :

« Me permettez-vous de vous embrasser ? »

Rougissante, je lui tends la joue.

« Votre geste amical me va droit au cœur. »

J'oublie ma fatigue. Je l'écoute, il parle plus que moi. Son charme discret accroît mon sentiment de malaise. S'y mêle le souvenir de ma soirée d'hier avec Fulgence. Suis-je en train de jouer un double jeu, de fausser une amitié naissante ? De quoi suis-je coupable ? De l'appui que j'apporte à mon oncle dans sa lutte contre l'Allemagne ? De l'amitié pour un homme qui se trouve engagé, malgré lui, dans une guerre qu'il n'a pas voulue ? Comment naviguer au milieu de tout cela ?

Il faut se séparer pour aller dormir. Hans se lève, visiblement peu pressé de mettre fin à notre conversation. Tout naturellement, il m'embrasse à nouveau en me disant bonsoir. Déjà onze heures et demie. Mille pensées bourdonnent dans ma tête.

Angoissantes et agréables en même temps. Le poids de la fatigue l'emporte. Je m'endors.

Vendredi 4 février 1944

« Dis-moi, Tonton, tu ne m'obligeras jamais à tuer un Allemand ?

— Non !

— Dans ton réseau, on tue des Allemands ?

— Ce n'est pas le but.

— C'est-à-dire ?

— L'objectif n'est pas de tuer. L'objectif, c'est de renvoyer les nazis chez eux, et d'écraser leur régime.

— Si on te demandait de tuer un homme, tu le ferais ?

— Tuer Hitler, oui, sans hésiter. Nous serions débarrassés d'un tyran. Autrement, le but n'est pas de tuer. Des morts, il peut y en avoir au cours d'une action de commando.

— Qu'entends-tu par là ?

— Quand les Alliés débarqueront, nous aurons des missions d'urgence. Si on doit faire sauter un pont pour empêcher l'arrivée de troupes ennemies, nous le ferons, même s'il est gardé. Pas question d'alerter la sentinelle dans le style : “Rangez-vous, dans trois minutes le pont va sauter.” C'est ça, la guerre.

— Oui, je comprends.

— Bon, c'est l'heure de mon contact avec Londres. Alors, tu as bien compris ? Si quelqu'un arrive, tu lui dis en haussant le ton : “Excusez-moi, je porte la gamelle au chien et je suis à vous.” En passant, donne un grand coup de sabot dans la porte du cellier. S'il s'agit d'occupants, tu les fais entrer et tu m'appelles. Je serai censé être auprès de ma vache malade.

— D'accord !

— Si c'est quelqu'un de la famille, tu attends mon retour. »

Quel personnage, ce Fulgence ! Celui qui l'aurait vu hier charger et transporter le fumier, pourrait-il supposer que ce vieux paysan s'entretient trois fois par semaine avec les représentants de l'armée française à Londres ? Trop âgé en 1914 pour être mobilisable, le voilà en 1944 préoccupé du débarquement des troupes alliées !

Pendant son absence, ma pensée s'égare. Que fait Hans en ce moment ? J'espère qu'il dort à poings fermés. Par précaution, en partant de chez moi, j'ai laissé mes sabots en bas de l'escalier. S'il descendait pour une raison ou une autre, il me croirait au lit.

Un léger bruit me ramène à mon rôle de sentinelle et me fait redoubler d'attention. La porte s'ouvre. Soulagement ! Fulgence entre, un seau pendu au bras.

« Que fais-tu avec ton seau ?

— J'essaie de prévoir l'imprévisible. Si quelqu'un arrivait, il ne devinerait pas ce que je viens de faire. »

Il fallait bien sa ruse et sa prudence pour qu'il ait échappé aux mailles du filet après le vol des masques à gaz, le sucre dans les carburateurs, l'explosion du stock de munitions et les autres coups dont je ne sais rien.

La dernière lettre de Nicolas ne m'apporte rien de nouveau. Depuis qu'on l'a expédié dans une ferme, il vit au rythme des saisons. Il trouve les hivers plus rigoureux qu'ici. Encore que chez nous, ceux de 1939-1940 et 1940-1941 ont été très durs.

À quelques détails près, il fait les mêmes choses qu'ici. Quelques variantes tout de même. L'élevage de cochons est plus important qu'en France. La production de pommes de terre aussi. Les Allemands, me dit-il, en font une grande consommation.

Il a bien reçu mon dernier colis. Celui de la Croix-Rouge également. Le gâteau a un peu souffert du voyage.

Je me précipite sur ses lettres. Je les lis et les relis plusieurs fois, dans l'espoir d'y découvrir entre les lignes la nouvelle qui m'aurait échappé. L'important, c'est d'avoir une lettre écrite de sa main à mon intention.

De mon côté, je crains la monotonie de mon courrier. Je lui signale la vache vendue à l'abattoir, ou réquisitionnée. Que lui dire d'autre ? Les plus jeunes bêtes n'étaient pas nées quand il est parti ; il ne les connaît pas. De loin, il ne peut pas suivre la vie des animaux de la ferme.

Aujourd'hui, je lui signale un triste événement :

« Te souviens-tu de Rosalie Barrachon, cette dame qui habitait derrière l'église ? Deux jours après notre mariage, elle nous avait apporté un panier de fraises. Elle paraissait déjà âgée, alors qu'elle avait à peine dépassé la cinquantaine. Ses voisins l'ont trouvée morte dans sa maison hier matin. Je suis allée la veiller cette nuit. Elle vivait seule depuis longtemps ; son mari a été tué au cours de l'autre guerre. Elle parlait toujours de son unique fils encore vivant : "Il est prisonnier, je ne le reverrai pas, disait-elle. Je serai disparue avant la fin de la guerre." On s'était habitué à l'entendre répéter ça. Hasard ou prémonition ? Elle n'aura pas revu son fils. On l'enterre vendredi ; je tiendrai un des coins du drap mortuaire. »

Je préférerais lui annoncer une naissance ou un mariage. Ils sont rares en ce moment. Je lui raconte le passage des avions alliés, les lieux bombardés. Je me tais sur la disparition de deux cultivateurs emmenés au petit matin par les soldats allemands.

Sa dernière permission remonte à quatre ans. Quatre ans sans revoir un mari avec lequel j'ai vécu pendant cinquante jours ; soixante-cinq jours, en y ajoutant la permission après six mois de guerre et d'absence. Que sont devenus mes rêves de jeune fille ?

XXXII

L'impossible amour

Dimanche 13 février 1944

« Bonsoir, Hélène. »

La voix de Hans est changée. Je me retourne vers l'entrée.

« Bonsoir, Hans. Vous avez mauvaise mine. Êtes-vous malade ?

— Je pourrais dire cela, oui, plus que jamais. Je hais cette guerre. Ici, ce n'était plus vraiment la guerre ; seulement l'occupation. Je me plaisais chez vous. J'y retrouvais la paix. Ces soirées passées à discuter près du feu avec vous, c'était le bonheur.

— Vous allez partir ?

— Dans trois jours, je dois rejoindre le front russe. Là-bas, c'est la vraie guerre, le carnage. L'année dernière, de nombreux soldats allemands sont morts à Stalingrad. Encerclés par l'armée soviétique pendant trois mois, privés de nourriture, beaucoup mouraient de faim, d'autres furent abattus ou se sont suicidés. Depuis, la tuerie continue. Nous devons assurer la relève des combattants morts ou blessés. »

Le choc qui le frappe m'arrache le cœur. Je reste sans voix devant son désarroi, comme si son malheur me touchait au plus profond. Sans m'en rendre compte je me suis habituée à lui, habituée à l'entendre me dire de sa voix tendre : « Bonsoir, Hélène ». Il va me manquer plus que je ne peux le soupçonner. L'espace d'un éclair, je réalise combien son absence me pèsera. Plus encore peut-être que celle de Nicolas. Je n'ose m'avouer cette évidence. Non ! Pas cela ! Pas cela ! Je dénie cette idée qui me trouble.

Hans est là, devant moi. Je voudrais le secourir. Sa tristesse me serre le cœur.

Nous restons à nous regarder sans rien dire, conscients de notre commune douleur. J'approche une chaise :

« Asseyez-vous. »

Oubliant l'uniforme de l'armée d'occupation, je pose ma main sur son épaule.

Il lève les yeux vers moi.

« Je vous prie de m'excuser. Je manque de courage, n'est-ce pas ?

— Ne dites pas cela. Ce qui vous arrive est si dur.

— Ça l'est aussi pour tous mes compagnons.

— Je suis effondrée de vous voir partir là-bas.

— J'ose vous avouer ma faiblesse et mon découragement. Votre confiance me réconforte.

— Votre ordonnance n'est pas là ?

— Non, déjà en route pour le front russe.

— Ce soir, j'aimerais vous garder pour le souper, mais Victor mange avec moi. Quand il partira se coucher, je frapperai au plafond avec le balai. Revenez. Nous passerons la soirée au coin du feu. »

À table avec Victor, j'accélère le repas. Ma conversation tourne court. Il a la gentillesse de ne pas s'en étonner. Il quitte la table dès la dernière bouchée.

Deux petits coups de manche à balai au plafond. Hans descend.

« Approchez-vous du feu.

— J'étais si à l'aise chez vous. Je me sentais comme chez moi. Pour un temps, vous m'avez fait oublier la guerre. Aujourd'hui, elle se rappelle à moi. Je dois m'exiler maintenant vers l'enfer russe. Mais j'ai tort de me plaindre, car, sans cette sale guerre, je ne vous aurais pas rencontrée. »

D'un geste tendre, il me frôle la main et poursuit :

« Grâce à vous, j'ai retrouvé pendant quelques mois une atmosphère familiale. Votre amitié m'a touché ! »

Il me parle d'amitié, alors que j'éprouve pour lui un sentiment dont je n'ose prononcer le nom. Sa peine en renforce l'intensité.

La lampe s'est éteinte. Les flammes dans la cheminée ondulent au gré de leur fantaisie. C'est notre seule lumière. Et par je ne sais quel hasard, ou quelle providence, nous goûtons l'intimité d'une paix tranquille.

Sans quitter le feu du regard, Hans me parle de son enfance, de sa jeunesse, de la vie des siens. Il dépose son sac de souvenirs devant l'âtre. Ses confidences ressemblent à un testament. Je me promets de ne jamais trahir ses secrets quoi qu'il arrive.

Se redressant comme s'il sortait d'un rêve, il dit :

« J'espère sortir vivant de cette guerre. Si j'ai cette chance, vous serez la première informée. »

Des larmes glissent sur ma joue. Je crains qu'une trop forte émotion transparaisse dans ma voix. Je me tais.

« Nous avons abusé de l'heure. Il faut maintenant aller dormir. »

Il n'a pas dit : « J'ai abusé », mais : « Nous avons abusé ». Oui, c'est vrai, nous étions complices. Pourquoi part-il déjà ? Je voudrais rester ici avec lui. Une telle soirée ne devrait jamais finir.

Pour la première fois, je trouve mon escalier rude à monter. Arrivé en haut, Hans se retourne et m'attend pour me dire bonsoir. Je perds tout contrôle de moi-même, je tombe dans les bras qu'il me tend.

Combien de temps sommes-nous restés ainsi ? Je n'en sais rien. À demi-inconsciente, ma tête semble plombée sur son épaule. Il me porte autant qu'il me soutient jusqu'à son lit pour m'y faire asseoir. Dans le tourbillon qui nous emporte comme un éclair, une maxime de ma grand-mère me traverse l'esprit : « Quand le papillon s'approche trop près de la flamme, il s'y brûle les ailes. » Je suis le papillon. Un feu me brûle et me consume.

Le lendemain, je travaille comme un automate. Je suis en état de choc, incapable d'y voir clair après une nuit sans sommeil. Un événement imprévisible m'a déstabilisée. Ma tête vagabonde. Dans l'étable, je m'assois sur une botte de paille. Je n'ose penser à Nicolas. Pauvre de lui, retenu prisonnier, victime de l'infidélité de son épouse. Pauvre de moi, embarquée sur un navire qui tangue dans la tempête. Je dis à haute voix :

« Pardon mon mari, pardon. Je suis une femme coupable. Je me suis laissé surprendre, par ma propre faiblesse. »

Je suis surprise par l'arrivée de l'oncle Fulgence au moment où je fais boire les veaux. Je reste dans la pénombre pour cacher mes yeux rougis. Ce qu'il vient me dire s'accommode bien de la discrétion du lieu.

« Pour l'instant, tout est calme. Mais dans quelques jours, j'aurai besoin de tes services. Je te préviendrai. »

Je ne lui propose pas de café aujourd'hui et il ne s'attarde pas.

S'il savait, il penserait non seulement que j'ai trahi Nicolas, mais que je l'ai trahi, lui, et la mémoire de ses fils, trahi notre réseau, trahi mon pays. Ce mot de trahison m'est insupportable. Si j'ai succombé, c'est par faiblesse... et par amour, je l'avoue. « Nicolas, je te le jure, je veux mériter ton pardon. »

Dans la journée, des escadrilles de super-forteresses volantes américaines passent au-dessus de la ferme. Les tirs de la défense antiaérienne les accompagnent. Vu d'ici, aucun avion ne sera atteint aujourd'hui. Tant mieux !

Où vont-ils bombarder ? Mon regard suit leur trajectoire. Ceux-ci ne vont pas en direction de l'Allemagne. Que fait Nicolas en ce moment ? Est-il en sécurité ? Je voudrais savoir.

Et sur le front russe ? Ce doit être une vraie boucherie. Je tremble pour Hans. Il court le plus grand danger. Que pourrais-je faire pour l'empêcher d'y partir ? Dans ma cervelle tout chavire. Je perds le cap ; je ne sais plus où j'en suis. « Seigneur ! Venez à mon secours. »

Ce soir, j'accueillerai Hans amicalement. J'essaierai de lui redonner courage en respectant les limites imposées par la conduite d'une épouse honnête. Toute la journée, je traîne ma fatigue et mes bonnes résolutions.

Que fait Hans ? Pourquoi ne rentre-t-il pas ? Pourvu qu'on ne l'ait pas obligé à partir sans délai ! Non, ce serait épouvantable. Mais suis-je bête ! Il n'est pas venu prendre ses affaires.

Il n'est pas encore là quand Victor arrive pour souper. Mon inquiétude grandit. Devant lui, je m'oblige à rester calme, à me contrôler. À la dérobée, je regarde vers la pendule ; il ne s'est pas écoulé deux minutes depuis la dernière fois que je l'ai consultée.

Enfin, le voilà. Quel soulagement ! Il frappe à la porte et l'entrouvre :

« Bonsoir et bon appétit. »

J'entends son pas dans l'escalier. J'ai hâte que Victor s'en aille. Dès que je suis seule, je cherche le balai. Inutile, Hans a devancé mon appel, il est déjà près de moi. Nous nous retrouvons enlacés avant même d'avoir eu le temps de parler. La vérité me saute au visage : je suis follement amoureuse. Un vrai coup de foudre, un grand choc. Je découvre l'amour-passion !

Sans prendre le temps de couvrir le feu, nous montons l'escalier. Ce soir encore, nous ne réchaufferons qu'un lit. Oubliées les bonnes résolutions prises le matin et ressassées toute la journée !

En nous séparant le lendemain matin, je lui annonce :

« Aujourd'hui, Victor travaille chez le boulanger. Il ne mangera pas ici ce soir. Je t'attends pour souper avec moi. »

Spontanément nous nous tutoyons. Je ne sais lequel de nous deux a commencé.

Sans l'aide de Victor, je dois m'occuper seule des animaux. J'ai plus de travail, mais ce soir je serai libre. Pourvu que l'oncle Fulgence ne vienne pas me solliciter pour ses entreprises nocturnes !

Hier, j'avais les meilleures intentions, j'étais prête à adopter un comportement sage. J'allais redevenir l'épouse fidèle. Hélas ! le barrage de mes résolutions a craqué. Comme un bateau sans gouvernail, je suis à la dérive. Aujourd'hui, pas de résolution. Je vis dans l'attente de la soirée. Perdue, la raison. Perdu, le contrôle de moi-même. Je me croyais invulnérable, capable de marcher au bord d'un précipice, sans glisser ni tomber. Là, était mon orgueil. Il m'a fait trébucher.

Je prépare le dîner avec soin. Je sors ma dernière bouteille de bon vin. Je mets une nappe et ma plus belle vaisselle. Bien avant l'heure présumée de son retour, je le guette par la fenêtre.

J'ai déjà ouvert la porte quand il arrive dans la cour. Cette soirée est à nous. Oublions demain. Nous passons tout de suite à table. Je suis déçue. Il manque d'appétit. Il me complimente quand même sur la poule à la crème que je lui ai préparée. Ça me fait plaisir.

« Quel dommage, me dit-il, que l'angoisse de mon départ m'empêche de savourer toutes ces excellentes choses. »

C'est la seule fois de la soirée où je l'entends prononcer le mot : départ. D'une façon détournée, il est vrai.

« Avec toi, le temps passe trop vite et je me souviens une fois encore de Lamartine : *"Ne pourra-t-on jamais sur l'océan des âges jeter l'ancre un seul jour."* »

J'aime l'écouter. J'aime sa voix. Et comme lui, je ne vois pas les heures passer. Il est tard quand nous quittons la table.

Pour la dernière fois, nous montons l'escalier ensemble. Je suis si éperdument amoureuse que rien ne peut m'éloigner de lui ce soir. Au lit, je me blottis dans ses bras. Je pleure. Il me console.

« Ne sois pas triste. Je tiens à garder de toi l'image d'une femme forte et gaie. Donne-moi le courage de continuer à vivre. Partir au feu me révolte, mais déserter m'est impossible. Ce soir, ne pensons qu'à notre commune tendresse. Sois heureuse maintenant ! Ton visage est si beau sous l'éclat du bonheur. »

Brève est la nuit. Dur le réveil. Dès potron-minet, il faut s'arracher au charme de sa présence pour aller traire les vaches. Au retour, je sers le déjeuner de Victor et l'envoie travailler au loin. Jusqu'au dernier moment, je veux préserver mes instants d'intimité avec Hans. Je lui prépare pour la première et dernière fois un petit-déjeuner : du café au lait, des tartines grillées, une gelée de pomme et une omelette de quatre œufs. Je le regarde pour mieux fixer ses traits. Les mots nous manquent au moment où nous aurions tant à nous dire. Une pensée m'obsède : jamais plus le bonheur d'être ensemble, jamais plus lui et moi. Jamais plus sa main dans la mienne. Jamais plus !

Assis en face de moi, la tête penchée sur son bol, à quoi pense-t-il ? Son épuisement se lit sur son visage. Comment l'arracher à sa peine ? Ses paroles de notre dernière nuit me bouleversent encore : « Tu es si belle quand tu es heureuse ». Je le devine fâché contre lui-même de n'avoir pu garder la sérénité qu'il me recommandait. Il se redresse avec un sourire qui laisse voir son déchirement.

Que deviendra-t-il ? Que deviendrons-nous ? Le reverrai-je ? Survivra-t-il au carnage ? L'heure de la séparation est arrivée. Rien ne peut arrêter le temps. Avant de me quitter, il me serre contre son cœur :

« Que Dieu te protège !

— Qu'il te protège aussi ! »

Ses bagages à la main, il aspire un grand bol d'air et part sans se retourner vers la voiture qui l'attend. Immobile devant la porte, je le regarde s'éloigner avant de rentrer dans la maison vide où flotte encore son odeur.

Blottie sur une chaise, je reste inerte une heure durant. C'est le trou noir, sans fond. Puis mon esprit se remet en marche. Des idées folles et désordonnées trottent dans ma tête. Je n'aurais pas dû laisser partir Hans. Non, je déraisonne, c'était impossible d'y renoncer ou d'oublier. Comment cet amour s'est-il emparé de moi ? En aurais-je été protégée si j'avais éprouvé les mêmes sentiments pour Nicolas ? Avec lui, c'était le mariage de raison, un amour basé sur l'estime, à construire jour après jour. Nous en étions aux fondations quand la guerre est venue tout bousculer. Cette liaison va-t-elle tout détruire ? Pourrai-je encore l'aimer ? J'en doute. Je ne sais pas. Je ne sais plus rien ! Ma seule certitude : j'aime Hans.

Des bruits extérieurs me ramènent à la réalité. Je me lève ; je dois débarrasser la table du petit-déjeuner. Mes gestes sont machinaux et mon esprit est ailleurs.

Tiens, voilà le facteur. Il y a donc du courrier pour moi. Je voudrais me cacher de lui et ne voir personne. Craignant qu'il ne m'ait aperçue, je n'ose quitter la cuisine. Quand il entre, je fais semblant de m'activer dans le coin le plus sombre pour dissimuler ma figure décomposée.

« Bonjour ! Vous allez être contente, je vous apporte des nouvelles de votre mari. Ça fait bien dix jours que vous n'avez rien reçu.

— Oui, j'étais sans nouvelles.

— Oh ! Vous avez mauvaise mine. Les couleurs vous reviendront en lisant sa lettre. »

Comment m'en sortir sans mentir ?

« J'ai mal aux dents.

— C'est le mal d'amour. Les bonnes nouvelles vont arranger ça.

— Si cela se pouvait…

— Quand il reviendra, vous serez complètement guérie. »

Je ne souris pas. Je désire qu'il s'en aille au plus vite. Mais lui n'est pas pressé.

« Excusez-moi, mais le temps se couvre et je voudrais ramasser mon linge avant l'ondée.

— Vous avez raison. Je vais me dépêcher, sinon je ramasserai moi aussi une bonne saucée. »

Heureusement, il ne peut apercevoir le fil à linge dans le jardin : il n'y a rien à sécher.

D'une main tremblante, j'ouvre la lettre de Nicolas.

Ma très chère Hélène,

Depuis douze jours je n'ai reçu aucune nouvelle. Que se passe-t-il ? C'est peut-être la poste allemande qui est perturbée ? Les bombardements s'intensifient dans la région. Ce qui pourrait expliquer les retards du courrier. As-tu reçu ma lettre de la semaine dernière ?

De peur que celle-ci ne se perde, je serai bref aujourd'hui. Je t'écrirai chaque jour en espérant que ce signe de vie te parvienne.

Toi aussi, écris-moi souvent. J'en ai besoin. Tu me manques. J'attends avec impatience ce moment où je te serrerai dans mes bras. Ma petite Hélène chérie, je t'embrasse tendrement.

Ton mari, toujours amoureux.

Nicolas

Sa missive me plonge dans un puits de mélancolie. Sa tendresse me replace devant ma faute. Que s'est-il passé ? J'ai complètement perdu la tête. Sans l'avoir voulu. Innocente et coupable tout à la fois. Comment ai-je pu ? Mon mari est deux fois victime. Par son état de prisonnier et par ma conduite. Je me déteste jusqu'à la nausée.

Faut-il lui avouer ma chute ? Et comment ? Le courage ne serait-il pas de porter seule le poids de mon infidélité ? Je ne sais pas, je ne sais plus. Amère, je pleure. Je pleure sur mon égarement. Je pleure sur les malheurs de mon mari. Sur ceux de mon amant parti au-devant de la mort. Sur la vie. Sur tout !

L'arrivée imprévue de Fulgence m'arrache à mes sombres pensées.

« Bonjour, Hélène !

— Bonjour, mon oncle.

— À ce que je vois, t'as pas le moral ?

— Non, pas tellement.

— C'est normal. Je comprends ta lassitude. Moi aussi j'ai traversé de grandes épreuves. Ton cas est différent du mien ; la guerre finira et ton mari reviendra. C'est une affaire de temps, garde l'espoir. »

Ses propos m'évitent de parler.

« Ce soir, j'aurai besoin de toi pour ce que tu sais ; je t'attendrai à neuf heures à la maison. Ne sois pas en retard !

— Je serai là.

— Merci. Dis donc, il y a de l'agitation dans le secteur. Les fridolins déménagent pour la Russie. Qu'ils partent et nous débarrassent ! »

Les larmes me montent aux yeux. Je songe à Hans et j'ai mal.

« J'espère que tu es définitivement libérée de tes locataires.

— Je ne sais pas.

— Avec tous ceux qui meurent en Russie, leurs rangs s'éclaircissent. Ils mobilisent des gamins de dix-sept ans.

— C'est triste.

— La faute à qui ? Heureusement, ils seront bientôt coincés entre les troupes françaises, anglaises et américaines et les Russes. Ce sera la fin des hostilités.

— Puisses-tu dire vrai ! »

Je pense à part moi : « Et Hans sera peut-être sain et sauf. »

« Je te laisse. À ce soir, neuf heures, chez moi. »

Je suis fidèle au rendez-vous de Fulgence. De mon poste de guet dans sa cuisine, je peux, sans relâcher mon attention, donner libre cours à mes pensées. Curieuse situation que la mienne. J'aide mon oncle dans son combat nocturne pour hâter la défaite des troupes d'occupation, et je suis inconsolable du départ de l'un de leurs officiers. À bien réfléchir, plus leur capitulation sera rapide, plus le retour de Nicolas sera imminent, plus les chances de Hans seront grandes de sortir indemne de l'enfer russe. J'y puise une raison de vivre.

En rentrant du cellier, les yeux de Fulgence sont pétillants. Sa moustache redressée annonce de bonnes nouvelles.

« Tout va bien, me dit-il, mais on a du pain sur la planche. »

Je n'en saurai pas plus.

Je repars chez moi sous un beau clair de lune, je marche allègrement. Tout est calme. Aucun bruit. Dans ma tête aussi, c'est l'éclaircie.

Pourtant, en tournant la clé dans la serrure, mon cœur se serre. De nouveau, je suis seule. Une lampe à la main, je monte l'escalier. Où dormir ce soir ? Dans mon lit ? C'est de l'autre côté que me guident mes pas. Durant tout le jour, je n'étais pas remontée à l'étage. Je m'attends à trouver une chambre en désordre. Rien de tel. Tout est propre, balayé, ordonné. Je ressens une impression de vide, vide des affaires de Hans, vide de sa personne surtout. Les draps recouvrent encore le lit, mais les couvertures sont rabattues.

Je dormirai ici cette nuit. Quelle journée ! La grande séparation, la lettre de Nicolas, l'oncle Fulgence qui m'entraîne dans sa résistance. Je revis mon désespoir du matin, tandis que mes remords m'assaillent. Dans ce lit partagé avec Hans, je bascule à droite, je bascule à gauche. Totalement déséquilibrée, je ne maîtrise plus rien. Pardon mon Dieu pour le mal que j'ai fait ! Venez à mon secours.

La grande fatigue et le manque de sommeil des nuits précédentes l'emportent. Je m'endors.

Les préparatifs de fuite organisés par ma mère, en cas d'alerte, auront été inutiles. Les superforteresses volantes surprennent tout le monde. Juste le temps de se terrer dans une tranchée pour se protéger du déluge de fer et de feu qui s'abat sur la contrée. Les Alliés, renseignés sur les travaux des Allemands près de la ferme de mes parents, sont venus les détruire. Ils n'ont pas lésiné.

« L'étable aux vaches a été secouée, dit ma mère. Son toit est effondré. Elle a protégé la maison du souffle des bombes. Nous l'avons échappé belle. Deux génisses ont été tuées. La veille encore, toutes les vaches se trouvaient dans ce même champ. »

Dans sa grande naïveté, un voisin juge que c'est une chance d'avoir eu affaire aux Américains. « Les Boches, eux, n'auraient pas attendu que vous ayez retiré les vaches du clos. »

Inutile pour mes parents de partir ailleurs maintenant. Il ne reste aucun objectif militaire à proximité. Les deux vieilles tantes, venues de Cherbourg pour trouver la tranquillité et la sécurité, sont terrorisées. Elles veulent à tout prix retourner chez elles. La force de persuasion de la famille ne suffit pas à les convaincre de rester.

« Le danger est bien plus grand ici, disent-elles. Nous en avons la preuve avec le dernier bombardement !

— Mais voyons, réplique mon père, ils ont bombardé les installations militaires. Il n'y a plus rien à casser ; c'est fini, N I, ni. Tandis qu'à Cherbourg, il y a encore des troupes et des bases militaires. S'ils choisissent de débarquer là-bas, ça fera du grabuge. »

Énervé, il dit à voix basse :

« Ça fait vingt fois que je leur explique la même chose. Rien à faire pour leur entrer ça dans le crâne. Foutues bonnes femmes. Elles sont comme deux brebis qui croient se protéger en suivant celles qui sautent dans le puits.

— À leur âge, essaie de les comprendre, conseille ma mère.

— Impossible. Mais comme elles ont besoin de moi pour repartir, elles ne déménageront pas de sitôt. »

XXXIII

La lettre tant attendue

Trois jours après son départ, j'attendais déjà une lettre de Hans. Chaque matin, je guettais l'arrivée du facteur. Hans ne m'a pas oubliée, ça j'en suis sûre. Alors, quelle explication à son silence ? L'acheminement malaisé du courrier ? Probablement !

Au dix-septième jour j'aperçois de loin Michel. Que m'apporte-t-il ? Une lettre sans doute, puisqu'il n'y a pas de journal aujourd'hui.

« Bonjour. Belle matinée. Il y a longtemps qu'on n'avait pas vu un pareil soleil si tôt. Comme disait le père Poliron, “quand il fait un soleil sans nuages, c'est signe de beau temps.” »

Et le facteur rit à gorge déployée.

Je ne l'écoute pas. Il m'irrite à me laisser attendre.

« Avez-vous de la correspondance pour moi ?

— Oui, ça vient de l'étranger, mais pas d'Allemagne. Ils ont peut-être emmené votre mari ailleurs. »

Comment l'empêcher de surveiller la provenance du courrier ?

« Bon, eh bien, à la prochaine.

— Oui, c'est ça, à la prochaine. »

Plusieurs tampons marquent l'enveloppe. Je l'ouvre dans la fièvre ; mes doigts tremblent. Oui, c'est bien Hans. La lettre est datée du 18 février ; trois jours après son départ. Que de temps pour arriver jusqu'ici. Elle est brève, mais chaleureuse. Son dos a mal supporté la banquette en bois du train qui l'emporte. Il profite d'un arrêt en rase campagne pour m'écrire. Au travers de ses mots je crois entendre les battements de son cœur. Il écrit aussi bien qu'il parle. Je le lis et le relis en caressant ce papier qu'il a tenu dans sa main. Où ranger sa lettre ? Ce soir, je la glisserai sous mon oreiller.

Serai-je jamais guérie de cet homme-là ? Tiraillée, déchirée, entre l'amour-raison et l'amour-passion, je me sens ballottée comme plume au vent.

Hans sortira-t-il du bourbier russe ? Cherchera-t-il à me revoir ?

J'aime Nicolas d'un amour incertain ; il est si loin. S'y mêlent la reconnaissance et la compassion. Survivra-t-il à mon coup de folie ? Je veux croire que la séparation, l'éloignement, l'absence ont approfondi son affection.

La nostalgie me submerge. Parviendrai-je un jour à mettre en accord ma tête et mon cœur ? Hans m'a beaucoup appris. Désormais, je lirai ses poètes favoris. Ainsi il me restera proche. Pourquoi notre amour ne se transformerait-il pas un jour en amitié ? Mais je ne peux, ni ne veux, tuer les sentiments qu'il m'inspire, effacer les instants de bonheur que je lui dois. Pourvu qu'ils ne se désagrègent pas avec le temps !

Nicolas saura-t-il me reconquérir ? Après ces cinq ans d'exil, se retrouvera-t-on sur la même longueur d'onde ? J'ai changé depuis qu'il m'a quittée et je ne sais rien de ce qu'il est devenu. La captivité l'a-t-elle transformé ?

Autant de questions sans réponses. Tout bouge dans ma tête ; je ne me comprends plus moi-même. Qui m'aidera, me guidera ? Qui pourrait m'aider sans prétendre dicter ma conduite et mes sentiments ? La référence à des principes ne règle pas tout. Bien des gens savent comment faire… quand ils ne sont pas concernés. La réalité est toujours plus compliquée à interpréter. Qui comprendrait la complexité d'une situation comme la mienne ?

Je ne vois personne à qui me confier sans risquer d'être condamnée. Pas même ma sœur. Personne ne peut m'épauler. Pour l'instant, je dois apprendre à vivre avec mes plaies ouvertes.

Lundi 20 mars 1944

Victor progresse. Il ne rechigne pas devant l'effort. Je crois être la seule à qui il manifeste autant de dévouement. Dans cette période difficile, sa confiance me réconcilie avec moi-même. Il est à cent lieues de l'imaginer.

Son pied tordu le gêne pour s'accroupir à la traite ; il a fini par trouver la meilleure position pour le coincer. Il se débrouille seul pour traire les vaches les plus faciles. Je me réserve les récalcitrantes. En particulier la Roussette, qui lâche difficilement son lait. Aujourd'hui, la forte pression que j'exerce sur ses gros trayons me fait mal aux poignets. Tout à coup, cette douleur en fait surgir une autre plus insidieuse. J'en arrête de traire. Et si j'étais enceinte ?

Plus de quatre semaines se sont écoulées depuis le départ de Hans. La crainte m'envahit. Pas besoin de recompter les jours depuis mes dernières règles. Je sais par cœur.

J'attends toujours sa deuxième lettre. Si par malheur j'étais enceinte, je voudrais le prévenir. Comment trouver son adresse militaire ?

Chaque jour qui passe augmente mon anxiété. Sur le matin, je me suis réveillée en criant :

« Hans, reviens ! »

Allongée sur le dos, je transpirais. Impossible de me rendormir. Un mauvais pressentiment me poursuivait : Hans est mort ! J'essayais de chasser cette pensée effrayante. Elle revenait comme un boomerang.

Et Nicolas ? Apprendre que j'attends un enfant, quelle épreuve pour lui ! Le pauvre. Comment réagira-t-il ? Et ensuite, que fera-t-il ?

J'imagine déjà la fureur de mes parents. Celle de maman : accablante, hurlante. J'aurai droit aux grandes orgues. Tout son répertoire y passera : l'honneur de la famille détruit, la honte bue. Tromper son mari ! Avec un ennemi ! Si encore il n'y avait pas d'enfant, le scandale serait évité !

Papa ne m'assommera pas. Il sera moins véhément, mais il sera désorienté. Et ma sœur ? Devant elle je baisserai les yeux. Comment la regarder en face ?

Je n'ose penser à l'oncle Fulgence. Il se sentira trahi. Il imaginera mes retours chez moi après nos soirées de résistance, pour rejoindre dans mon lit l'un de ses ennemis. Quel coup de poignard dans le dos ! Comment, se dira-t-il, a-t-elle pu jouer les sentinelles chez moi, en portant l'enfant d'un officier allemand ?

Et les gens de Saint-Firmin ? Ils se délecteront de leurs griefs, de leurs sarcasmes et de leurs plaisanteries dans mon dos.

Comment avouer ma faute en confession ? Et si l'absolution m'est accordée, elle ne me retirera pas l'enfant que je porte sans doute en moi.

Hier, courbaturée et lasse, je suis quand même partie avec Victor planter des pommes de terre dans l'un de nos champs. Fier, Victor a conduit Berluche, attelé à la carriole qui transportait semences et outils. À tour de rôle, nous tenions la bêche ou posions les pommes de terre au fond du sillon.

Après la traite du soir, nous avons dû ramasser le veau de Reinette, né dans l'après-midi. Vêlage sans complication. Tandis que je partais préparer la soupe, Victor installait le veau dans l'étable. En y entrant ce matin pour lui faire boire le colostrum de sa mère, nous le trouvons étalé sur la paille. Il est mort étouffé au bout de la corde.

« Regarde ta bêtise, Victor. Tu aurais dû l'attacher avec une des chaînes fixées au mur. Tu pouvais utiliser la corde, à condition de la nouer pour arrêter le nœud coulant. »

Blême, les yeux baissés, il regarde le désastre.

« Vous allez me renvoyer ?

— Je ne vais pas te renvoyer, mais évite de recommencer. Un veau, c'est une perte importante pour moi.

— Allez-vous le dire à ma mère ?

— Bien sûr que non. Ça reste entre nous. »

Pauvre gamin, sa maladresse l'abat. Je regrette ma réaction trop vive. Il met tant de bonne volonté au travail, à faire autant et aussi bien qu'un garçon valide. Son infirmité est lourde à porter. Privé de football, il assiste à tous les matchs locaux. Renvoyer le ballon parti en touche semble lui suffire. Des quolibets cruels le meurtrissent. Ceux de son âge l'appellent « Croche patte », « Bancroche », « Rembouêne » ou « Écrase merde ». Il subit sans répondre, tel un chien battu au bout de sa chaîne.

Aujourd'hui non plus il ne se défend pas.

« Tu n'es ni le premier ni le dernier, à qui cela arrive. Quand j'étais plus jeune, j'ai fait pire. »

Il me regarde, incrédule.

« Mes parents me faisaient confiance. Un jour ils sont allés à Cherbourg. Une vache est morte par ma faute.

— Ah oui ?

— Après avoir mangé du trèfle à la rosée, elle était gonflée. Il aurait fallu lui percer le flanc immédiatement, avec un trocard. Je n'ai rien vu. Quand mon père l'a trouvée, il était trop tard.

— Il vous a battue ?

— Non, il m'a seulement recommandé une surveillance plus attentive. Il m'a dit : “On ne fait pas d'omelette sans casser d'œufs.”

— Qu'est-ce que ça veut dire ?

— Ça veut dire qu'on n'apprend pas à travailler sans casser d'outils, ou sans faire d'erreurs.

— Il est gentil votre père.

— C'est vrai. Si j'avais répété la même bêtise trois fois, il m'aurait fait des reproches. Aujourd'hui tu as appris quelque chose. Maintenant, tu sauras. »

Sa reconnaissance se lit dans ses yeux. Brave gamin.

Mes génisses sont à plus d'un kilomètre de la maison, dans l'herbage du Caillou pointu. Aujourd'hui il en manque une ; toujours la même. Toutes les trois semaines elle s'échappe à la recherche d'un taureau. Pourvu qu'elle n'en trouve pas un : elle est trop jeune pour faire un veau.

Bien vite je rentre à la maison. Je trais les vaches un peu plus tôt. Puis je pars à la recherche de cette fichue bête. Il fallait bien qu'elle s'échappe en l'absence de Victor. Si ma clôture était en meilleur état, je n'aurais pas à courir après ma génisse.

Il me faut la retrouver tant qu'il fait jour. Sans difficulté, je repère la brèche qu'elle a empruntée. Il s'agit maintenant de suivre la trace de ses pas. Un coup d'œil dans les herbages environnants ne donne aucun résultat. Après deux heures de recherches, la nuit est là. J'entends soudain une galopade. Je scrute l'obscurité. J'escalade une barrière. Un violent éclair m'aveugle, suivi d'un bruyant coup de tonnerre. À pas feutrés, je marche à l'aveuglette. Je perçois le souffle des animaux. Impossible de reconnaître ma génisse dans la nuit. Dans leur course aveugle, elles risquent de me bousculer et me piétiner. Je dois rentrer à la maison. Tant pis, je reviendrai demain.

Je cherche la barrière pour sortir d'ici. Nouveau coup de tonnerre. À la lueur de l'éclair, j'aperçois le troupeau. À quelques mètres, un rugissement. J'accélère le pas : aucun doute, le taureau me suit. Dans ma précipitation, je heurte violemment un pommier et tombe de tout mon long. Je me relève.

À défaut de m'atteindre, l'animal secoue violemment mon arbre protecteur. Nouvel éclair. Je vois la haie à quelques mètres. Je respire un bon coup et m'enfonce dans les ronces. J'en sors avec mains, jambes, bras et figure égratignés. Une pluie diluvienne s'abat sur moi. Je rentre à la maison plus morte que vive.

Ce matin, les voisins m'ont aidée pour ramener la génisse de « l'herbage au taureau ».

Les jours passent et ce que je redoutais se confirme : je suis enceinte. Personne ne le sait encore. À chaque missive de Nicolas, je décide de lui répondre au plus vite et de lui livrer mon lourd secret. Ma plume se refuse aux mots. Je reste là, devant ma feuille blanche. Ça finit dans les larmes et par des lettres de plus en plus brèves. Le seul à qui je pourrais parler, c'est Hans. Mais où est-il ? Je n'ai reçu que sa première lettre, écrite trois jours après son départ. Depuis trois mois, pas le moindre signe de vie. Que puis-je encore attendre ? Je ne peux l'imaginer capable d'oubli. Je suis convaincue de sa mort. Même hospitalisé, avec une grave blessure, il me ferait donner de ses nouvelles.

Je vois mon avenir en noir, rejetée de tous. Je voudrais mourir. « Seigneur, emportez-moi ! »

XXXIV

L'aveu manqué

NOUVELLE NUIT D'INSOMNIE, je n'y tiens plus. Il faut que je parle à quelqu'un. C'est décidé, j'écris à Nicolas. À deux heures du matin, je m'installe au bout de la table de la cuisine.

Le 5 juin 1944

Mon Cher Nicolas,

Quoi qu'il m'en coûte, je te dois la vérité. Mieux vaut que tu l'apprennes par moi, plutôt que déformée par quelqu'un d'autre. À l'idée de te rendre malheureux, ma peine, si cuisante et profonde soit-elle, se creuse encore. Il m'est impossible de t'épargner la douleur que va te causer l'affront que je t'ai fait. Si j'en avais le choix, je préférerais mourir plutôt que d'avoir à te l'avouer : je suis enceinte !

Non, je ne me suis pas livrée à tort et à travers, à n'importe qui. Pendant quatre ans, je te suis restée absolument fidèle. L'épreuve de la solitude n'a pas résisté à celui qui m'a beaucoup aidée dans un moment difficile. Je ne le reverrai plus. Je t'ai raconté comment cet officier vétérinaire est venu à mon secours. En quelques jours, je me suis attachée à lui. Quand il m'a annoncé son départ sur le front russe, il était bouleversé. Son désarroi est devenu le mien. J'en ai perdu le contrôle de moi-même.

Trois jours plus tard, il partait pour cet enfer dont il ne reviendra sans doute jamais. C'est de lui que j'attends un enfant.

Ce drame, c'est par ma faute qu'il est arrivé. Te l'imposer a toi, qui es aussi loin, me confond. Attendre ton retour pour te placer brutalement devant une telle situation serait lâche et malhonnête. Après bien des hésitations, j'ai choisi de te l'apprendre, avant toute autre personne.

Me pardonneras-tu ? C'est à toi seul qu'il appartient d'en juger. Je me soumettrai à ton verdict.

À moins d'être délivrée par une mort en couche, comme tante Céline, dans cinq mois je serai mère d'un enfant qui ne sera pas de toi. Me rejetteras-tu ? Je souhaite de tout cœur rester, par-delà ces circonstances tragiques, ton épouse. Le voudras-tu ?

Mille fois, dix mille fois, pardon !

Hélène

XXXV

Hélène dans la Résistance

Ça y est, j'ai franchi le premier pas. Je retourne au lit. Épuisée, je m'endors d'un sommeil troublé. On m'a appelée ou j'ai rêvé ? Mon réveille-matin indique cinq heures. Avec mes cauchemars, je ne sais plus où j'en suis. Je tends tout de même l'oreille. Dehors, une voix qui se veut sourde appelle : « Hélène. »

Je sors précipitamment de mon lit. Par la fenêtre, j'aperçois Fulgence.

« Descends, faut que j'te parle. »

Dans l'escalier, mes jambes se dérobent. Qu'est-ce qui se passe ? Vais-je subir les foudres de l'oncle ? Pourquoi à cette heure-ci ? Pourtant, je n'ai rien dit à personne de mon état. S'en serait-il aperçu ? À moins qu'il ne soit malade et qu'il ait besoin de moi ?

Sitôt la porte ouverte, il entre précipitamment.

« Y a-t-il quelqu'un dans la maison ?

— Non. Si. C'est-à-dire que Victor dort maintenant dans le cagibi qui était occupé par l'ordonnance de l'officier allemand.

— Sortons. »

Il m'entraîne vers l'étable. Là, il me dit à voix basse :

« Le grand jour est proche. »

De quoi parle-t-il ? N'est-il pas en train de déraisonner ?

« Une importante mission m'est confiée que je dois exécuter maintenant. Je pars de suite.

— Tu pars où ?

— Peu importe. Pour l'instant, tu gardes sur toi le plan que voilà. Ne t'en sépare sous aucun prétexte. À neuf heures ce soir, je t'attendrai à l'endroit marqué d'un point rouge. C'est à vingt mètres avant d'arriver au pont. Surtout, ne t'égare pas en chemin. Repère bien les passages indiqués sur le plan. Tu ne dois emprunter aucune route carrossable.

— Que va-t-on faire là-bas ?

— Tu verras. Pour l'instant, je t'explique. En partant, tu passes chez moi. Dans le cellier, sans allumer aucune lumière, tu trouveras derrière les tonneaux un sac fermé. Tu me l'apporteras au lieu du rendez-vous.

— Qu'y a-t-il dedans ?

— Si on te le demande, tu dis que tu n'en sais rien. »

Devant mon regard étonné, il ajoute :

« Inutile de te compromettre avec ça. Simplement, tu diras : "Mon vieux tonton m'a demandé un service : lui porter son sac. J'ignore ce qu'il contient." Si ça te chante, tu pourras ajouter : "Il y a longtemps qu'il est dérangé, et ça ne s'améliore pas".

— C'est tout ?

— C'est tout !

— Compte sur moi. »

Il est déjà parti. Au bout de quelques mètres, il se retourne.

« Tu pourras dire que tu vas à la cueillette des champignons. »

Journée chargée ! Je serai seule à la ferme pour travailler. Aujourd'hui, c'est jour de boulangerie pour Victor. Il est temps de le réveiller.

Je vaque à mes occupations habituelles, le plus naturellement possible. Ce soir, je partirai tôt avec une bonne marge de sécurité. Je suis tentée d'aller repérer mon itinéraire ; je préfère m'abstenir. D'ailleurs, comment en trouver le temps ? Avec l'horaire que m'impose Fulgence, je n'arriverai même pas à aller poster la lettre de Nicolas à temps. Tant pis, j'irai demain. Cette mission me cause des soucis, qui s'ajoutent à ceux que je traîne.

D'après mes calculs, j'ai besoin d'une demi-heure pour me rendre au lieu du rendez-vous. Une heure s'il me faut franchir des obstacles imprévus. Pour être dans les temps, je quitterai le cellier de l'oncle à sept heures et demie. Pourquoi Fulgence ne m'a-t-il pas donné une indication approximative sur la longueur du parcours ?

À sept heures et demie, j'entre dans le cellier. Dans la pénombre, je cherche derrière les tonneaux. Je tâtonne. Voilà le sac. Rien d'autre.

Sans méfiance, je sors. Quelqu'un frappe à la porte de la maison. Prestement, je réintègre la cachette. Quelle frousse !

Blottie, je tends l'oreille. Un léger crissement de pneus de vélo m'indique le départ de l'intrus. Il ne m'a pas vue.

Avec précaution, je pousse la porte. Dieu merci, elle ne grince pas. Ma montre, celle de ma première communion, indique sept heures quarante. Deux ou trois petits incidents, et je serai en retard.

Qu'est-ce que je trimballe là-dedans ? C'est bougrement plus lourd que des champignons. Il a eu raison de fourrer ce machin-là dans un bissac. Je l'ai suspendu à mon épaule pour qu'une moitié du poids porte à l'avant et l'autre moitié à l'arrière.

Par des chemins ombragés et non empierrés, j'avance sans précipitation. Heureusement, le terrain est sec. C'est l'été, ou presque. Après une bonne marche qui me fait transpirer, je me trouve devant un barrage. Le franchissement de troncs et branchages qui bouchent le passage relève de l'acrobatie. De l'autre côté, une haie devrait se trouver sur ma gauche : elle a été abattue pour permettre l'agrandissement du champ.

Le parcours est inconfortable, surtout pour une femme enceinte. S'il avait su mon état, Fulgence ne m'aurait pas demandé d'effectuer ce « gymkhana ». Ajoutée aux efforts et à la fatigue, la charge que je porte pourrait provoquer une fausse couche. Ma jupe s'accroche dans les ronces et les racines. Passé l'obstacle, j'avance à ciel découvert. Personne à l'horizon ; allons-y. D'après le plan, j'ai parcouru plus de la moitié de la distance en une bonne demi-heure. Ça va. Oh là ! Un ruisseau. Faut-il le traverser ? Oui. Glissade et plouf, j'ai les deux pieds dans l'eau. J'en ai marre de ce barda ; c'est trop lourd. Je le pose sur la berge pour m'extraire de cet endroit bourbeux. Puisque je suis en avance, je vais souffler un peu ; le temps de nettoyer mes sandales. Je me remets en route. Je marche, je marche toujours. Est-il encore loin, ce pont ? Ah ! Enfin, je l'aperçois. L'oncle a dit : vingt mètres avant le pont. J'y suis presque. Je longe la haie sans faire de bruit. Je m'arrête net : j'en suis sûre, j'ai entendu du bruit dans les feuilles derrière moi. En me retournant, je vois bouger les branches.

Je suis prête à crier quand Fulgence apparaît, sortant de sa cachette, l'index levé en faisant : « Chut. »

« Tu prends plaisir à me faire peur.

— Silence ! J'étais arrivé avant l'heure pour m'assurer que la voie était libre. Tout est calme dans le secteur.

— Tu aurais pu te montrer avant.

— J'étais tourné vers le pont et je ne t'ai ni vue ni entendue arriver.

— Qu'est-ce que je fais du matériel ?

— Donne-moi tout ça.

— Ouf ! Ça me soulage.

— Nous allons rester cachés ici quelques instants. Quand le soleil va disparaître à l'horizon, tu te hisseras à hauteur de la ligne de chemin de fer et tu resteras couchée dans l'herbe. De là, tu verras très loin. Si quelque chose de suspect apparaît, tu me rejoins sous le pont sans faire de bruit. Si tout va bien, j'aurai besoin d'une demi-heure pour en finir avec mon bricolage.

— Vu. »

Sur mon observatoire, je me repose ; j'en ai besoin. Tout est si calme que là-bas deux lapins jouent sur la voie ferrée. Progressivement, l'ombre gagne ; je les distingue à peine. Ils se cachent en entendant au loin un train poussif qui se rapproche.

L'oncle doit l'entendre aussi ; je ne bouge pas. Le cœur battant, aplatie dans la végétation épaisse sans relever la tête, j'entends le vacarme épouvantable du train qui passe à moins de deux mètres. Puis le bruit s'éloigne et le silence revient. Que le temps me semble long !

« Psst. »

Je me retourne. L'oncle est en bas. Il me fait signe de descendre.

« C'est fini ?

— Pour la première partie, oui. »

Nous marchons maintenant à travers champs. Il sait où il va. En arrivant sur le plateau, il me dit :

« C'est ici.

— Ici quoi ? »

De la partie du sac restée pleine, il sort quatre grosses lampes à piles dont les verres sont teintés de bleu.

« On en pose une dans chaque coin et on s'en va », me dit-il.

Chose dite, chose faite. Il fait nuit quand nous rentrons.

« Viens chez moi, on va casser une croûte. Ça creuse, ce boulot-là. »

J'étais si crispée que je n'y pensais pas. Mais Fulgence a raison, j'ai faim moi aussi, et encore bien plus soif.

Au moment de pénétrer dans sa maison, des bruits d'avion se font entendre au loin.

« Viens. Tout à l'heure, on les entendra de l'intérieur. »

Le regard interrogateur, je me tourne vers lui. Avec un sourire comme je lui en ai rarement vu, il me dit :

« C'est le débarquement. »

Je reste sans voix. On en parlait depuis longtemps, comme on parle du monstre du Loch Ness, sans trop y croire.

D'un ton réjoui, il déclare en se frottant les mains :

« Maintenant, aux autres de jouer. De plus jeunes que moi vont faire sauter la voie ferrée à Lieusaint et couper les lignes téléphoniques, quelque part entre Valognes et Montebourg. Il faut absolument empêcher les renforts allemands de remonter vers Cherbourg. »

Cette journée m'a épuisée ; j'aimerais aller dormir. Mais impressionnée par le bruit incessant de tous ces avions, j'ai peur de sortir. Fulgence a tout prévu.

« Un lit t'attend là-haut, tu vas dormir ici. »

J'accepte sans façon.

« Bonne nuit. Maintenant, je retourne aux nouvelles sur radio Londres », me dit Fulgence en partant vers la cave.

À cinq heures, je suis éveillée. Quel est ce bruit sourd que j'entends ? J'ai vite fait de l'identifier. Derrière la cloison, c'est le ronflement du Tonton. Je décide de repartir chez moi.

À la hâte, je lui griffonne un mot : « Je m'en vais traire. À tout à l'heure. Je t'embrasse. »

Sitôt chez moi, je fais chauffer le café. Entrée de Victor.

« Bonjour Madame.

— Bonjour Victor. Où as-tu dormi ?

— La porte était barrée hier soir. Je n'ai pas voulu vous réveiller, alors je suis retourné dormir à l'écurie.

— J'étais chez mon oncle. Il n'allait pas très bien ; je ne pouvais pas le quitter. As-tu bien dormi quand même ?

— Guère. Toute la nuit j'ai entendu des avions. Je me demande bien ce qu'ils trafiquent. »

N'étant pas censée savoir, je ne dis rien du débarquement.

« Les vaches sont loin. Veux-tu atteler Berluche ? Il aura moins de mal à ramener les bidons avec sa carriole que nous avec le “quierquant” sur les épaules. »

En passant à hauteur du clos des Brisiaux, Victor désigne du doigt quelque chose d'insolite. Il crie presque :

« Regardez là-bas, dans l'arbre. On dirait un grand drap. »

Nous arrêtons Berluche quelques instants, pour mieux voir. Tiens pardi ! C'est un parachute. Il est resté accroché dans les branches. L'homme qui y était suspendu a réussi à s'en détacher.

Pas de doute, c'est le débarquement.

Plus loin, à terre, un autre parachute est étalé. À côté, un gros baluchon. Victor jubile et grille d'envie d'aller voir de plus près.

« Pas maintenant. Il serait dangereux de s'approcher ; surtout si les colis contiennent des armes, des munitions ou des explosifs. Les parachutistes sont sûrement cachés tout près. Ils doivent se méfier de tout et de tout le monde. »

La traite est rapidement expédiée. Le déjeuner, avalé en un clin d'œil. Nous grillons d'aller aux nouvelles. Des tirs de mitrailleuses, dans le lointain, incitent à la prudence.

« Je n'ai plus de pain pour ce midi. As-tu pensé à m'en apporter ?

— Oui, mais je l'ai oublié dans l'écurie.

— J'aime mieux ça ! Aujourd'hui, il est préférable de rester ici. Je vais tout de même faire un saut chez Fulgence. »

Ma phrase à peine finie, je l'aperçois dans la cour. Il arrive, la mine réjouie.

« On dirait qu'il est déjà guéri », observe Victor.

En lui ouvrant la porte, avec un clin d'œil complice, je lui demande :

« Alors, ce mal de ventre, ça va mieux ?

— Complètement fini.

— Eh bien ! Tant mieux. Avec ce qui se passe ce matin, le moment serait mal choisi pour être malade.

— Pour sûr. Ne me cherche pas, je vais faire un tour.

— Ne fais pas d'imprudence, surtout. »

Mercredi 7 juin 1944

Dans un bruit effrayant, des avions de chasse plongent en piqué vers le sol. Aussitôt après, on entend de violentes explosions. On attend quelques minutes avant de se risquer dehors, pour observer les dégâts. Non, ce n'est pas chez nous. Nouvelle vague d'avions qui rasent les toits des maisons : cette fois-ci, c'est un mitraillage. Fulgence était dans le jardin à cueillir des petits pois. Lui, qui n'a peur de rien, s'est vite mis à l'abri. Les balles sifflaient. Le laitier partait avec sa charrette et ses deux chevaux pour faire sa tournée de ramassage ; un cheval a été tué. Le lait ne sera pas collecté aujourd'hui, ni les jours prochains probablement.

Dès que je suis seule, je relis la lettre préparée pour Nicolas. Elle ne partira pas encore aujourd'hui. Partira-t-elle jamais ? Je monte dans ma chambre pour la ranger dans le tiroir de la table de nuit.

Jeudi 8 juin 1944

Nous vivons dans l'irréel. Ce matin, je suis réveillée par un gradé allemand qui frappe dans ma porte à coups de pied. Revolver au poing, il exige que je lui prépare une gigantesque omelette de huit œufs. Encore heureux que j'en aie. Sans doute, a-t-il peur que je l'empoisonne : il ne me quitte pas des yeux pendant que je la cuisine. Il farfouille dans les placards et fait disparaître mes boîtes de sardines au fond de son grand sac.

La guerre n'est pas finie. Par endroits, les combats se poursuivent. Les obus font sûrement des dégâts. Des bombardements aériens ont détruit une grande partie de la ville de Valognes les 6 et 7 juin. Aujourd'hui, ça continue. Tout à l'heure, plusieurs escadrilles d'avions sont passées.

Vers midi, Ulysse aboie furieusement. L'allure inhabituelle des quelques personnes qui font leur entrée dans la cour le rend nerveux. Je sors pour le calmer. Devant moi, une cohorte de gens épuisés, hagards, dépenaillés. Une mère se présente avec un enfant dans les bras et un autre qu'elle tient par la main. Tous trois sont maculés de boue, de poussière et de sang.

« Deux de mes petits sont morts auprès de moi, me dit-elle. Je ne sais pas ce qu'est devenu mon mari. » Elle sanglote.

Un homme survient en bras de chemise, portant les bagages d'une femme qu'il a rencontrée dans sa fuite. Il raconte :

« En sortant de l'abri, je n'ai vu que des ruines fumantes. De ma maison, il ne reste rien. Par chance, ma femme était partie voir notre fille à Néhou. »

D'autres se taisent, anéantis. Je les fais entrer. Je leur porte secours de mon mieux. Je sors du pain, du beurre et des confitures. Je décroche le jambon dans la cheminée et taille des tranches de lard salé conservé au « sino ». Je leur sers du cidre.

Une heure plus tard, une jeune fille débarque avec son grand-père et sa grand-mère. Elle ignore ce qu'est devenue sa mère. Ils ont peiné pour arriver jusqu'ici.

Elle est suivie quelques instants plus tard par un autre groupe, formé dans la déroute au hasard des rencontres.

Oubliant mes propres tracas, je pare au plus pressé. Dans la chambre disponible, j'installe le couple de grands-parents. Avec eux, la jeune fille. Elle couchera sur une paillasse posée à terre. Ma chambre sera pour la mère et ses deux enfants. Pour moi, celle de Victor. Lui retournera à l'écurie. Une dame âgée et sa fille trouveront refuge chez Fulgence, dans la pièce interdite aux Allemands. Les autres dormiront sur la paille dans l'écurie ou dans la grange. Tous mangeront chez moi.

Nourrir plus de vingt personnes en de telles circonstances ne va pas de soi. Boutiques et magasins sont fermés ou en ruines. Le boulanger de Saint-Firmin a épuisé sa faible réserve de farine. On compense le manque de pain par une grande consommation de pommes de terre. Puis on apprend qu'un autre boulanger, réfugié chez mes voisins, cuit du pain dans le four de leur ferme. Prévoyants, ils avaient un stock de farine qui devait les nourrir jusqu'à la prochaine récolte. Il accepte de nous en réserver un peu.

Matin et soir, les amateurs de lait se régalent. Dans l'herbage, sitôt trait, sitôt bu ; il n'a pas le temps de refroidir.

Balles, obus et bombes blessent et tuent tant d'animaux que nous sommes approvisionnés en viande au-delà de nos besoins. Mais les cadavres des bêtes, s'ils restent trop longtemps au soleil, sont très vite avariés. Dans le champ de mon voisin, trois vaches tuées depuis plusieurs jours ne seront pas consommées. Elles gonflent, attendant d'être enterrées. La puanteur se répand dans les environs. Même si l'équarrisseur pouvait circuler, il lui serait impossible d'enlever tant de charognes. Parfois, ce sont des animaux blessés qu'il faut abattre, si possible avant qu'ils ne soient trop enfiévrés.

Quelques réfugiés retournent à Valognes. Qui à la recherche d'un membre de sa famille, qui en quête d'objets dans les ruines de sa maison. Ils nous rapportent de tristes nouvelles : des pilleurs explorent les ruines et les maisons désertées.

On apprend que la fille d'un libraire est restée avec une jambe coincée sous les décombres. Impossible de la dégager, alors que l'incendie fait rage dans les décombres de la place Vicq-d'Azir. Le feu s'approche dangereusement. La sortira-t-on de cet enfer ? Va-t-elle périr brûlée vive ? On parle de l'amputer de la jambe à l'aide d'un couteau de boucher. Ses parents ont été tués auprès d'elle. Quelques heures plus tard, on la sait hors de danger. Vif soulagement !

Des parachutistes du premier jour, il ne reste aucune trace. Leurs missions sont ailleurs. On se croyait libéré de l'occupation allemande, mais « ils » rôdent toujours. Pas très fiers, il est vrai. Certains se terrent dans des trous individuels, d'autres fuient par les chemins creux. J'en vois partir un avec son fusil en bandoulière. Il conduit un âne surchargé de gamelles ou de casseroles, d'habits civils et de ravitaillement.

Par endroits, les combats se poursuivent. Les obus font sûrement des dégâts. Les Allemands en déroute, méfiants et vindicatifs, prennent en otage un vieil homme qui devait traîner ses pieds là où il n'aurait pas dû les mettre. Son grand âge et son air candide lui ont permis d'être relâché après cinq heures de garde à vue.

« N'ai-je pas l'air d'un honnête homme ? a-t-il dit. J'ai pourtant cru que ces brutes allaient me fusiller. Je ne m'en serais pas remis », dit-il en plaisantant.

Lundi 19 juin 1944

Deux soldats américains font irruption dans la cour. Mitraillette sous le bras et casque renversé à l'arrière, ils ressemblent plus à des chasseurs en vadrouille qu'à des guerriers conquérants. Un autre GI roule, à quelques mètres derrière eux, dans sa Jeep, décontracté. Des fugitifs dissimulés dans les broussailles pourraient les abattre comme des lapins.

Je les reçois à bras ouverts avec un verre de cidre. Il est rapidement avalé ; il fait si chaud.

Après avoir distribué cigarettes, chocolats, chewing-gum, Camel et Philip Morris, ils repartent poursuivre leur expédition d'avant-garde.

Vers le milieu de l'après-midi, un groupe de soldats allemands frappe à la porte. Débraillés, hirsutes, ayant perdu toute agressivité, ils cherchent avidement leur nourriture. La peur au ventre, ils ne savent plus de quel côté se diriger. C'est la déroute.

Dans la soirée, quelques obus s'abattent encore sur la contrée. Sont-ils allemands ou américains ? Nous n'en savons rien. Ils nous rappellent à la prudence. Dès le lendemain, l'euphorie gagne. Tous les jeunes, et quelques-uns qui le sont moins, se retrouvent pour des danses interminables. On rit, on chante, on danse ; parfois jusqu'au matin. Dès qu'une commune est libérée, on fait sonner les cloches à toute volée.

Cette explosion de joie n'est pas sans danger. Personne n'y songe. Pourtant, Montebourg a été pris, perdu et repris sept fois.

XXXVI

Tu n'es plus notre fille

Mardi 20 juin 1944

Victor voudrait participer, lui aussi, à la liesse générale. Il me raconte sa soirée de la veille : « Avec ma patte folle, je ne peux pas danser. Pourtant, j'aurais bien voulu. La belle Marie valsait avec les copains ; avec des gars plus vieux aussi. Eux ont de la chance. »

Pour les femmes de prisonniers, la libération c'est l'espoir de voir rentrer leurs maris bientôt. La vraie fête, ce sera seulement ce jour-là.

Personnellement, je me réjouis et m'angoisse. À quand le retour de Nicolas ? Et toujours cette idée qui m'obsède : « Il ne sait pas mon aventure ; la lettre est restée dans le tiroir. »

De Hans, toujours rien.

Ma famille ignore ma situation. Ça ne peut plus durer. Si je me tais, on remarquera mon embonpoint croissant. C'est décidé, je vais alerter Paulette.

Le lendemain matin, je passe chez elle. Dans la cour, Marie-Lou joue à la guerre. Elle abandonne son jeu pour m'embrasser. Ma sœur est au jardin. Par-dessus la barrière, je lui demande :

« Peux-tu passer à la maison cet après-midi ? »

En ce jour hors du commun, elle voudrait parler des événements, de nos prisonniers, de tout. Elle paraît étonnée en m'entendant dire :

« Je suis pressée ; il faut que je parte. À tout à l'heure. »

En vérité, j'ai tout mon temps, mais je capitule. Je recule le moment de lui annoncer mon drame.

« Viens seule sans Marie-Lou.

— D'accord, je viendrai seule. »

Quand elle arrive, je l'embrasse et je fonds en larmes.

« Pourquoi pleures-tu ? Que t'arrive-t-il ?

— Une catastrophe ! Je suis enceinte. »

Ça y est, le morceau est lâché.

« Quoi ? Répète ! Tu es enceinte ? Mais voyons, explique-toi.

— Voilà. Ça fait quatre mois.

— Tu es enceinte de qui ?

— De Hans, l'officier. Il m'a aidée pour un vêlage difficile. Les soirs suivants, il est resté à bavarder au coin du feu. Et j'en suis tombée amoureuse !

— Ton mari est-il prévenu ?

— Non. Ma lettre est prête, mais le courrier ne part plus. »

Suit un long silence ponctué de soupirs.

« C'est incroyable. Comment t'es-tu laissé piéger pareillement ? »

Oui ! Comment ? Je suis incapable de le dire.

« Tu t'es mise toi-même dans le pétrin. Maintenant il faut assumer.

— Je voudrais mourir.

— Arrête !

— Que veux-tu que je fasse ?

— Est-ce que je sais ? Je ne suis pour rien dans ton aventure. »

J'espérais son aide ; elle m'enfonce. Je n'ai plus envie de lui confier quoi que ce soit. Affalée sur ma chaise, j'attends la fin de mon calvaire. Si elle cherche à m'abattre, autant qu'elle s'en aille.

Pour la première fois c'est une cassure entre nous deux.

« Papa et maman sont-ils au courant ?

— Après Nicolas, je voulais que tu sois la première informée.

— Il serait temps que tu les préviennes. Sinon, ton embonpoint leur ouvrira les yeux. On ne cache pas longtemps une telle situation.

— Évidemment. Mais comment leur annoncer cela ?

— Il faut pourtant le faire.

— Viendrais-tu avec moi ?

— Si ça t'arrange… »

Nous nous rendons chez nos parents dans la soirée. L'arrivée des Américains les a plongés dans une joie débordante. Ça complique ma tâche. Le visage tendu de Paulette et ma triste figure les surprennent.

« Que se passe-t-il ? » demande ma mère.

Je vide mon sac. Mon père bondit :

« Tu as fait cela ? »

Il se rassied, livide. Ma mère éclate :

« Il fallait bien que ce soit sur nous que tombe une honte pareille. Salope, tu n'es qu'une salope. On va devenir la risée du canton. Qu'est-ce que penseront les gens ? Te rends-tu compte du tort que tu nous causes ? »

S'adressant à Paulette :

« Faites donc des sacrifices pour vos enfants. Voilà comment ils vous récompensent ! »

Ce qu'elle va devenir ! Elle pleure sur son sort ! Pas sur le mien ! Et pas un instant elle ne songe à Nicolas.

Je me recroqueville.

Ma mère ne s'arrête plus. Le silence de mon père et de ma sœur me font plus de mal encore que ses excès verbaux.

« Et tes beaux-parents ? Ta conduite va les édifier ! Tu n'es qu'une garce, une traînée ! »

Ai-je vraiment mérité cet abattage ? Je ne veux pas pleurer devant eux. Ma mère ne se repaîtra pas de mes larmes. Arrive que pourra ! Je la regarde sans baisser les yeux. Et je me rebiffe :

« Maman, arrête ! sinon tu vas entendre ce que personne n'a jamais osé te dire ! »

Elle amorce un geste, comme pour me gifler. Puis, surprise par ma soudaine assurance, elle semble vaciller. Va-t-elle faire une attaque ou une crise de nerfs ? Se ressaisissant, elle se tourne vers mon père :

« Mais toi, dis quelque chose !

— Que veux-tu que je dise ? » rétorque papa.

Après ces quelques mots, une fois de plus, il se tait et encaisse : c'est tout mon père !

Ma mère se lève pour prononcer ma condamnation définitive :

« Tu n'es plus notre fille ! »

Je n'ai plus ni père, ni mère. À quoi bon m'attarder ? Je n'entends plus la litanie des insultes. Sans mot dire, je me dirige vers la porte en relevant la tête. Personne ne me retient, pas même ma sœur. Je repars plus rebelle que jamais.

Je pédale avec l'énergie du désespoir. Je suis galvanisée. Curieusement, je me sens moins démolie que tout à l'heure. Si je n'avais pas mis fin à cette avalanche de reproches par mon départ, c'est moi qui aurais crié ma colère.

Tard le soir, Paulette vient frapper à ma porte. À son entrée, je reste impassible. J'attends qu'elle parle.

« Tu es partie brutalement tout à l'heure.

— Je ne regrette rien.

— Tu aurais dû leur demander pardon.

— J'y comptais bien. Mais leur accueil m'a glacée et révoltée. C'est eux qui devraient s'excuser.

— Tu leur reproches d'être agressifs, mais tu le deviens aussi.

— Peut-être. Je n'ai pas d'autre défense.

— Tu devrais comprendre leur consternation.

— Je la comprends mais je ne supporte pas l'injure. “Tu n'es qu'une traînée”, m'a dit maman. Si elle avait trouvé un mot plus fort, elle l'aurait utilisé. Je ne suis ni une traînée, ni une “Marie couche-toi là”. Avant Hans, je ne me suis jamais prêtée aux officiers qui logeaient chez moi, ni à personne d'autre. C'est vrai, je suis tombée amoureuse de cet homme et il l'était de moi !

— Ce n'était pas une raison.

— Je sais. Mais c'est ainsi. Je n'ai pas le pouvoir d'effacer le passé !

— Tu en paies les conséquences maintenant.

— Oui, jusqu'à ma mort ! Notre mère est une orgueilleuse. Elle est plus préoccupée de son "honneur" et de sa tranquillité que de mon malheur. Bel honneur que de renier sa fille. Tenir son rang, faire partie des "gens bien", de ceux que l'on salue chapeau bas avec des courbettes, voilà ce qui l'intéresse ! L'humiliation, c'est bon pour les autres ! Elle m'accuse injustement, je ne l'oublierai jamais. Tu m'entends, jamais !

— Calme-toi. Ça ira mieux demain.

— Ça m'étonnerait.

— C'est bon, puisque tu ne veux rien entendre, débrouille-toi de tes affaires.

— Sais-tu ce que c'est que d'être exclue, rejetée ? "Tu es en train de te noyer, tant pis pour toi, c'est de ta faute. Il ne fallait pas tomber à l'eau ! "

— Je comprends, mais comment t'es-tu fourvoyée ainsi ?

— Si je ne m'étais pas fourvoyée, comme tu dis, je ne connaîtrais pas pareille détresse, je n'aurais besoin de personne. Alors, dispense-moi de tes leçons de morale !

— Bon, si tu as besoin de moi, je suis là. »

Paulette me quitte sans m'embrasser.

Lugubre, le vent souffle en tempête. La pluie cingle les carreaux. Dehors, il fait nuit. Je n'ai pas le courage d'allumer le feu. La lampe à pétrole éclaire faiblement la cuisine. En moi, tout est sombre. L'espoir m'a désertée. Ma tête est vide.

Sur quelle épaule me reposer désormais ? Que sont devenus mes rêves d'enfance et d'adolescence ? Que nul ne vienne me déranger : ni bête, ni homme. Qu'on me fiche la paix.

Assise sur le bûcher, au coin de la cheminée sans feu, je n'entends même plus l'horloge sonner les heures. Bercée par le bruit grandissant de la tempête, je ne remue que d'amères pensées. Mort, qu'attends-tu pour venir me délivrer ?

Soudain, un fracas épouvantable. La porte s'ouvre. Le vent s'engouffre dans la maison, éteignant ma lampe. Je suis tétanisée. Tout à l'heure, je rêvais de mort et de fin du monde et me voilà dans l'épouvante. Le souffle du vent fait voler la cendre qui m'aveugle et me pique les yeux. Haut et fort, je crie :

« Qui est là ? »

Aucune réponse. Je m'approche de la porte à tâtons. Je veux sortir. La pluie me frappe en plein visage, tandis que ma jambe heurte un corps rugueux, froid et humide. En avançant la main, je tâte. Une grosse branche d'arbre est venue heurter et ouvrir ma porte. La tempête l'a arrachée de notre marronnier. Impossible de la refermer sans sortir la branche. Au prix d'un grand effort, je la traîne un peu plus loin, dans la nuit noire et sans étoiles.

Vêtements trempés, je rentre à la maison. La porte endommagée ne tient plus fermée. Avec des bûches, je la maintiens. J'allume un bon feu pour me réchauffer. Tout compte fait, l'incident m'a sortie de ma torpeur. Deux heures sonnent quand je monte me coucher. La tempête faiblit.

Dans mon lit, je me replie sur moi-même, en chien de fusil, comme pour me protéger de toute atteinte extérieure. Je pense à ma sœur dont j'attendais le soutien. Elle a réussi cet exploit de gâcher mes souvenirs d'enfance. Je croyais son affection solide… Illusion !

Quel sera mon sort, si Nicolas réagit comme elle ? Dans l'ignorance de mon incartade, il se trouvera placé devant le fait accompli. J'imagine son retour, les regards de ceux qui se moqueront du « cocu ». Et leur perfidie : « Ta femme a fait la putain. Elle a couché avec les Boches. » Quel scandale !

Et Fulgence ? Comment supportera-t-il ce choc ? Je redoute autant le mal que je vais lui faire, que son comportement à mon égard. Il avait une telle confiance en sa nièce… presque sa fille. Après tous ses malheurs d'autrefois, il n'avait pas besoin de ce coup d'assommoir.

Si Hans était là, il me consolerait. Que me reste-t-il ? Tout à coup, je crois entendre sa voix murmurer : « Hélène, il y a notre enfant que tu portes. Je ne serai pas là pour le protéger, le faire grandir, mais je le sais, tu seras forte devant l'adversité. » Rêve ou réalité, cette voix ranime mon courage. En moi monte l'affection pour mon enfant. Doucement, la paix me revient et m'ouvre la porte du sommeil.

XXXVII

La compassion de Fulgence

— Mon oncle, il faut que je te parle.

— Tu peux. Maintenant, je suis disponible, délivré. La guerre sera bientôt finie. Et de belle façon ! Tous les deux on aura fait ce qu'on pouvait. Tu mériteras une belle médaille.

— Certainement pas !

— Allez, allez, je t'ai vue à l'œuvre. Tu avais le sang-froid et le ressort qu'il fallait.

— Arrête. Je voudrais…

— Tu vois, je suis heureux. Je suis vieux, mais je n'aurais pas voulu mourir sans voir notre terre libérée. »

Il parle, il parle. Impossible de l'arrêter. Comment vais-je lui avouer ?

« Mon oncle, je suis très malheureuse.

— Et pourquoi, diable ?

— Ça l'est par ma faute.

— Qu'est-ce que tu me chantes ?

— J'ai commis une faute grave.

— Tu n'as tué personne, tu n'as pas dénoncé un Français à nos ennemis que je sache ?

— Ah ! Non, pas ça !

— Alors, de quoi t'es-tu rendue coupable ?

— Tu pourrais croire que j'ai trahi mon pays, que je t'ai trahi, mais il n'en est rien, je te le jure.

— Si quelqu'un t'accusait d'une chose pareille, il aurait affaire à moi.

— Écoute, mon oncle. Pendant plus de trois ans et demi, j'ai logé des officiers allemands dans ma maison.

— Tu n'es pas allée les chercher.

— Non, bien sûr. Seulement voilà : le dernier, celui qui parlait français, m'a rendu un grand service.

— Je ne le connaissais pas !

— Le premier était arrogant, autoritaire, pète-sec.

— Je l'ai aperçu. Avec son crâne rasé, on aurait dit un bagnard.

— Le dernier était le contraire du premier. Vétérinaire de son métier, il cherchait à rendre service. Une fin d'après-midi, il est rentré alors que je m'échinais à vêler une vache. Le veau était mal tourné. Je n'arrivais pas à le remettre en bonne position. Il l'a remis en place et sauvé. J'étais rudement contente. Il a refusé que je l'indemnise. Par la suite, il m'a encore aidée.

— Il y a de braves gens partout. »

Enhardie par sa remarque, je lui vante les qualités de Hans. Il me coupe la parole :

« Tu ne serais pas tombée amoureuse par hasard ? »

En baissant les yeux, j'acquiesce par un hochement de tête.

« Ce sont des choses qui arrivent. Mais puisqu'il est parti, tout est rentré dans l'ordre.

— Malheureusement non. Je n'ose pas te dire la vérité. »

Je lui décris la peine de Hans après avoir reçu sa feuille de route pour le front russe. Je lui avoue sans grands mots ce qui a suivi. Il reste le plus difficile à confesser.

« J'attends un enfant de lui. »

Pendant la minute qui suit, je ferme les yeux, je m'attends à tout. Fulgence se racle la gorge.

« Pauvre Hélène. »

En relevant la tête, je vois son air désolé. Il était si gai, si détendu tout à l'heure. J'ai gâché sa joie. Et maintenant, je redoute moins sa colère que son affliction.

« Je te demande pardon, mon oncle. Je sais que je te fais beaucoup de peine et j'en suis très malheureuse.

— Oh ! Moi, tu sais ! C'est toi qui en porteras le fardeau.

— …

— Comment ton mari prendra-t-il la chose ? Le lui as-tu annoncé ?

— Non. J'avais préparé une lettre, elle n'est pas partie. Je devais la poster le jour du débarquement. Il était trop tard.

— Tes parents sont-ils au courant ?

— Oui. Ça c'est très mal passé. Ils me renient.

— C'est insensé !

— Ils l'ont fait.

— Ils ne savent pas ce que représente la perte de ses enfants ! Ils manifestent leur colère, mais ça passera. Je vais leur parler.

— Ma mère m'a insultée.

— Elle est vexée mais le temps arrangera les choses. Va, repose-toi un peu. »

En partant, il me serre dans ses bras.

« Bon courage. »

XXXVIII

Monsieur le curé met fin aux cancans

L'irritation de ma mère est loin de s'apaiser. Elle ne s'attarde plus à bavarder en faisant ses courses. Sa nervosité et sa mauvaise humeur sautent aux yeux. L'épicière lui aurait demandé :

« Quelque chose ne va pas, Madame Métadier ?

— Si, si, ça va !

— Vous avez toujours de bonnes nouvelles de vos gendres ?

— Oui, si on peut dire. Mais…

— Mais quoi ?

— Oh ! Rien ! Et puis, après tout ! Ça se saura tôt ou tard. Hélène est enceinte.

— Enceinte ?

— Comme vous, je n'arrive pas à y croire ; si c'est pas malheureux ! Ma fille est dénaturée ! Ce n'est pourtant pas comme ça que je l'ai élevée. Enceinte d'un officier allemand ! Quelle abomination ! »

Elle a précisé « d'un officier ». C'est moins déshonorant pour elle. Une sorte d'honneur dans le déshonneur en quelque sorte.

« Ce n'est plus ma fille. Je refuse de la voir chez moi », aurait-elle ajouté.

Faut-il qu'elle soit chavirée pour donner prise aux commérages. Avec elle, toutes les âmes vertueuses pleureront sur tous les pères et mères déshonorés par leurs enfants.

Ce soir, en rentrant de la boulangerie, Victor vient me dire bonsoir avant d'aller au lit. Me sachant tourmentée, il l'est aussi :

« Pas trop fatigué de ta journée ?

— Un peu.

— Autrement, ça va ?

— Pas très bien. Les gens de Saint-Firmin sont méchants ; à la boulangerie, ils disent du mal de vous. Quand ils ne parlent pas, c'est la patronne qui met son grain de sel. Ce soir elle était de mauvaise humeur. Alors ça retombait sur moi. J'en ai pris pour mon grade.

— Quelque chose n'allait pas ?

— Votre oncle l'a engueulée.

— Ce n'est pourtant pas son genre.

— Quand il est entré dans la boutique, elle lui a dit de sa voix qui porte à l'autre bout du village : "Ce qu'a fait votre garce de nièce, ça ne doit pas vous plaire. Qui aurait pu penser qu'elle faisait la catin avec les Allemands ? Quelle honte !"

Alors, il s'est fâché. Jamais je ne l'avais vu dans cet état-là. Il lui a dit : "Madame, taisez-vous. D'abord, ma nièce n'est pas une catin, et si l'un de nous deux a des raisons de détester les Boches, c'est moi. Eh bien ! Voyez-vous, ma nièce a plus besoin de soutien que de dénigrement. Et je l'aiderai. Avant de la condamner, balayez devant votre porte. J'ai bien connu votre famille, si vous voyez ce que je veux dire."

— Il n'a rien dit d'autre ?

— “Au revoir Madame” ». Il a pris son pain, l'a payé et oublié de ramasser sa monnaie. »

Je suis toute retournée. De Fulgence, je redoutais la colère, et voilà qu'il fulmine contre mes détracteurs.

Le lendemain, Fulgence arrive chez moi et prend place à la table :

« C'est pas tout ça. Il faut penser à se mettre au foin.

— Oui, mais comment faire ? L'année dernière, papa est venu le faucher, je ne peux plus compter sur lui cette année.

— Maître Louis va venir cet après-midi avec sa faucheuse.

— C'est toi qui lui as demandé ?

— Je lui ai rendu assez de services autrefois. C'est un brave homme ; il sera content de te donner un coup de main. Courageux avec ça ; il avait déjà rentré une partie de son foin avant l'arrivée des Américains.

— Merci, mon oncle. Sans toi je serais dans la panade complète. »

Pas un mot sur son algarade avec la boulangère. Il veut me cacher que tout le pays en parle.

La saison s'avance et j'ai pris du retard pour récolter le foin. Ma sœur s'en est acquittée plus vite, aussi elle m'envoie Gustave et sa jument ; une manière de reprendre langue avec moi. De mes parents, je ne sais plus rien. Qu'importe ! Ils ratent un beau spectacle ces jours-ci : un vieux, un éclopé, une femme enceinte, un âne et Charmille, la jument de Paulette, évoluant au milieu des veuillottes.

Ce soir, nous avons rangé la dernière charretée. À l'abri sous la remise, le foin ne risque plus la pluie. Le déchargement attendra encore un jour ou deux, nous sommes trop fatigués.

Dans l'après-midi du lendemain, Ulysse aboie furieusement. Quelque chose d'anormal, certainement. Par la fenêtre, je vois arriver chez moi trois énergumènes éméchés. Ils ont choisi de venir aujourd'hui parce que Victor est à la boulangerie. Sans frapper, ils pénètrent dans la cuisine.

« Alors, comme ça, on collabore au dodo avec les gentils boboches. »

Ils m'encadrent et me toisent. Rires gras, regards méprisants et quolibets de caniveau sont à la mesure de leur imbécillité. L'alcool les rend repoussants.

« Que me voulez-vous ?

— Tu vas le savoir tout de suite, ma cochonne. Les gars de la Résistance vont te couper les cheveux gratuitement. Faudra dire merci. »

Je connais cette voix-là. Mais oui, c'est le réfractaire recueilli par l'oncle, qui travaillait au bois. Celui qui est parti brusquement.

« C'est toi qui voulais m'entraîner au grenier.

— Garce, tu préfères les Boches. »

Celui qui joue le chef de bande lance d'une voix forte :

« Ils t'ont payée combien pour ça ? »

Sans autre forme d'explication, les trois gaillards m'attrapent par les bras, me traînent et m'emmènent malgré mes protestations. Sous une avalanche d'obscénités, ils m'obligent à marcher jusqu'à la place du village. Impossible de fuir. Au comble de l'humiliation, je subis les moqueries de quelques badauds. Des gamins pour la plupart. Derrière les fenêtres, des rideaux se soulèvent.

Les deux comparses m'empoignent et m'obligent à m'asseoir sur une grosse pierre. Brandissant une tondeuse, le plus grand s'écrie à l'adresse des curieux :

« Approchez, venez voir la joyeuse collaboratrice. Ici, on rase gratis. Les frisettes ce sera pour plus tard. Et maintenant, les gars de la Résistance vont vous montrer leurs talents de coiffeurs.

Une voix tonne derrière moi :

« Quelle Résistance ? »

C'est la voix de Fulgence. Par quel miracle est-il là ?

« C'est moins dangereux de couper les cheveux d'une femme sans défense que de risquer sa peau pendant l'Occupation, hein ! »

D'une poigne de fer, il saisit son ancien protégé par les cheveux et lui flanque une gifle magistrale.

« Alors gamin ! C'est comme ça qu'on remercie ses protecteurs ? »

En un éclair, il désarme l'homme à la tondeuse et l'attrape par le col. Il le contraint à reculer dans la haie du cimetière et le fait tomber à la renverse. Aucun de ses « glorieux compagnons » n'ose lui porter secours.

Autour, les rieurs changent de camp. Sur le dos, la chemise déchirée, en position ridicule, le voyou ne crâne plus. Pour le tenir en respect, Fulgence lui appuie les pointes de la tondeuse sous la gorge. Hors de lui, il l'apostrophe :

« Et toi, tu t'es bien porté volontaire pour travailler avec les Allemands à la construction des rampes de lancement ? Réponds ! C'est bien toi ? »

Prudent, le troisième larron s'est éloigné de quelques mètres. Fulgence l'interpelle à distance :

« Tu serais pas le fils de Bernard Percalaire ? Toujours du côté du plus fort ! Hier applaudissant le Maréchal, aujourd'hui épousant la Résistance quand les carottes sont cuites. Pauvre lavette. »

Il poursuit à l'adresse des trois minables :

« Où étiez-vous pendant l'Occupation ? Soyez tranquilles, je le saurai. Parce que moi, j'y étais dans la Résistance, et ma nièce aussi. Lâches que vous êtes, vous déshonorez les vrais résistants. Vous me faites honte. Foutez-moi le camp et ne vous trouvez plus jamais sur mon chemin. »

Et au coupeur de bois, il assène :

« Ton père connaît-il tes hauts faits de guerre, armé d'une tondeuse ? Quelle gloire ! Quel courage ! J'irai lui raconter tes exploits. Il sera sûrement très fier de son rejeton ! »

Jamais je n'aurais cru Fulgence capable d'une telle fureur. Sans lui, pendant des mois, mon crâne aurait été la risée des lâches.

Je craignais son abandon et son rejet. Il m'offre sa protection. Maintenant, les vauriens se rangent de son côté.

Le lendemain, je me passe la main dans les cheveux. Je m'assure qu'ils sont bien là. Marinette Pirot a eu moins de chance. Avant de s'en prendre à moi, ils lui ont rasé la tête et l'ont ensuite promenée autour du village.

Elle ouvrait son lit à tous les Allemands qui le souhaitaient, moyennant une petite obole. Son ancienne clientèle disparue, elle en a trouvé une autre avec les Américains. Pas méchante, plutôt naïve, elle n'a pas mesuré la portée de ses actes. Je la plains.

Les imbéciles à tondeuse assimilaient ma conduite à la sienne. Nous étions solidairement désignées à la vengeance publique et promises au même traitement. Pas besoin de jugement, pas besoin de tribunal. C'est « l'injustice » expéditive.

À l'oncle Fulgence, je dis les propositions de son protégé, le coupeur de bois, et les raisons de son départ à l'époque des faits.

« Pourquoi ne m'as-tu pas tout raconté ?

— Pour ne pas te chagriner et lui éviter des ennuis.

— Eh bien ! Crois-moi, ses emmerdements ne tarderont pas. Il faudra qu'il s'explique. Qu'il dise le rôle qu'il a joué dans la Résistance et qui l'a mandaté pour ces basses besognes ! De quoi se mêle-t-il, ce crétin ?

— C'est bien le mot qui convient.

— Voilà le remerciement après ce que j'ai fait pour lui ? Connais-tu celui qui s'est éloigné ?

— Non.

— Foi de Fulgence, il faudra qu'il me donne son nom. »

Le soir, Victor me dit son écœurement.

« Les gens disent n'importe quoi. Le pire de tous, c'est Augustin Pochard. Si vous l'aviez entendu… Je n'aurais pas cru ça de lui. »

Je suis moins étonnée. Prétentieux, il joue les redresseurs de torts. Il s'érige en juge suprême en se classant lui-même au-dessus de la mêlée. Toujours prêt à humilier en donnant des leçons de morale, de préférence en public, sans jamais accepter d'en recevoir aucune. Croit-il ainsi se valoriser ?

Victor me console :

« J'ai de la veine d'être arrivé chez vous. Vous n'êtes pas méchante comme les autres.

— Moi aussi, j'ai de la chance de t'avoir à la maison. »

Monsieur le curé réunit les dames de la paroisse. Je ne suis pas conviée ; Paulette non plus. Elle a eu vent de la chose par une de ses amies. Qu'aurait dit notre cher pasteur ?

« Le Bon Dieu a protégé notre paroisse des grandes destructions de la guerre. Remercions-le. Toutefois, nous déplorons la mort d'un père de famille tué par balle. Celle aussi d'un jeune homme victime d'un obus. Il nous faut prier pour eux et pour leurs familles.

Notre église a subi quelques dégâts mais elle est restée debout. Les vitraux n'ont pas résisté aux chocs des bombardements. La guerre terminée, on les remettra en état. On organisera une grande kermesse pour recueillir les fonds nécessaires à leur réfection et fêter le retour de nos prisonniers.

Je profite de votre présence pour vous faire part d'un grave souci. Des événements regrettables se sont produits cette semaine sur la place. Des femmes de notre paroisse ont été humiliées en public. On a oublié que Dieu seul sonde les reins et les cœurs. Il n'appartient à personne de s'ériger en juge. Laissons cela aux gens de loi et combattons le mal qui s'abat sur l'un ou l'autre.

Vous le savez, la semaine dernière, à quelques kilomètres d'ici, on a rasé la tête d'une jeune femme. Elle n'a pu supporter cet outrage. La haine l'a tuée. Elle s'est donné la mort par désespoir. Je n'ai qu'une chose à vous recommander, relisez les paroles de Jésus aux détracteurs de Marie-Madeleine la pécheresse : Que celui qui n'a jamais péché lui jette la première pierre ! »

On aurait, paraît-il, entendu une mouche voler.

Paulette croit savoir que la position ferme de monsieur le Curé a fait taire les rumeurs. « Si tu le veux bien, j'irai le remercier de ta part et de la mienne », me propose-t-elle.

Émue, j'acquiesce d'un signe de tête.

Le soir, quand Victor rentre de la boulangerie, je l'interroge :

« Ça court toujours les bobards ?

— Quasiment plus. Les gens parlent d'autres choses. Il paraît que monsieur le curé a passé une avoinée aux mauvaises langues. »

XXXIX

Adieu Victor

Les titres et le ton des articles dans les journaux ont changé. Le souffle de la liberté balaie les prudences de ces derniers mois. Les « terroristes » sont devenus des « résistants ». Nous bénéficions d'informations sur la situation des troupes alliées. Nous suivons sur une carte leur avancée et repérons les poches de résistance. Personne, aujourd'hui, ne doute de l'écrasement des armées nazies.

Peu à peu, les familles, pour un temps séparées par la ligne du front, reprennent contact. Ceux qui disposent encore d'un vélo en état de marche n'hésitent pas à parcourir de longues distances, sur des routes défoncées, pour aller aux nouvelles.

Que devient Nicolas ? Est-il resté à la ferme ? Les nazis ne vont-ils pas se venger de leurs défaites sur les prisonniers ? Combien de temps dureront ces combats ? Par qui seront-ils libérés ? Mon beau-frère et mon mari sont très loin l'un de l'autre.

Le travail m'absorbe. Je ne veux rien négliger ; tout doit être impeccable. Fulgence l'a bien compris. Il veille à l'entretien des clôtures, au bon état des barrières, à la coupe des chardons, à la bonne santé des animaux. Que deviendrais-je si Victor et lui venaient à me manquer ?

L'entraide fonctionne toujours. Pour la moisson et le battage, je craignais d'essuyer des refus ; les voisins m'ont aidée. Impossible, en retour, d'aller travailler chez eux. Je leur prête Victor. S'il ne peut faire le travail d'un homme, il est toujours volontaire pour tout ce qui est à sa portée.

Ses mérites sont parfois mal récompensés. Parce qu'il est faible, on lui fait subir des vexations ; on lui lance des défis qu'il ne peut relever. Je lui ai donné la consigne :

« Si on te fait des misères et que les hommes ont trop bu, tu pars à cinq heures ou cinq heures et demie, en prétextant que tu dois traire les vaches. »

Les remarques grivoises le peinent :

« C'est-y toi qui remplaces les Boches dans le lit de ta patronne ? »

Avant-hier, il est revenu en larmes. Les sarcasmes dirigés contre moi le peinent. Trop, c'est trop. Pour le remonter, je lui ai dit :

« Maintenant, c'est fini. Tu n'iras plus aux corvées de battage. Les trois dernières fermes se passeront de tes services. »

La vie reprend peu à peu. Les restrictions continuent, mais l'ambiance est changée. Le départ des troupes allemandes et l'arrivée de l'armée américaine redonnent du moral à la population. Les énormes engins de nos libérateurs causent des dégâts, mais en même temps ils nous émerveillent. D'un coup de bulldozer, en quelques minutes, ils t'agrandissent l'entrée trop étroite d'un champ.

Des clôtures gênantes pour leurs manœuvres disparaissent en un clin d'œil. Il faudra retrousser nos manches pour tout remettre en état quand ils partiront.

Les GI nagent dans l'abondance. Nous profitons non seulement de leurs conserves, bonbons, chocolat, mais aussi de leur essence. L'énorme pipeline qui traverse la mer leur en fournit à satiété. Quelques malins ont même réussi à se brancher sur cette source prodigieuse.

Les relations entre les familles se rétablissent. Les cousins de Folligny m'ont écrit. Jusqu'à leur libération, le 31 juillet, nous étions séparés par la ligne de front. Ils sont en bonne santé. Ceux du Calvados, également libérés plus tard que nous, m'ont écrit. Nous craignions pour eux, car des combats sans merci ont été livrés dans la région de Villers-Bocage. Les dangers ne sont pas tous écartés, car bien des terrains sont minés. Un de leurs amis a été tué.

Victor, jusque-là dominé par ses camarades, a trouvé un domaine où il règne en maître : le démontage des balles de fusil, des obus et des grenades pour en récupérer la poudre. Maintenant, ils le regardent opérer. Son prestige se rehausse parce qu'il sait faire et ose faire. Ils disent : c'est un as. Il me raconte ses exploits. Je me fâche.

« Je voudrais que tu cesses tes excentricités.

— Il n'y a pas de danger, je connais mon affaire.

— C'est de la folie. »

Il se balance en hochant la tête. Il sourit. Il n'en fera qu'à sa guise. Comment le convaincre d'arrêter une activité dont il est si fier et qui lui vaut d'être enfin reconnu ? Et les chasseurs l'encouragent, trop contents de trouver de la poudre pour leurs cartouches.

Jeudi 12 octobre 1944

Ce qui devait arriver est arrivé. Au bruit de l'explosion, je crains le pire. Je me précipite vers le hangar. Victor est là, allongé, méconnaissable ! Sa main droite est arrachée, l'autre déchiquetée. Je m'agenouille près de lui et pose ma main sur ses vêtements rougis et déchirés. Je ne sens pas son cœur battre. Pendant quelques instants, je reste là, hébétée, mes genoux baignant dans son sang qui se répand sur le sol. Je me relève avec des jambes de coton.

Petit à petit, mon esprit terriblement choqué se remet en marche. Pourquoi n'ai-je pas été plus ferme avec lui ? Je savais ses manipulations dangereuses ; j'aurais dû les lui interdire fermement. Que faire maintenant ? Aller prévenir le maire ? Oui, c'est ça ; d'abord lui ! Jamais je n'ai rejoint le bourg aussi vite. Alfred Lemarais est là.

« Nous devons annoncer la nouvelle à ses parents, me dit-il. Après, j'irai voir les gendarmes et le médecin pour le constat de décès. Venez avec moi chez les Morin. »

La mère de Victor en nous voyant ne soupçonne pas ce qui nous amène. Elle nous écoute. Réalise-t-elle la gravité de l'accident ? Elle nous regarde, ne pose aucune question, reste sans voix. Pour être certaine qu'elle ait bien compris, je reprends en articulant distinctement :

« Victor est mort !

— Oui, il est mort. Ça m'étonne pas, avec ses bêtises de grenades. Ça me fâche. Sa petite paie nous aidait bien. Y a-t-y une assurance pour lui ?

— Ce n'est pas un accident du travail », dit le maire.

Après un long silence, il ajoute :

« Je vais demander aux pompiers de ramener le corps ici. »

La pauvre femme se tourne vers moi

« Si vous pouviez le garder chez vous. Ici, y a pas de place pour lui. Il dormait avec ses deux frères.

— Oui ! Bien sûr ! »

La misère de cette famille m'étreint. Pas étonnant que Victor ait préféré l'écurie à cette promiscuité. Leur pauvreté, si différente de la mienne, me ramène à ma propre misère : plus de Victor, plus de Hans, pas encore de Nicolas.

À mon retour, j'ai attendu la venue des pompiers pour redonner forme humaine à Victor. Dans l'après-midi, sa mère est venue avec deux de ses enfants pour le veiller.

Il fait chaud, il faut l'enterrer rapidement. La cérémonie est fixée au lendemain.

Sa dépouille reste à la maison.

Le convoi funéraire part de chez moi. Le sacristain ouvre la marche en portant la croix, suivi des enfants de chœur et de monsieur le curé. Précédant la famille, quatre jeunes gens portent le cercueil. L'un de ses camarades porte le cierge ; un autre, la croix qui sera déposée sur sa tombe.

L'église est pleine. Ils étaient moins nombreux à se préoccuper de son sort quand il était vivant. Est-ce vraiment pour lui rendre hommage ou lui témoigner une quelconque reconnaissance ? Pour apporter du réconfort à sa famille ? C'est surtout sa mort dramatique qui provoque la compassion.

Pour moi, c'est un vrai deuil. Jamais je ne me consolerai de n'avoir pas su le protéger. Il me faisait tellement confiance. J'aurais dû, oui, j'aurais dû…

J'aimerais me tenir au premier rang, près de son cercueil, par affection pour lui et par sympathie pour les siens, mais mon chagrin doit rester discret. Au fond de l'église, j'attirerai moins les ragots.

J'observe les jeunes qui se sont regroupés, juste derrière la famille. Le petit Maurice Lecoq, qui approvisionnait Victor en munitions, fait peine à voir. Dans l'assistance, beaucoup de gens simples. Ceux-là ne médisent ni ne calomnient. J'aperçois aussi les fourbes qui n'hésiteront pas à me rendre responsable de la mort de Victor.

Maman est de l'autre côté de l'allée. Un regard dans ma direction me ferait tant de bien.

Heureusement, il y a ceux qui, par un sourire, me témoignent de l'amitié. Ceux-là me réconcilient avec l'humanité.

« Seigneur, pardonnez mes fautes, y compris la haine qui me submerge quand je regarde ceux qui m'ont fait mal. Donnez-moi le courage de pardonner. Un jour… ? Plus tard ? Aujourd'hui, c'est au-dessus de mes forces. Atténuez mon désespoir et épargnez-le à Nicolas.

Vous avez libéré Victor de toutes ses chaînes ; gardez-le sous votre protection. »

Mon livre de messe est posé près de moi. Je ne l'ouvre pas. Prenant appui de la main gauche sur le dossier du banc, je résiste à l'étourdissement. Au fond de la poche de mon manteau, ma main droite serre fébrilement la croix que Nicolas m'a laissée en partant.

Immobile, les yeux secs, je rêve de disparaître.

XL

On l'appellera Charles

Jeudi 26 octobre 1944

Seule, je ne suis plus en mesure d'assurer le travail à la ferme. Dans quelques semaines, l'accouchement m'obligera à m'arrêter complètement pour plusieurs jours. Contrainte de me faire aider, j'embauche une robuste jeune fille de vingt ans : Berthe. Elle sait traire, soigner les animaux. En l'absence d'homme valide, elle a appris tous les travaux de la ferme chez son ancien employeur. Je pourrai progressivement lui laisser « la bride sur le cou ».

Depuis quelque temps déjà, je prépare la venue de mon bébé. Je tricote sa layette. Paulette me propose le berceau de ses enfants. Elle m'apporte son secours matériel tout en restant distante et lointaine.

« En cherchant au grenier, je devrais retrouver des langes, des barboteuses ou des bavoirs. Rien n'a été jeté. Je ferai un tri et je t'apporterai ce qui est encore utilisable.

— Merci. Tu me tires une belle épine du pied.

— Oh ! C'est normal ! Tu as assez de mal comme ça. »

Elle bredouille ensuite des mots qui échappent à mon entendement ; il est question de Nicolas. À son air inquiet, je devine qu'elle voudrait me parler de lui. Elle redoute un rejet de sa part, quand il reviendra. Et moi donc !

« Je t'en prie, ne me parle pas de ça en ce moment. J'y pense continuellement. C'est un cauchemar. Tu le sais, je lui ai écrit pour le prévenir mais le courrier ne partait plus. Ma lettre est restée dans le tiroir. Oui, j'aurais dû m'y résoudre plus tôt, mais le courage me manquait.

— Je ne te reproche rien. Je veux seulement que tu saches que je partage tes craintes. Mais parlons plutôt de ton futur poupon.

— Il arrivera dans une ambiance difficile. Dès sa naissance, je voudrais le faire baptiser.

— Tu as raison.

— Pour un baptême, il faut un parrain et une marraine.

— Oui. As-tu trouvé ?

— Je n'ai encore sollicité personne.

— Il est temps de t'en préoccuper.

— C'est pourquoi je t'en parle.

— Si je comprends bien, tu souhaites que je sois marraine ?

— Si ce n'est pas un déshonneur pour toi ?

— J'aurais préféré être marraine d'un enfant légitime, mais j'accepte.

— Merci de dépasser tes préventions.

— Je dois bien cela à ma petite sœur.

— Ce sera un baptême simple, sans cloches et sans dragées. Tu viendras manger à la maison avec tes enfants.

— Invites-tu papa et maman ?

— Je n'en ai pas le cœur.

— Essaye tout de même.

— Informe-les si tu veux. Selon leur attitude, j'aviserai.

— As-tu choisi un parrain ?

— Oui. Mais je n'ose pas lui demander.

— L'oncle Fulgence ?

— Cela va de soi, s'il y consent. J'irai le voir tout à l'heure. »

Le déplacement m'est épargné. Fulgence me rend visite dans l'après-midi. Il entre et s'assied sur le banc.

« Tu vois, je fais comme si j'étais chez moi. Je peine à rester debout trop longtemps. Aujourd'hui j'ai pris un bâton pour marcher.

— Hier, tu boitais. Ça ne s'aggrave pas, j'espère ?

— On verra dans quelques jours. Mais au diable mes douleurs. C'est à tes betteraves que je pense. Elles sont bonnes à arracher et à rentrer. Et les pommes ne sont pas toutes ramassées.

— Oui, cela m'inquiète. L'accouchement est proche, et j'aimerais bien que cette corvée soit terminée avant. Cette année, je ne peux compter ni sur mes parents, ni sur leur jument.

— Ta sœur te prêtera la sienne.

— Je l'espère. Je l'ai vue aujourd'hui et j'ai oublié de lui en parler. J'avais des choses importantes à lui demander.

— Plus importantes ?

— Oui ! Et à toi aussi.

— Qu'est-ce que tu attends ?

— J'ai peur que tu le prennes mal.

— Tiens donc. M'as-tu jamais vu fâché contre toi ?

— C'est pour le baptême du petit.

— Oui ?

— Accepterais-tu d'être son parrain ?

— Je suis bien vieux pour être parrain, mais puisque c'est ton enfant…

— Je ne sais comment te remercier.

— Comment vas-tu l'appeler, ce petiot ?

— Si c'est une fille, ce sera Marguerite. Pour un garçon, je lui donnerais volontiers le prénom de son parrain ; s'il est d'accord.

— C'est gentil d'y penser, mais c'est un nom ancien et démodé. Tu me ferais le même plaisir en l'appelant Charles. Ce serait un hommage au général de Gaulle qui a rendu son honneur à notre pays.

— Pourquoi pas ?

— Ce n'est qu'une suggestion.

— Une bonne suggestion ! Je consulterai Paulette. »

Je n'évoque pas le prénom de Hans auquel j'ai songé pendant quelques semaines. Ce serait de la provocation. L'appeler Charles en souvenir de notre libérateur ? Un peu inattendu pour un fils d'Allemand ! L'oncle y a-t-il pensé ?

La pudeur, la peur d'une condamnation, m'ont empêchée jusqu'à maintenant de m'approcher du confessionnal. Dans trois jours, ce sera la Toussaint. La bonté manifestée par notre curé, après les rebuffades des résistants à la tondeuse, m'encourage. Je me décide.

Avec sincérité, je déballe tout, j'explique, sans tenter de me justifier. C'est devant Dieu que je me confesse ; j'attends de Lui la compréhension et je ne redoute plus la sentence. Crispée, craintive et soulagée tout à la fois, je tends l'oreille.

Le prêtre m'exhorte au pardon envers ceux qui m'ont reniée ou humiliée. Ses paroles finales me font l'effet d'un baume :

« Dieu est Amour, il ne méprise pas ses enfants. Ne vous méprisez pas vous-même, ce serait l'offenser. Souvenez-vous : “Si votre cœur vous condamne, Dieu est plus grand que votre cœur.” Par mon intermédiaire, Il vous pardonne tous vos péchés. Soyez réconciliée avec Lui et avec vous-même. Allez en paix. »

Jeudi 9 novembre 1944, au soir

La dernière betterave est rentrée. Je n'en peux plus. Berthe, ma bonne, est là. Solide, courageuse, consciencieuse, elle va me rendre un fier service. Elle ramassera les dernières pommes sans moi.

Le lendemain soir, ça ne va pas. Mauvaise digestion ? Avec une bonne tisane avant d'aller au lit, ça ira mieux. Mon sommeil est agité. Dans la nuit, je me réveille plusieurs fois. Le malaise s'amplifie, jusqu'à devenir insupportable. Seraient-ce les signes annonciateurs de l'accouchement ? En pleine nuit, je ne peux appeler personne.

Quand l'horloge sonne cinq heures, je n'y tiens plus, je réveille Berthe.

« Courez vite chez ma sœur. Demandez-lui d'aller prévenir le médecin. Qu'il vienne rapidement ! Vous trairez les vaches sans moi. »

Seule dans la maison, personne ne peut me secourir. En hâte, je sors la layette. Soudainement, je suis inondée. La poche des eaux s'est rompue. Vite, j'installe une toile cirée sur le lit, puis je me couche.

Jusqu'à sept heures et demie le temps me semble long. Paulette arrive presque en même temps que le docteur Descar-Latour. Enfin ! Je suis prise en charge, mais les contractions ne font qu'augmenter. Entre ma sœur et le médecin, une discussion s'engage à mots couverts. Ils semblent inquiets et parlent de fers. Le praticien hésite, et finalement sort ses outils. Je souffre et j'angoisse jusqu'à onze heures passées. Jamais je n'avais imaginé pareille douleur. Dans un suprême et violent effort, l'enfant est expulsé.

Je regarde le docteur soulever le bébé par les pieds et le tapoter doucement. Ma sœur s'impatiente :

« Va-t-il se décider à crier ? »

Sans répondre, visiblement inquiet, le médecin s'affaire. Enfin un cri ; ouf ! Il est vivant.

Paulette sourit :

« C'est un garçon ! »

Je ferme les yeux. Mes forces m'abandonnent. Dans ma demi-inconscience, j'entends le médecin dire :

« Oh ! Elle fait une hémorragie. »

La suite, je la saurai plus tard.

« Tu nous as fait peur, me dit Paulette. Le docteur t'a sauvée de justesse. Tu pourras lui dire merci quand il repassera.

— Je n'ai pas réalisé ce qui m'arrivait. Et mon petit, comment va-t-il ?

— Très bien.

— Donne-le-moi. »

Je prends avec précaution cet être fragile, chair de ma chair, je l'embrasse et le contemple. Je lui ai donné la vie. Quel miracle ! Sur son visage, je cherche les traces d'une ressemblance.

Comme si elle voulait annuler ou ignorer toute trace paternelle, Paulette prononce :

« Il a quelque chose de notre grand-père paternel ; et de toi aussi, me semble-t-il.

— Tu trouves ?

— Oui, je crois. »

Elle a peut-être raison. Une ressemblance trop frappante avec son père n'est peut-être pas souhaitable.

Fatiguée et affaiblie, je ne peux le garder bien longtemps dans les bras. Paulette le pose dans son berceau proche de mon lit, pour que je puisse le regarder tout à loisir.

Tard le soir, le docteur revient ; puis encore le lendemain. Après s'être assuré de l'amélioration de mon état, il me dit :

« L'enfant va bien. La mère va mieux. Mais je vous surveillerai encore pendant quelques jours. Restez prudente. Gardez le lit pendant une semaine. »

Pourquoi cet air grave ? Il tourne autour de la chambre en se frottant les mains comme pour cacher son embarras. Il m'annonce :

« Ça va pour cette fois. Mais je dois vous prévenir : avec une seconde naissance, vous risqueriez de mettre votre vie en danger. »

Ai-je bien entendu ? Je n'ose même pas le questionner.

Après son départ, je suis toute chavirée. Nicolas devra-t-il élever l'enfant de Hans sans pouvoir espérer avoir un enfant de son sang ? Cette perspective me perturbe. Pas un seul instant je ne peux accepter cette idée. Le médecin a bien dit : « vous risqueriez ». Eh bien ! si le risque pour moi-même est le prix à payer, je l'assumerai.

Rassuré sur ma santé, l'oncle Fulgence passe à la maison. Avant toute autre chose, il me dit :

« Né le 11 novembre ! Il a bien choisi sa date de naissance. Ainsi, en même temps que son anniversaire nous fêterons celui de la victoire de 1918. »

Pourquoi me dit-il cela ? Certainement pas pour me signifier que la victoire de 1918, c'est aussi la défaite des ancêtres paternels de Charles.

À la façon dont il caresse les joues de son filleul, je vois qu'il n'y a aucune malice dans son propos.

Dimanche 12 novembre 1944, 2 heures du matin

Des bruits d'explosions me réveillent. Par la fenêtre, j'aperçois des ombres lançant des pétards dans la cour. Elles se faufilent ensuite derrière les murs de la cour. Pendant une bonne demi-heure leur ballet intempestif m'agresse. Puis le calme revient. Que veulent ces trublions ? Célébrer l'anniversaire de l'armistice de 1918 ? Certainement pas. Me rappeler l'explosion qui a tué Victor ? Ça m'étonnerait ! Condamner la naissance de mon fils ? C'est probable. Deux jours après, je reçois une enveloppe postée à Valognes. À l'intérieur, un dessin grossier représente un bébé coiffé d'un casque allemand.

Oseront-ils me provoquer le jour du baptême ? La présence de Fulgence arrêtera-t-elle leurs menées ? Je n'ai aucun recours à attendre du reste de la famille : les parents de Nicolas n'y seront pas, bien entendu. Dans une première lettre, je leur ai avoué mon inconduite passagère, en les assurant de la sincérité de mes regrets. Dans la seconde lettre je leur dis combien je souhaiterais, malgré tout, les revoir. Pas de réponse.

Même fin de non-recevoir du côté de mes parents. Les efforts de Paulette auprès d'eux sont restés vains. Toute démarche de ma part, selon eux, serait mal venue.

Mercredi 15 novembre 1944

En cherchant mon manteau pour le baptême, j'aperçois la robe bleue. Malgré toutes mes angoisses, je me promets de la mettre pour le retour de Nicolas. Pas le temps de m'attarder, mais je voudrais extirper de ma tête les pensées moroses.

Charles est baptisé à la sauvette. Les cloches ne sonneront pas. Le parrain, la marraine, Gustave et Marie-Lou sont attentifs à tous les détails de la cérémonie. Malgré l'absence des grands-parents, mon fils est accueilli dans la communauté paroissiale, comme un fils d'homme et un fils de Dieu.

Moments d'intense recueillement ! On se retrouve ensuite autour du repas préparé par Berthe.

La guerre continue. Les troupes alliées poursuivent leur progression vers l'est, à la rencontre de l'armée soviétique. De tous côtés, l'Allemagne nazie recule, mais résiste.

Pas le moindre signe de vie de nos prisonniers. J'éprouve espoir et appréhension en pensant au retour de Nicolas. Quelle sera son attitude ? Adoptera-t-il Charles ? Le rejettera-t-il ? Et moi avec ?

Plus le temps passe et plus je m'attache à mon fils. Sans défense, livré à ma seule protection, il attend tout de moi. Cette nuit, dans mon rêve, je l'abandonnais. Un véritable cauchemar. Je me réveille en sueur. Je m'assure qu'il est toujours là. Dans la pénombre, je m'approche du berceau ; il dort à poings fermés. Dans un geste irréfléchi, je l'arrache de sa couche et le prends dans mes bras. Il ouvre les yeux, et me gratifie d'un beau sourire. Il passe le reste de la nuit tout contre moi, dans mon lit. Je lui parle :

« Tu es mon amour. Non, ta maman ne t'abandonnera jamais. »

C'en est fini de mon sommeil pour cette nuit.

L'hiver se poursuit, rigoureux. Heureusement, ma réserve de bois est suffisante ; Charles n'aura pas froid. La présence de Berthe m'est indispensable. C'est une chance de l'avoir trouvée. Je peux m'occuper de Charles, lui parler, le dorloter, en reprenant progressivement mes activités.

Sa marraine vient le voir souvent avec Marie-Lou qui le prend sur ses genoux et lui chante une berceuse : « Dors mon petit prince, dors ». Il l'écoute, ravi. Hier pourtant, elle m'a fait une réflexion qui a gâché ma soirée :

« C'est vrai qu'il ne parlera pas français ? »

Je bondis :

« Qui t'a dit une chose pareille ?

— C'est madame Farant.

— Eh bien ! madame Farant est la commère la plus idiote que je connaisse. Charles parlera le français mieux qu'elle. »

Sans le vouloir, j'ai contrarié Marie-Lou. Elle n'a pas compris le sens de ma repartie.

XLI

Le retour de Nicolas

Je suis toujours heureuse de l'arrivée du facteur. Ce matin, il a la mine réjouie

« Bonjour, Hélène.

— Bonjour, Michel. Alors, quelles nouvelles aujourd'hui ?

— Celles du journal sont bonnes et les autres aussi.

— Alors ça vaut bien un café ; asseyez-vous.

— Marcel Botteux est revenu. C'est le premier prisonnier libéré de la commune. »

C'est une bonne nouvelle, mais elle me place devant l'échéance redoutable et imminente : celle du retour de Nicolas. Secouée par le frémissement qui m'agite, la cafetière que je tiens en main laisse échapper quelques gouttes de café. Pendant de longues secondes, je reste là sans rien dire. Puis, devant l'étonnement du facteur, je me ressaisis et remplis sa tasse.

« Ah oui ?

— Il est rentré hier, je l'ai vu dans la soirée. L'air un peu vieilli ; c'est vrai qu'il n'était pas rasé.

— Est-il en bonne santé ?

— Apparemment. Sa femme était aussi heureuse qu'une jeune mariée ! Et les gamins ! Vous auriez vu ça ! Le jeune avait peur de lui et cachait sa frimousse. Il ne le reconnaissait pas. »

En se servant une rasade de goutte, il reprend :

« Les autres ne devraient pas tarder à revenir.

— C'est à espérer. »

Plusieurs jours s'écoulent sans autre rapatriement. Puis nous apprenons qu'un second prisonnier est de retour. Encore un, trois jours plus tard.

De plus en plus nombreuses, les familles guettent l'arrivée des trains en gare de Valognes. Longue attente, tant les horaires sont décalés. Chaque jour, ma sœur et moi nous y rendons à tour de rôle.

Mardi 1er mai 1945

Il fait froid. La neige recouvre le sol. J'ai les pieds gelés. Une fois encore, mon attente a été vaine. Depuis une semaine, Paulette les jours pairs et moi les jours impairs, nous rentrons seules. C'est le régime de la douche écossaise : le matin, l'espoir ; le soir, la déception.

Mardi 8 mai 1945

Toujours rien ! Il fait beau. Occupée au jardinage, je jette de fréquents regards vers le landau où babille Charles. Les cloches carillonnent. Elles annoncent la fin de la guerre. J'aimerais aller aux nouvelles, mais Berthe n'est pas rentrée ; impossible d'abandonner mon petit. Je vois l'oncle arriver, la mine réjouie. Ma sœur le suit de peu. Tous deux me le confirment :

la guerre est finie. Qu'ils soient accourus pour m'en faire part, me touche !

Partout, la population est en liesse. On chante et on danse sur les places et dans les rues. Restent sur la réserve ceux qui ont perdu l'un des leurs. Et ceux qui, comme moi, languissent, sans avoir la conscience tranquille.

Je me laisse aller à une rêverie fantasque. Si je ne m'étais pas mariée avant la guerre, je serais aujourd'hui une jeune fille de vingt-six ans face à un avenir prometteur. J'aurais mûri, dégagée d'une sentimentalité enfantine.

Mais la « roue » de la vie a tourné. Elle ne fait jamais marche arrière. Chargée d'un enfant illégitime, il me faut faire face à l'avenir. J'ai plus vieilli en six mois que dans les cinq premières années de la guerre.

Fulgence et Paulette ignorent ma nostalgie du passé. Je leur souris.

« Que pourrais-je vous offrir ? Je n'ai rien.

— Ne t'inquiète pas. Nous ne sommes pas venus pour boire.

— Pourtant…

— Prête-nous notre filleul ; c'est beaucoup mieux qu'un verre de vin. »

À partir du 10 mai, les arrivées deviennent plus nombreuses. Pendant trois semaines les mêmes scènes se reproduisent. Le train entre en gare en crachant une épaisse fumée noire. On se précipite, on se cherche, on se bouscule, on s'embrasse. Les visages des « revenants » s'illuminent. Certains s'assombrissent en apprenant une mauvaise nouvelle, trop tôt révélée : le décès d'un proche, l'infidélité d'une épouse, le mariage d'une fiancée qui n'a pas attendu son promis. De vrais drames parfois. Je n'oublierai jamais le visage de cet homme apprenant la mort, sous les bombes, de sa femme et de ses trois enfants.

Un enfant court se jeter dans les bras de son père qu'il ne connaissait qu'en photo. Ils pleurent tous deux.

Nous sommes nombreux à repartir déçus : notre prisonnier n'est toujours pas là. On reviendra demain, après-demain et les jours suivants. Une femme, que je connais de vue, pour la première fois aujourd'hui, était absente. Son mari l'a vainement cherchée sur le quai.

Et ce Valognais, seul de la famille à être sorti vivant des bombardements, retrouve son fils. Sans échanger un mot, ils sanglotent dans les bras l'un de l'autre.

La générosité s'exprime. On secourt les isolés, on recueille les abandonnés. On organise des repas et des gestes de réconfort. Des mains expérimentées font une piqûre, un pansement ou distribuent un médicament. Des cigarettes aussi. Les rapatriés ont hâte de regagner leur domicile. Ils ont tant attendu. Le véritable accueil, c'est à la maison qu'ils l'espèrent. Des bénévoles reconduisent chez eux ceux que personne n'attend.

Mercredi 16 mai 1945

La chance sourit à Paulette : Norbert est là. Les jours suivants, je suis seule sur le quai de la gare.

Vendredi 25 mai 1945

Impossible de m'absenter ! Charles est fiévreux ; il a hurlé toute la nuit, il est abattu. J'ai appelé le médecin.

Dans la soirée, ma sœur arrive, tout essoufflée :

« Nicolas est arrivé aux premières heures de la matinée. Son frère est venu me prévenir.

— Mais où est-il ?

— Chez ses parents, à Brix. »

La foudre vient de tomber à mes pieds.

« Pourquoi pas ici ?

— Sa mère s'est chargée de l'informer de ta situation. »

J'imagine la scène : « Comme tu vois, ta femme n'est pas là. Mon pauvre, j'ai une bien mauvaise nouvelle à t'apprendre. » Etc., etc.

« Comment prend-il la chose ?

— Très mal ! Il reste prostré et refuse de voir qui que ce soit. Et toi moins que toute autre ! Il estime qu'il n'a plus rien à te dire. Sa mère aurait dit : "Les hommes de loi régleront la suite." »

Catastrophe. Je ne tiens plus debout.

Je reste persuadée que mon absence à la gare, le jour de son arrivée, a tout compromis. À quoi tient le fil de notre destinée ? Je paie cher mon égarement avec Hans, dû, lui aussi, à un concours de circonstances. Pourquoi les événements me sont-ils si cruels ? Pourquoi, pourquoi, pourquoi ?

Mardi 5 juin 1945

Mes angoisses me font craindre le pire. C'est le facteur qui m'apportera la mauvaise nouvelle. Par commandement d'huissier, Nicolas me met en demeure de quitter la ferme et la maison, au plus tard le 1er juillet à midi. C'est lui qui est titulaire du bail. En conséquence, je dois partir et tout lui abandonner. Me voilà dehors, expulsée, sans abri. Est-ce possible ?

Je relis encore une fois. Ma tête éclate. Je ne comprends pas. C'est une condamnation sans appel. Comment trois jours de folie ont-ils pu gommer cinq ans de fidélité ? Oui, c'est vrai, j'ai un enfant. Si Hans n'avait pas logé chez moi… S'il ne m'avait pas secourue… Si, si, si… Seulement voilà…

Il me faut donc tout quitter, sous prétexte que mon nom ne figure pas sur le bail. Tout ça par la négligence de mes parents, par ma naïveté, et ma confiance sans limite dans Nicolas et sa famille. J'ai peiné sur cette terre, je l'ai mise en valeur. Alors, ça ne compte pas à leurs yeux ? Ni au regard de la loi ?

Mon mari me répudie sans m'avoir entendue. Je comprends sa colère, mais pas sa façon d'agir. Je suis révoltée contre tous ceux qui me clouent au pilori : mes parents, mes beaux-parents, mes amis. Mais à quoi bon protester, puisque j'ai mal agi !

Nicolas met un terme à notre histoire ! Sans un geste de gratitude, sans l'aumône d'une rencontre, d'un regard. Je suis victime du qu'en-dira-t-on, de la méchanceté, de la bêtise humaine. On me fusille sans jugement. Et Nicolas, conditionné par les siens, est leur proie.

Que faire ?

Je m'en vais voir Fulgence. Il est mon dernier rempart. Je lui tends la lettre de l'huissier.

Pour la lire, il ajuste tranquillement ses lunettes. Son visage reste impassible. Je m'impatiente :

« Alors, qu'en dis-tu ?

— J'en dis que c'est désolant. Étonnant aussi. Envoyer une telle lettre sans autre explication. Ne t'affole pas trop vite tout de même. Pour l'instant, vous êtes encore mari et femme. Je ne crois pas qu'on puisse légalement jeter sa femme à la rue avec autant de désinvolture.

— Tu crois que je peux rester dans la maison ?

— On va se renseigner. »

Il réfléchit intensément.

« Avant tout, ne rien faire qui puisse te mettre en tort. Je te propose une ligne de conduite qui vaut ce qu'elle vaut. Sans attendre le 1er juillet, tu viens habiter chez moi avec ton fils. Tu prends uniquement tes affaires personnelles : tout le reste qui vous appartient en commun, tu n'y touches pas. Tu continueras de prendre soin des animaux jusqu'à son arrivée. Aucun motif d'abandon ne doit être utilisé contre toi. L'ennui, c'est le foin. La lettre de l'huissier ne dit pas si Nicolas viendra le récolter. Eh bien ! Débrouillons-nous pour le faire, sans attendre. Avec le retour des prisonniers, on trouvera facilement de l'aide.

— Et Berthe, qu'est-ce que j'en fais ?

— Tu la gardes, bien sûr.

— Où vais-je la loger ?

— Là où elle est maintenant. Elle est utile aux travaux de la ferme.

— Et après, qu'est-ce qui va se passer ?

— Je ne sais pas. La justice fera son travail. Il faudra bien qu'elle tienne compte de ta bonne volonté et de ton souci de sauvegarder vos intérêts à tous les deux. Du moins je le suppose.

— Merci, mon oncle. Je vais réfléchir à ta proposition et en parler à Paulette et Norbert. »

Il m'en coûte d'aller chez ma sœur. Après le retour de son mari, je suis allée le saluer à deux ou trois reprises ; il le fallait bien. Mais j'étais mal à l'aise. Je redoutais un jugement sévère de mon beau-frère. Ma sœur m'a rassurée.

« Oh ! Tu sais, il en a tellement vu depuis qu'il est parti. Il est devenu plus compréhensif, et moins porté à condamner qu'autrefois ».

Ce soir, Norbert évoque avec beaucoup d'humour son séjour en Allemagne : le camp, l'usine, la ferme, les lettres qu'il écrivait pour les copains analphabètes. Quel conteur !

Avant de les quitter, je leur lis la lettre de l'huissier et raconte mon entretien avec Fulgence. Tous les deux estiment sage ses conseils. Eux aussi comprennent mal comment je pourrais être contrainte à quitter la maison sans autre forme de procès. L'avis de Norbert est formel :

« Je suis persuadé que Nicolas, ou celui qui l'a conseillé, a fait une erreur. En justice, elle jouera en sa défaveur.

— Mais alors, faut-il partir ?

— Dans les conditions suggérées par l'oncle, ça ne tire guère à conséquence.

— Avec l'avantage de montrer ta bonne volonté, ajoute ma sœur.

— Merci de m'aider. Je me donne jusqu'à demain pour décider. S'il vous vient une meilleure idée, faites-m'en part. »

C'est dur de quitter brusquement une maison que l'on a soigneusement entretenue. Ça fait plus mal encore quand on l'a fait pour l'amour de celui qui vous chasse.

Le lendemain, je ne sais plus où j'en suis. La tête vide, je me range à l'avis de mes proches : je déménage. Berthe reste seule. Le midi, je prends mon repas avec elle, puisque je suis là pour raison professionnelle. Matin et soir, à l'heure de la traite, l'oncle assure la garde du petiot.

Mon beau-frère se charge de faire savoir que j'ai accepté de quitter la maison, en continuant mon travail.

L'avenir m'apparaît bouché. L'oncle me rassure :

« Tu peux rester chez moi définitivement. Si tu veux bien, tu t'occuperas de moi quand je ne pourrai plus me suffire.

— Bien sûr, mon oncle ! Jamais je ne te délaisserai. Mais je dois trouver une solution pour élever mon enfant.

— Je vois mal comment Nicolas pourrait te déposséder de tout. Tu as maintenu la ferme, acheté du matériel, remboursé les emprunts. Une partie de la terre que tu exploites m'appartient. Celle-là, tu la conserveras. À mon décès, tu en deviendras propriétaire. Ma maison aussi sera pour toi.

— Oh ! Mon oncle, tu es bon. C'est toi mon père.

— J'ai tant désiré une fille. La vie a pris des chemins de traverse pour me consoler.

— Comment te remercier ?

— En étant heureuse, ma fille. »

Le soir, assise sur le bord de mon lit, Charles dans les bras, je suis presque gaie. Je réponds à ses beaux sourires.

« Petit Charles. Tu n'aurais jamais dû venir au monde, et voilà que tu me combles de bonheur. Mais tu me compliques la vie, petit coquin. La tienne aussi aura ses difficultés ; tu ne connaîtras sans doute jamais ton père, un homme si bienveillant, si tendre. C'est dur de ne pas avoir de papa. Quand tu seras plus grand, je te raconterai. Je te raconterai aussi comment un vieux tonton a été bon pour nous deux. Il ne sera plus là pour que tu le remercies, mais tu devras te souvenir.

Le malheur, sais-tu, peut nous rendre méchant. Il peut aussi nous rendre meilleur. Entre le mal et le bien, à chacun de choisir… s'il en a le courage.

Oui, je sais, ce soir tu te moques de mes discours ! Tu as seulement besoin de sourires et de bisous. Je t'aime mon bébé ! »

Au coin de la cheminée, à côté de la glace, j'ai posé la photo de notre mariage. Plus je la regarde, plus la nostalgie du bonheur me gagne. La vie, la guerre, les événements me l'ont volé. Ballottée comme une bouteille jetée à la mer, Nicolas me repêchera-t-il ? Qu'est-il devenu depuis ce jour d'avril 1940 où je l'ai vu pour la dernière fois ? Son visage a-t-il beaucoup changé ? Est-il resté le même homme ? Suis-je encore la même femme ? En comparant la photo de notre mariage avec l'image que me renvoie le miroir, je suis effarée du changement qui s'est opéré sur le mien.

XLII

Demain, je mettrai ma robe bleue

Lundi 11 juin 1945

Assis l'un en face de l'autre, Fulgence et moi nous nous requinquons avec une bonne soupe à la graisse. Par la porte ouverte, j'aperçois des visiteurs à l'entrée de la cour.

« Qui arrive là-bas ? On dirait ma sœur et mon beau-frère.

— Oui, ce sont eux.

— Tu distingues d'aussi loin, aujourd'hui ?

— Non, mais je les attendais.

— Tu ne m'as rien dit.

— À nous trois, on va t'expliquer. »

Il se lève.

« Entrez donc, et asseyez-vous. »

Que signifient ces airs énigmatiques ?

Fulgence parle le premier :

« Le moment est venu de récolter le foin ; il faut maintenant nous organiser. Un cheval pour deux fermes, c'est bien peu. Avec le retour des prisonniers, on trouvera des tâcherons pour botteler. Mais ça ne suffit pas. Quelqu'un manque ici pour l'organisation du travail : c'est Nicolas.

— Tu veux dire que je ne dois plus mettre les pieds à la ferme et lui laisser la place libre ? »

Signes de dénégation de ma sœur qui s'agite sur le banc.

« Au contraire, précise Norbert. Je suis allé le voir chez ses parents. Dans ma tête j'avais préparé ce que je voulais lui dire. En le voyant abattu, déprimé, j'ai mis de côté mes belles paroles et nous avons parlé d'homme à homme. Sa colère des premiers jours est retombée. Il est plus malheureux que fâché. Après le choc qu'il a reçu, il se sent perdu. Nous avons longuement parlé de toi, de ton travail, de ce que tu as enduré pendant son absence. J'ai mis en avant, sous couvert de Paulette, tes mérites pendant la guerre. Il m'a d'abord répondu : “Bien sûr, elle défend sa sœur.” »

Après un silence, il a convenu de la difficulté pour toi, à vingt ans, de te retrouver à la tête d'une ferme, avec les contraintes de l'Occupation, de la pénurie et des contrariétés de toutes sortes.

J'ai fait mention de tes nombreux déplacements à la gare pour l'attendre. Sous le coup de je ne sais quelle inspiration, je lui ai asséné : “Qui de nous peut se targuer, en toutes circonstances, d'une conduite exemplaire pendant les jours sombres ? De nous ou de nos épouses, qui a le plus souffert ?” Et je me suis surpris à hausser le ton pour vilipender ceux qui t'ont condamnée. Il s'est mis à pleurer.

Le plus difficile à lui faire admettre, ce sont les circonstances atténuantes de ta conduite. Le venin distillé par les “ bien-pensants” est accablant pour toi. Je lui ai demandé :

"As-tu imaginé la vie de ta jeune femme, dehors par tous les temps en sabots, les pieds trempés, avec un travail trop dur pour elle ? Et le soir, seule devant son assiette, sans personne pour lui tenir compagnie, bien souvent sans feu dans la cheminée ?"

Ma sincérité a fini par le toucher. Je lui ai parlé de la ferme, du foin à récolter. Et de lui-même il a cherché comment sortir de cette impasse. Il a compris sa maladresse en voulant te chasser de la maison. »

J'écoute. Fébrile, je demande :

« Ses parents étaient là ?

— Non. J'avais demandé qu'on nous laisse seuls. Mais, avant de partir, je les ai mis au courant de l'essentiel de notre conversation.

— En conclusion ?

— Il a voulu revoir votre maison. Puis il est venu chez nous, comme nous le lui avions demandé.

— Comment s'est-il comporté ?

— Bien. Nous avons passé une grande partie de l'après-midi ensemble. »

Fulgence n'a encore rien dit. Il parle maintenant :

« J'étais là, moi aussi. Une fois de plus, j'ai touché du doigt les ravages de la calomnie. Quand il est revenu sur les pires insinuations sur ton compte, j'ai perdu mon flegme. Je lui ai tout déversé : ta colère contre les occupants de ta maison, ton désespoir après la réquisition de Polka, tes coups de main à la Résistance. »

Paulette à son tour explique :

« Nicolas connaissait ton histoire mon oncle, celle de tes fils tués à la guerre. Il savait tes sentiments à l'égard des Allemands. Au récit de tes actions subversives, tout devenait lumineux. »

Se tournant vers moi :

« En apprenant que tu avais secondé l'oncle, les ragots sur ta prétendue collaboration avec les Allemands ont été balayés.

— Ajoutons, reprend l'oncle, que Norbert a été prisonnier ; il comprenait ce qui se passait dans la tête de Nicolas.

— En dernier lieu, nous l'avons convaincu de passer au presbytère. Hors de notre présence, il a eu un autre témoignage. Cette rencontre avec notre curé ne pouvait avoir que des effets favorables. »

Ils se taisent. Moi aussi. Une fois de plus, je suis perdue dans mes pensées. Tous m'observent. Il faut en finir avec tout ça.

« Comment fait-on pour le foin ? »

Après leurs confidences, pourquoi ma question terre à terre ?

« Pour le foin, ça devrait s'arranger, me dit Norbert. Demain, j'irai chercher la réponse de Nicolas. »

Mardi 12 juin 1945

Ce soir, je suis paisible. Je me sens épaulée. L'oncle me presse pour que l'on se mette à table de bonne heure. Le souper terminé, je dessers nos couverts et balaie la maison. Je surveille l'entrée de la cour ; Norbert m'avait promis de revenir dans la soirée. Il frappe à la porte sans que je l'aie vu arriver.

Apercevant ma sœur, je dis :

« C'est bien, tu n'es pas venu seul. Tu ne m'as… »

Ma phrase reste suspendue. Derrière elle, il y a Nicolas.

Norbert parle, et je ne l'entends plus... Comme une sourde et muette, je regarde une scène qui me cloue sur place. Je ne fais que répéter : « Ah ça alors ! Ça alors ! » Mon cœur bat la chamade et pourtant je suis calme.

Cinq ans que je n'ai plus entendu la voix de Nicolas :

« Tu ne m'attendais pas !

— Je ne t'attendais plus !

— Je suis quand même venu ! »

En une seconde, des images affluent en moi : à quel Nicolas ai-je affaire en cet instant pathétique ? Le Nicolas emprunté de la demande en mariage ? Le Nicolas dont la mère disait : « Il est tellement exigeant sur le choix de sa future femme qu'il est encore célibataire à vingt-sept ans. Maintenant, plus d'hésitation, c'est votre fille Hélène qu'il veut épouser » ? Le Nicolas des adieux : « Tu ne peux pas rester seule, sans protection. Il te faut un bon chien de garde » ? Le mari prisonnier : « J'attends avec impatience ce moment où je te serrerai dans mes bras » ? Le mari rapatrié, sous la coupe de l'huissier : « Vous devez quitter la maison au plus tard le 1er juillet » ?

Ses cheveux ont blanchi. Il a maigri et flotte un peu dans son ancien costume du dimanche. Pourtant, je triche :

« Tu n'as pas changé. »

Lui n'ose m'en dire autant.

Paulette me touche l'épaule :

« Vous pourriez vous dire bonjour ! »

L'oncle, en maître de cérémonie :

« Allons, embrassez-vous ! »

Nous sommes là, l'un devant l'autre, comme deux rescapés d'un naufrage.

Nicolas s'avance vers moi. Il m'enlace de ses deux bras, dans un large geste de protection. Nos joues s'effleurent. Il murmure :

« Dans le tiroir de la table de nuit, j'ai trouvé la lettre du 5 juin 1944 que tu me destinais. »

Je souris, les larmes aux yeux.

L'oncle toussote, comme gêné d'être là. Il nous presse discrètement :

« Asseyez-vous autour de la table, les enfants. »

Puis, s'adressant à Norbert :

« J'ai besoin de toi dans le cellier. »

Tous deux nous abandonnent.

Nicolas me tient la main. Avant de s'asseoir, il s'arrête un long instant près du berceau. Tendue, j'observe ses moindres gestes, tandis que Paulette prend Charles dans ses bras, comme pour se donner une contenance. Silence grave.

En me serrant plus fort la main, les yeux tournés vers Charles, Nicolas murmure d'une voix légèrement tremblante :

« Petit bonhomme… »

Sa phrase reste inachevée tant l'émotion le paralyse. Que veut-il dire ? Me pardonne-t-il ? Accepte-t-il l'enfant ?

« Mon Dieu, réconciliez-nous ! »

Nous nous asseyons autour de la table. Nicolas me dit :

« J'ai fait le tour de la ferme. Si les Radebec revenaient, ils ne la reconnaîtraient pas. »

En un instant et une seule allusion, mes cinq années de combat trouvent leur récompense.

Suivi de Norbert, l'oncle Fulgence revient brandissant à bout de bras une bouteille de sauternes à l'étiquette noircie :

« Un cadeau d'avant-guerre, annonce-t-il. Je l'avais cachée en 40 ; impossible de remettre la main dessus. Norbert a retrouvé la planque. »

Les verres sortis par Paulette se remplissent.

« Trinquons, dit Fulgence, à la paix, à l'amour. »

Toquant son verre au mien, Nicolas me dit :

« Si tu veux, ce soir nous dormirons dans notre maison !

— Oh oui ! Et demain, je mettrai ma robe bleue ! »

Table des matières